a stolen life

A STOLEN LIFE

by Jaycee Dugard

Copyright © 2011 by Luna Lee, Inc.

All rights reserved.

This Korean edition was published by Munhaksasang, Inc. in 2011 by
arrangement with Simon&Schuster, Inc., New York
through KCC(Korea Copyright Center Inc.), Seoul.

옮긴이 **이영아**

서강대학교 영문과를 졸업하고 현재 전문번역가로 활동하고 있다. 옮긴 책으로《아름다운 거
짓말》《오메가 스크롤》《페리 이야기》《웬디 수녀의 미국 미술관 기행》《오페라의 유혹》《키
스의 재발견》《풍장》《서바이버 클럽》《우먼스 머더 클럽 시리즈》(3~6권)《세상을 바꾼 사진》
《세상을 바꾼 건축》《매직 토이숍》 등이 있다.

도둑맞은 인생

1판 1쇄 　2011년 11월 22일
1판 9쇄 　2023년 1월 20일

지은이 　　제이시 두가드
옮긴이 　　이영아

펴낸이 　　임지현
펴낸곳 　　(주)문학사상
주소 　　　경기도 파주시 회동길 363-8, 201호(10881)
등록 　　　1973년 3월 21일 제1-137호

전화 　　　031) 946-8503
팩스 　　　031) 955-9912
홈페이지 　www.munsa.co.kr
이메일 　　munsa@munsa.co.kr

ISBN 978-89-7012-868-9 (03840)

* 잘못 만들어진 책은 구입처에서 교환해 드립니다.
* 가격은 뒤표지에 표시돼 있습니다.

도둑맞은 인생

제이시 두가드 지음 | 이영아 옮김

문학사상

내 딸들에게 이 책을 바친다.

함께 울고

함께 웃었던 시간들,

그리고 그 사이의 모든 시간들을 위하여.

작가의 말

어떤 이들에게는 이 책이 혼란스러울지도 모르겠다. 하지만 내가 살았던 세계가 이렇듯 무척 혼란스러웠음을 염두에 두고 읽어주었으면 한다. 직접 겪어보지 않으면 결코 이해하지 못할 세계였다. 하지만 그런 일이 다른 사람에게 또 일어나길 바라지 않기에 이 책을 통해 그 오랜 세월 나를 짓눌렀던 혼돈을 사람들에게 전하고, 나와 내 가족이 입은 상처를 분명히 알리려고 한다.

이 책을 읽는 독자는 이제껏 경험해보지 못한 성격의 인물을 만나게 되겠지만, 당시 내 상황이 그랬다. 모든 일들이 차례차례 일어난 일련의 사건들처럼 느껴지지 않았다. 자유의 몸이 된 후에도 순간순간이 조각나 있고 뒤죽박죽이다. 심리치료를 받으면서 이것이 유괴를 경험한 사람 특유의 시각이라는 사실을 알았다. 내가 지금 가지고 있는 이런 목소리를 잃어버리기 싫고, 그래서 어떻게 그 목소리를 자연스레 얻게 되었는지에 대해 쓴 것이 바로 이 책이다. 나는 보통의 작가와는 다르다…… 나는 나다…… 그리고 매우 흔치 않은 경험을 했다. 이야기가 문득문득 두서없이 흘러가기도 하겠지만, 지금의 내 심리 상태가 가끔 그렇다. 덜 혼란스러운 이야기를 듣고 싶다면, 내가 모든 것을 이해하게 될 10년 후를 기다려주시길!

열한 살의 제이시 리 두가드

이야기를 시작하며

한 가지 사실만 똑바로 짚고 넘어가자! 내 이름은 제이시 리 두가드다. 열한 살 때 낯선 사람에게 납치당했다. 열여덟 해 동안 뒤뜰에 갇혀 살면서 내 이름도 자유롭게 말하지 못했다. 이제 1991년 6월, 운명의 그 하루가 내 인생을 송두리째 바꾸어버린 이야기를 들려주려고 한다.

내가 이 책을 쓰기로 결심한 이유는 두 가지다. 한 가지 이유는 필립 가리도 때문이다. 자기가 열한 살의 소녀…… 나에게 한 짓을 아무도 알지 못해야 한다고 믿는다. 또한 자신의 행동에 아무런 책임도 없다고 생각한다. 내 생각은 다르다. 그와 그의 아내 낸시가 그 오랜 세월 뒤뜰에서 무슨 짓을 했는지 모두가 똑바로 알아야 한다고 생각한다. 나는 내게 일어난 일을 부끄럽게 여기지 않을 것이다. 그리고 필립 가리도에게 똑똑히 알려주고 싶다. 이제 더는 그의 비밀을 지켜주지 않겠노라고, 그에게는 내 인생, 내가 가족과 함께 나누었어야 할 내 인생을 훔쳐가버린 책임이 있노라고.

내 이야기를 쓰는 또 다른 이유는, 나와 비슷한 사정은 아니더라도 나름대로의 어려운 상황에 처한 사람들에게 도움이 되었으면 하는 바람 때문이다. 유괴 사건을 들으면 사람들은 소스라치게 놀라고 충격을 받지만, 불행한 가정에서 살고 있는 어른들과 아이들의 문제에 대해서는 어떤가? 내 이야기를 계기로 사람들이 주변의 옳지 못한 일을 보면 소리 내어 말할 수 있었으면 좋겠다. 요즘 사람들은 좀처럼 의견을 당당히 밝히지 않고 누군가 그렇게 한다 해도 귀를 잘 기울이지 않는다. 의견을 말하는 사람을 대하는 사회의 태도가 바뀌었으면 하는 것이 나의 소망이다. 정신 나간 어른에게 고통받는 아이는 나뿐만이 아니다. 겉으로는 아주 행복해 보여도 조금만 깊이 파고들어가보면 믿을 수 없을 만큼 참혹한 사연을 가진 가족들이 분명 있을 것이다.

스스로 만든 '뒤뜰'에 사는 것이 훨씬 더 편하다고 생각하는 사람이 많다. 위험을 무릅쓰고 안전지대를 떠나기가 힘들고 두렵겠지만, 그건 무척 가치 있는 일이다. 혼자 힘으로는 구원받지 못하는 가족이나 개인을 구할 수 있을지도 모르니 말이다.

내 경우를 예로 들어보겠다. 두 명의 버클리대학 경찰관은 이상한 낌새를 그냥 지나치지 않았다. 실수일지도 모른다는 위험을 무릅쓰고 의견을 밝혀 옳은 일을 했다. 나 혼자서는 할 수 없었던 일을 해준 그들에게 얼마나 고마운지 모른다.

그때는 하루를 무사히 보내는 것이 힘겨운 싸움이었지만, 지금은 하루하루, 그리고 다가올 날들을 즐거운 마음으로 기다리고 있다. 어마어마한 압박감, 잔혹함, 외로움, 반복되는 일상의 지루함을 견디며 열여덟 해를 보낸 내가 지금은 매일 새로운 도전과 배움을 고대하고 있다.

어떤 고달픈 상황이라도 견뎌내고 살아남을 수 있다고, 그냥 살아남는 것이 아니라 내면도 무사히 지킬 수 있다고 모든 이들에게 전하고 싶다. 어떻게 내가 그 모든 일을 견뎌냈는지 잘 모르겠다. 매일 그 답을 조금씩 알아가고 있는 중이다. 이 책을 읽는 독자가 나 대신 답을 찾아줄지도 모

a stolen life

두 살의 나, J-A-Y-C-E-E

르지만, 실은 나도 처음부터 알고 있었던 건 아닌가 하는 생각이 든다.

스스로에게 물어보자. "살아남으려면 어떻게 해야 할까?"

나는 독특한 상황 속에서 살았기 때문에 다른 사람들의 일상은 어떤지 짐작조차 할 수 없다. 내가 할 수 있는 말은 어떤 힘겨운 상황도 견뎌낼 수 있다는 것뿐이다. 내가 그랬으니까. 역사는 아무리 절망적인 상황이라도 사람들의 가슴속에는 희망이 여전히 살아 있음을 우리에게 가르쳐 주었다.

T. S. 엘리엇은 이렇게 썼다. "내 영혼에게 말했노라, 조용히 희망 없이 기다려라. 희망은 그릇된 것을 바라는 희망일 테니."

내 믿음과 희망은 정말 엉뚱한 사람(들)에게 향해 있었지만 그래도 사그라지지 않고 여전히 살아 있었다.

꽝장한 것들을 누리고 있는 나는 축복받은 행운아다. 가지지 못한 것을 생각하기에는 인생은 너무나 짧다. 내게 힘을 주는 딸들과 밤이면 내 몸을 따뜻하게 녹여주는 고양이들, 그리고 마음 깊숙한 곳에는 엄마를 다시 볼 수 있을 거라는 희미한 희망이 있었다. 고마운 사람 한 명, 물건 하나만으로도 충분하다. 정말이다, 난 내가 행운아라고 믿는다. 언젠가 제대로 된 인생을 살 수 있으리라는 믿음이 없었다면 시련을 견뎌내지 못했을 것이다. 도전적인 삶이 중요하다. 인생이 어떻게 흘러가든 하루하루 최선을 다해 살아야 한다.

골이 잔뜩 난 여덟 살의 나

첫 눈사람

납치당하다

여느 때와 같은 월요일 아침, 학교에 가는 날이다. 1991년 6월 10일, 나는 아침 일찍 깨어났다. 엄마가 출근하기 전에 내 방에 와서 뽀뽀해주기를 기다리고 있다. 전날 밤에 엄마한테 꼭 작별 뽀뽀를 해달라고 말해 둔 터였다.

침대에 누워 기다리고 있는데 현관문 닫히는 소리가 들린다. 엄마가 나갔다. 잊어버린 거다. 오늘 저녁에 엄마가 직장에서 돌아오면 뽀뽀해 주고 안아주지 뭐. 그래도 아침에 엄마가 까먹고 그냥 갔다는 얘기도 꼭 해야지. 잠깐 침대에 누워 있는데 자명종이 울리며 일어날 시간이라고 알려준다. 나는 5분 더 누워 있다가 몸을 일으켜 침대에서 나온다. 전날 공예품 시장에서 사온 반지가 안 보인다. 이런! 오늘 꼭 학교에 끼고 가고 싶었는데. 침대를 구석구석 뒤져봐도 없다. 여기서 시간을 더 낭비했다가는 버스를 놓칠 것이 뻔하다. 그러면 화를 내는 새아빠 칼에게 학교까지 태워달라고 부탁해야 한다. 안 그래도 새아빠는 나를 칠칠치 못한 아이로 생각하는데, 나를 미워할 구실을 또 하나 만들어주고 싶지는 않다. 가끔은 새아빠가 나를 또 멀리 보내버릴 핑곗거리만 찾고 있는 게 아닌가 하는 생각이 든다.

나는 반지 찾는 걸 그만두고, 엄마가 아직 새아빠를 만나기 전이었던 4년 전 내 일곱 번째 생일 때 엄마한테 받은 반지를 끼기로 한다. 열한 살인 지금은 맞지 않아서 자주 끼지는 않는다. 자그마하고 섬세한 은반지인데, 내 오른팔 팔꿈치 안쪽에 나 있는 점과 비슷하게 생긴 나비 모양이다. 나비 한가운데에는 아주 작은 다이아몬드도 박혀 있다. 예전에 꼈던 손가락에 한번 껴보지만 꼭 끼는 것 같아서 새끼손가락에 껴보니 좀 낫다. 옷을 다 차려입는다. 잘 늘어나는 분홍색 바지와 평소에 즐겨 입는 새끼고양이 셔츠로 결정한다. 바깥이 추워 보여서 분홍색 점퍼를 껴입는다. 그러고는 복도를 건너가 갓난아기인 여동생을 살짝 들여다본다. 전날 밤에 엄마는 아기 방에서 빨래를 개고 있었고 나는 돕는답시고 침대에 누워 있었다. 그 틈을 이용해서 엄마한테 개를 정말 키우고 싶다고 졸라댔다. 조금 짜증을 냈던 것 같다. 엄마가 계속 "안 돼."라는 말만 되풀이했기 때문이다. 나는 내 개가 정말, 정말 갖고 싶다. 우리 동네 거리를 내려가다 보면 강아지들이 있어서, 기회만 생기면 울타리 너머로 강아지들을 어루만진다. 왜 강아지를 못 키우게 하는지 이유를 모르겠다. 얼마 전에 학교에서 '내게 한 가지 소원이 있다면' 이라는 주제로 글을 썼다. 나는 강아지를 갖는 게 소원이라고 적었다. 버디라는 이름을 지어줘야지. 내가 어딜 가든 졸졸 따라다니고 묘기를 부리고 나를 가장 좋아해줄 거야. 언젠가는 엄마가 나한테 꼭 강아지 한 마리를 얻어줬으면 좋겠다.

지난밤에는 십팔 개월 된 여동생에게 새로운 묘기를 보여주었다. 아기 침대 안에서 높이 폴짝폴짝 뛰는 법을 가르쳐주었다. 동생은 깔깔거리며 웃었다. 나는 동생을 웃기는 게 참 좋다. 동생은 얼마 안 있으면 자기 침대에서 기어나올 수 있을 것 같다. 살짝 들여다보니 아직 자고 있어서 나는 조용히 살금살금 나온다.

오늘 아침에는 속이 좀 느글거린다. 몸이 안 좋아서 학교에 못 가겠다고 새아빠에게 말해볼까 하다가 괜히 말싸움이 날 것 같아 마음을 바꾼다. 사실 하루 종일 새아빠와 함께 집에 있는 것도 정말 싫다. 대부분의 날은 학교 가는 것이 좋은데, 새아빠의 잔소리에서 벗어날 수 있기 때문이다. 아침을 조금 먹으면 속이 편해질 것 같다. 부엌으로 가서 점심 도시락과 아침을 만든다. 복숭아·크림 향의 즉석 오트밀을 먹어야겠다. 전자레인지에 달린 시계를 보니 6시 30분이다. 버스를 타려면 곧 언덕길을 올라가야 한다. 나는 급하게 오트밀을 먹는다. 허겁지겁 먹는 모습을 새아빠가 보고 있지 않아 다행이다. 새아빠는 내 식사 예절이 형편없다고 틈만 나면 잔소리를 한다.

한번은 저녁을 먹는 내 태도가 마음에 안 든다면서, 화장실 거울 앞에 앉아 내가 먹는 모습을 보라고 시켰다. 나라면 내 아이에게 절대 그런 일을 시키지 않을 거다. 새아빠는 왜 그렇게 날 싫어하는지 모르겠다. 나는 땅콩버터와 젤리를 넣은 샌드위치를 점심 도시락으로 만들고 사과 하나와 종이팩 주스도 같이 싼 다음, 셰이나가 일어났는지 다시 한 번 확인해본다. 하지만 동생이 아직 자고 있어서 작별인사도 못하고 가야 한다. 아침 내내 새아빠가 보이지 않는다. 평소라면 텔레비전을 보고 있을 텐데

없는 걸 보니 밖에 있나 보다. 바깥 마루에 있는 내 고양이 멍키가 보인다. 우리가 타호 호수미국 캘리포니아 주와 네바다 주 사이에 있는 호수—옮긴이로 이사 오기 전에 할머니에게 받은 고양이다. 멍키는 검은색 맨섬 고양이라서 꼬리가 없다. 멍키를 처음 얻었을 때 눈 색깔이 참 파래서 사파이어라는 이름을 지어주고 싶었는데, 새아빠가 바보 같은 이름이라면서 멍키라고 불렀다. 처음에는 약이 올라서 꼭 사파이어라고 불렀지만, 다 큰 고양이에게 사파이어라는 이름이 어울리지 않아 이제는 나도 멍키라고 부른다.

나, 멍키 그리고 벅시

새로운 일에 이렇게 쉽게 익숙해지는 게 참 재미있다. 멍키는 대부분 밖에 있지만, 밤에는 내가 안으로 데려와서 같이 잔다. 멍키를 밤새도록 밖에 두기 싫다. 여기 타호로 이사 왔을 때 엄마가 기르던 고양이 브리짓이 들짐승에게 잡아먹혔기 때문이다. 끔찍한 일이었다. 며칠 동안 브리짓을 찾아다니다가 결국 발견한 건 털뭉치뿐이었다. 정말 슬펐다. 멍키가 폭신폭신한 내 담요를 젖 빨듯 빠는 걸 보면 어린 나이에 엄마와 이별한 것이 분명하다. 아무래도 내가 자기 엄마인 줄 아나 보다.

바깥 마루로 나가 멍키를 쓰다듬으며 인사하자 야옹거리며 먹을 걸 달라고 졸라서 고양이 먹이를 한 움큼 준다. 벅시에게 줄 당근도 하나 가져왔다. 벅시는 검은색과 흰색 얼룩의 드워프 토끼몸집이 작은 집토끼의 일종—옮긴이인데, 별로 작지는 않다. 몇 년 전에 처음 만난 새아빠가 데리고 있던 토끼다. 벅시의 가장 귀여운 점은 포도 맛 아이스캔디를 좋아한다는 거다. 벅시의 우리를 청소하는 일은 내가 맡았는데 별로 좋지는 않다. 벅시는 똥을 너무 많이 싼다. 책에서 읽은 적이 있는데 토끼는 밤마다 똥 하나를 먹는다고 한다. 가끔 동물들이 사람은 이해할 수 없는 짓을 하는 게 재미있다. 하지만 자기들도 그럴 만한 이유가 있을 것이다. 그게 뭔지는 모르겠지만.

나는 현관문을 나서서 기다란 보도를 따라 계단으로 간다. 타호의 우리 집을 보면 스키장에 있는 오두막이 생각난다. 언덕 기슭에 있어서 그런가 보다. 우리는 작년 9월부터 이곳에서 살았다. 원래는 오렌지 카운티에 살았다. 우리가 살고 있던 아파트에 도둑이 들자 엄마와 칼은 타호로 이사하면 더 안전할 거라고 생각했다. 이제 우리는 훨씬 더 작은 도시

겨울의 타호 집

에 살고 있다.

　나는 캘리포니아 주의 애너하임에서 자랐다. 전부터 쭉 생각했던 건데, 엄마와 내가 새아빠의 집에 들어가 살기 시작했을 때 새아빠가 엄마한테 이제 슬슬 나 혼자 걸어서 등교해도 될 나이라고 설득한 것 같다. 그 전에는 한 번도 나 혼자 학교에 간 적이 없었다. 엄마는 별로 내켜하지 않았지만 아침 일찍 출근해야 했기 때문에 나를 학교까지 태워다 줄수 없어서 칼에게 맡겼다. 그런데 칼이 데려다 줄 때도 있고 안 그럴 때도 있었으므로 나는 걸어가야 했다. 엄마와 칼은 그때 살고 있던 아파트의 열쇠를 내게 주었고, 그해 처음으로 나는 학교에서 집까지 혼자 걸어다녔다.

4학년이던 어느 날, 램슨 초등학교에서 집으로 가고 있는데 차에 탄 어떤 남자들이 내게 소리를 지르면서 와보라고 손짓을 했다. 나는 곧장 달아나서 수풀 속에 숨어 있다가 차가 지나가자마자 걸음아 날 살려라 하고 집으로 뛰어들어가 문을 잠가버렸다. 그 후로는 무서워서 최대한 빨리 걸어왔다. 가끔은 엄마나 새아빠가 날 데리러 학교로 오기도 했다. 그런 날이 좋았다. 타호는 애너하임과 딴판이다. 어디서든 자전거를 탈 수 있고 무섭지 않다.

어떤 날에는 닌자라는 동네 개가 와서 나랑 같이 언덕을 올라간다. 매일 아침 언덕을 함께 오르고 학교에서 집으로 돌아오면 반갑게 맞아줄 나만의 개가 너무나 갖고 싶다. 닌자는 나보다 새아빠를 훨씬 더 좋아해서 주말에는 그가 오기를 기다렸다가 함께 산책한다.

오늘 아침에는 닌자와 같이 걸어가고 싶은데, 두리번거려도 털끝 하나 보이지 않는다. 나는 집을 나서면서 새아빠에게 언덕을 올라갈 거라고 소리친다. 그가 보이지도 않고 그의 대답도 들리지 않지만, 밴이 차고 밖에 있으니까 차를 손보고 있는 것이 분명하다. 나는 언덕의 오른편으로 올라가다가 길이 구부러지기 시작하자 건너편으로 옮겨간다. 일주일만 더 학교에 나가면 여름방학이 시작된다. 학교 친구 쇼니와 함께 관광 목장에서 일할 계획을 세워두었다. 말을 좋아하는 쇼니는 가끔 말을 끌고 와서 구경시켜준다. 쇼니가 말을 모는 모습이 보기 좋다. 한번은 오솔길로 나가서 같이 말을 타봤는데 재미있었다. 쇼니는 말을 아주 잘 탄다. 예전에는 목장에서 자기 엄마와 함께 살았지만, 지금은 우리 집에서 1킬

로미터 넘게 떨어진 아파트에서 할머니 밀리와 함께 살고 있다. 우리의 계획을 생각하면 정말 신난다. 언젠가는 쇼니만큼 말을 잘 타고 싶다. 아직 새아빠와 엄마한테 허락을 받지 못했다. 하지만 허락받을 수 있을 것 같다. 새아빠는 늘 나에게 집안일을 더 많이 돕고 책임감을 배우라고 입버릇처럼 말했는데, 여름방학 때 일자리를 구하는 것만큼 좋은 방법이 있을까? 어쨌든 그렇게 말해보고 새아빠가 뭐라고 하는지 봐야지. 새아빠의 여동생, 나의 새고모인 M은 말 두 마리를 기르고 있다. 하나는 암컷이고 다른 한 마리는 그 암컷의 새끼. M의 집에 놀러 가는 것이 좋다. 새고모는 새아빠와 그의 어머니인 W에 비해 내게 참 잘해준다. 정말 나를 좋아하는 것처럼 대해준다. 말도 같이 타주고 승마장 주위를 함께 산책해준다. 얼마나 재미있는지 모른다. 정말 귀여운 코커스패니얼도 한 마리 있는데, 몸싸움을 좋아한다. 새고모 집에 놀러 가는 게 좋다. 새고모는 정말 날 좋아하는 것 같다.

오렌지 카운티에 살 때 나는 재즈반에 다녔다. 별로 즐겁지 않았다. 발레반에 다니고 싶었는데, 엄마랑 등록하러 갔을 때 정원이 다 차버리는 바람에 재즈반에 들어갔다. 부끄러움을 심하게 타는 내가 사람들 앞에서 공연을 잘할 리 없다. 마지막 발표회 직전에 타호로 이사 왔다. 정말 다행이었다. 관객들 앞에서 연주했으면 보나 마나 망쳤을 테니까. 그리고 타이츠를 입는 것도 내 취향이 아니었다.

타호로 이사 와서 학기가 시작되자 나는 걸스카우트에 들어갔다. 이것 역시 내 생각이 아니었다. 친구 사귀기는 어렵지만, 단원들 중 몇 명이 같은 반이어서 그나마 다행이었다. 가끔은 내가 부끄럼이 좀 없었으면 좋겠다는 생각이 든다. 보통은 쇼니와 어울려 다니지만 쇼니는 걸스카우트 단원이 아니다. 그래도 아이들 모두 착하고, 다 같이 물건을 만들고 쿠키를 파는 게 재미있다. 모르는 사람 집에 가서 걸스카우트 쿠키를 사 달라고 부탁하는 건 잘 못해도 걸스카우트 쿠키를 먹는 건 아주 잘한다. 특히 사모아와 씬 민트가 맛있다. 내가 쿠키를 팔 차례가 되면 나는 문을 두드리고 내 짝에게 대신 말을 시킨다. 수줍음을 없앨 수 있는 날이 오기나 할까? 학기의 마지막 주에는 물놀이 공원으로 체험학습을 간다. 가서 노는 건 좋지만, 변하고 있는 내 몸이 신경 쓰인다. 얼마 전 밤에는 엄마한테 내 겨드랑이와 다리에 난 털을 깎아도 되는지 물어보려고 했다. 털이 보이니까 창피하다. 하지만 어떻게 말을 꺼낼까 망설이기만 했다. 빨리 수를 내야 한다. 체험학습까지는 며칠밖에 안 남았다.

6월의 쌀쌀한 날, 스쿨버스를 타러 언덕을 올라가면서 이런 생각에 빠져든다. 왜 가끔 무언가가, 아니면 다른 어떤 사람이 내 인생을 조종하고 있는 듯한 느낌이 들까. 예를 들면, 바비인형을 가지고 놀 때 나는 인형들의 인생을 계획하고 내가 원하는 일을 시킬 수 있다. 내가 바로 그런 일을 당하고 있는 것 같은 때가 있다. 나도 모르게 내 인생이 이미 짜여 있는 것 같은. 오늘은 꼭 줄에 매달린 꼭두각시가 된 기분이고, 그 줄을 놀리고 있는 사람이 누군지 모르겠다.

건너편으로 넘어가야 하는 지점에 가까워지고 있다. 여기로 이사 온 후 내가 버스 정류장까지 걸어가서 스쿨버스를 타기로 결정이 내려졌을 때, 새아빠와 엄마가 나한테 그렇게 하라고 가르쳐주었다. 새아빠는 여기서 건너편으로 넘어가야 반대쪽에서 다가오는 차가 나를 볼 수 있고 나도 내 쪽으로 오는 차를 볼 수 있다고 했다. 굽이진 곳에서 길을 건너던 나는 생각의 끈을 놓치고 여름에 대한 공상에 빠져들기 시작한다. 자갈 깔린 갓길을 걷는다. 오늘 아침에는 아직까지 차 한 대 보이지 않는다. 내 왼쪽으로는 덤불밭이 있었다. 걷고 있는데 내 뒤에서 차 소리가 난다. 그 차가 길 건너편으로 올라갈 거라 짐작하고 뒤를 돌아보지만 뜻밖에 내 옆에 선다. 나는 생각에 빠져 있느라 운전하는 사람의 이상한 행동을 눈치채지 못한다. 내가 걸음을 멈추자 그 사람이 창을 내린다. 차 밖으로 약간 몸을 빼고 나한테 길을 묻기 시작한다. 그의 한 손이 창밖으로 너무 빨리 휙 튀어나와서 나는 그의 손 안에 있는 검은 물체도 미처 알아보지 못한다. 지지직거리는 소리가 들리더니 내 온몸이 마비되는 것 같다. 나는 비틀거리며 뒷걸음질 친다. 무서워서 도망쳐야겠다는 생각밖에 안 든다. 차 문이 열리자 나는 넘어져서 두 손과 엉덩이로 땅을 짚고 몸을 숨길 수 있는 덤불밭으로 밀고 들어가기 시작한다. 최대한 빨리 움직여야 한다. 나를 잡으러 오는 남자로부터 달아나 수풀 속으로 들어가야 한다. 내 손에 뭔가 딱딱하고 끈적끈적한 것이 닿는다. 뭐지? 상관없다. 그걸 꼭 붙들고 있어야 한다. 누군가가 나를 질질 끌더니 지금은 들어올리고 있다. 내 팔다리가 천만근은 나가는 듯 무겁게 느껴진다. 나는 힘겹게 반항하며 수풀 속으로 더 들어가려고 애쓴다. 또 온몸이 마비되고 전기가 지지직거리는 것 같은 이상한 소리도 함께 들린다. 왠지 힘이 빠져서 저항을 할 수가 없다. 왜 몸이 안 움직일까. 바지에 오줌을 지렸다는 걸 깨닫는다. 이상하게도 창피하다는 생각은 들지 않는다. "안 돼, 안 돼, 안 돼." 나는 울먹인다. 내 목소리가 쉰 것처럼 들린다. 모르는 남

자가 나를 위로 일으켜 세워 뒷좌석으로 떠밀더니 자동차 바닥에 앉힌
다. 머리가 띵하다. 무슨 일이 벌어지고 있는 건지 모르겠다. 집에 가고
싶다. 내 침대로 다시 기어들고 싶다. 동생과 놀고 싶다. 엄마와 함께 있
었으면 좋겠다. 시간을 거꾸로 돌려 다시 시작할 수 있으면 좋겠다. 내
몸 위로 담요가 씌워지고 등으로 엄청난 무게가 느껴진다. 숨을 못 쉴 것
같다. 목소리가 들리기는 하는데, 담요에 뒤덮여 있어 둔탁하게 들린다.
차가 움직이고 있다. 차 밖으로 나가고 싶다. 몸부림을 쳐보지만, 뭔가가
나를 짓누르고 있다. 아까 오줌을 싼 것이 갑자기 창피해지고 어서 집에
가고 싶다는 생각뿐이다. 머릿속이 제대로 굴러가지 않는 것 같다. 옳지
않은 일을 당하고 있다는 건 알지만 어떻게 해야 할지 모르겠다. 겁이 나
고 힘이 쭉 빠진다. 차는 계속 움직이고 내 속은 느글거린다. 토하고 싶
지만 그러면 숨 막혀 죽을까봐 겁이 나서 욕지기를 견딘다. 토해도 이 사
람들이 도와주지 않을 것 같다. 너무 덥다. 살이 타는 것 같다. 제발, 이
더운 담요 좀 치워줘요, 숨을 못 쉬겠어요! 소리 지르고 싶지만, 목소리
가 마른 듯 아무 소리도 나오지 않는다. 나는 의식을 잃는다. 깨어나니
사람들 목소리가 들린다. 차가 멈춰 서 있다. 여기가 어디지? 두 사람의
목소리가 들린다. 하나는 남자 목소리고 다른 하나는 나지막하니 잘 안
들리지만, 남자 목소리 같지는 않다. 나는 아직도 담요에 뒤덮여 있는데,
날 짓누르던 무게감은 사라지고 없다. 차 문이 열렸다가 급하게 탕 하고
닫히는 소리가 들린다. 마침내 내 얼굴에서 담요가 벗겨져나가고 뒷좌석
에 있던 사람이 지금은 앞에 있는 것이 보인다. 그렇더라도 얼굴은 안 보
인다. 몸집이 별로 안 크니까 여자일지도 모른다. 나를 차 속에 밀어넣었

던 남자가 내게 음료수를 준다. 무척 덥고 입이 바짝 말라 있다. 그가 빨대가 하나 더 있으니까 자기 세균이 옮을까봐 걱정 안 해도 된다고 말한다. 음료수가 정말 반갑다. 오랫동안 비명을 질렀던 것처럼 목이 엄청 마르지만, 비명을 질렀던 기억은 전혀 안 난다. 갑자기 그의 웃음소리가 들린다. 이 일을 해냈다는 게 믿기지 않는다는 말을 하고 있다. 그에게 집에 가고 싶다고 말하고 싶다. 하지만 남자가 화를 낼까봐 무섭다. 어떡하지? 어찌해야 좋을지 모르겠다. 알면 좋을 텐데. 무서워 죽겠다. 아무 일도 없었던 것처럼 그냥 잠들어버리고 싶다. 왜 이런 일이 벌어지는 거야? 이 사람들은 누구고 나한테 뭘 바라는 거지?

a stolen life

회상

세상 밖으로 다시 나온 후 나는 솔방울을 모으고 있다. 여행을 가는 사람이 있으면 솔방울을 가져다달라고 부탁한다. 그래서 플래시드 호수, 메인 주, 오리건 주의 솔방울들을 가지고 있다. 심리치료사와 나는 결국 내 집착을 해결했다. 솔방울은 필립에게 납치당하기 전 마지막으로 내 손에 닿았던 것이다. 딱딱하고 끈적끈적한 솔방울은 18년 동안 감금당하기 전 내가 마지막으로 꽉 쥐었던 자유였다.

도둑맞다

머리가 빙빙 도는 것 같다. 잠들었던 모양이다. 깨어나보니 차는 또 멈춰 있다. 아직 낮이다. 남자가 다른 사람에게 집에 다 왔다고 말한 다음, 내게는 안 들리는 어떤 말을 속삭인다. 그 다른 사람은 아직도 안 보이지만, 누군가가 차에서 내리는 소리가 들린다. 나를 잡아온 남자가 나한테 얌전히 있으면 안 다칠 거라고 말한다. 조용히 해야 한다고, 안 그러면 아주 무서운 개들이 화를 낼 거라고 한다. 이 남자나 개들을 화나게 하고 싶지는 않다. 그는 엄청 커 보인다. 그가 나를 집 안으로 데리고 들어갈 테니 한마디도 하지 말고 조용히 하라고 한다. 그러고는 내 머리에 담요를 씌우고 나를 어딘가로 데려간다. 집에 가고 싶다. 머릿속이 아까보다는 또렷해졌다. 지금 꿈을 꾸고 있는 거야, 어느 순간 깨어나면 엄마가 나를 안아주면서 그저 나쁜 꿈을 꾼 거라고 말해주겠지, 나는 속으로 중얼거린다. 하지만 이건 내가 이겨내야 할 현실이다. 이렇게 생생한 악몽은 꿔본 적이 없다. 영화를 보고 나서 한동안은 ET가 무서웠다. ET가 우리 집에 찾아올 것 같은 생각이 들었다. 영화에서 어린 여자애가 입혀준 대로 차려입고서. 내 꿈속에서 ET는 왠지 몰라도 그 옷차림 때문에 나한테 화를 냈다. 말도 안 되는 꿈이었지만 지금 이 일만큼 무섭지는 않았다.

낯선 집 안으로 들어가자 그가 담요를 벗기고 내게 고리버들 소파에 앉으라고 시킨다. 그는 키가 아주 큰 남자다. 옅은 파란색 눈에 갈색 머리를 가지고 있는데, 정수리 부분은 숱이 별로 없다. 조금 벗겨진 갈색 머리를 가졌다. 코는 조금 길고 피부는 볕에 그을린 갈색이다. 햇볕을 많이 쬐었나 보다. 나쁜 남자처럼 보이지는 않는다. 보통 남자 같다. 매일 보는 평범한 남자. 하지만 그렇지 않아! 그럴 리 없어…… 그렇지? 그는 날카로운 금속이 끝에 달린 검은 물건을 내게 보여준다. '스턴 총'이라면서 내가 도망가려고 하면 그걸 다시 쓸 거라고 말한다. 그가 그것을 켜자, 내 몸이 마비되기 전에 들렸던 지지직거리는 이상한 소리가 들린다. 내가 앉아 있는 소파에 고양이털이 많이 떨어져 있다. 올려다보니 세탁기 위에 고양이 한 마리가 앉아 있다. 히말라야 페르시안 삼색 얼룩 고양이처럼 생겼고, 아주 뚱뚱한 줄무늬 얼룩고양이도 한 마리 있다. 나는 고양이들을 만져봐도 되느냐고 물어본다. 그는 고양이들이 내게 오면 그래도 된다고 말한다. 한 마리가 다가와서 내가 어루만져준다. 털이 보드랍고 진짜처럼 느껴진다. 지금 진짜처럼 느껴지는 건 이 고양이밖에 없다. 다른 건 하나같이 악몽 같지만 이렇게 생생하니 꿈일 리가 없다. 남자가 자기를 따라오라고 말한다.

회상

　　　　　그날을 돌이켜보면 공포가 밀려든다. 열한 살이었던 나는 아직 어린아이에 불과했다. 너무 무섭고 외로웠다. 어떤 일이 벌어질지 알 수 없었고, 누군가가 나에게 앞으로 18년을 견뎌야 할 거라고 말해줬어도 믿지 않았을 것이다. 어떤 일을 당할지 전혀 예상도 못했다. 이 남자가 품고 있던 생각은 내겐 외국어와도 같았다. 나는 그 전에 어떤 형태로든 성적 학대를 당해본 적이 없고, 그런 말을 들어본 적도 없었다. 내가 아는 성性은 텔레비전이나 영화에서 본 것이 다였고, 보고 나서 바비인형으로 흉내만 내보는 정도였다. 바비와 켄을 침대에 나란히 눕히는 식으로. 그것이 바로 내가 생각하는 '섹스'였다. 참 바보 같다는 걸 안다. 하지만 사실이 그랬다. 티나 이모의 말씀으로는, 예전에 내가 아기는 어떻게 생기냐고 물어봐서 설명해준 적이 있다고 한다. 이모에게 그런 질문을 했던 것도, 이모가 어떤 대답을 해줬는지도 기억나지 않는다. 설령 이모가 해준 얘기를 이해하거나 기억했다 해도, 필립이 내게 그런 짓을 저지를 줄은 꿈에도 몰랐을 것이다. 알았던들, 왜 한 인간이 어린 소녀에게 그런 짓을 하는지 이해하지 못했을 것이다. 지금까지도 이해할 수 없다.

비밀의 뒤뜰

나는 남자를 따라간다. 달리 방법이 없다. 도망갈 데가 없다. 숨을 곳이 없다. 여기가 어딘지 전혀 모르겠다. 세상이 뒤집혀버렸다. 엄마가 날 찾으러 올 때까지 기다리는 수밖에 없다. 지금 당장 집으로 돌아갔으면 좋겠다. 새아빠 칼의 잔소리마저 듣고 싶다. 익숙한 거라면 뭐든 좋다. 스턴 총으로 나를 해코지한 이 낯선 남자와 여기 있는 것만 아니면 어디든 괜찮다. 이 모르는 남자의 집에 있는 욕실에 들어서자 그가 문을 닫아 잠근다. 샤워기에서 물이 뿜어져 나오고 낯선 남자가 나한테 옷을 벗으라고 한다. 싫어요, 하고 내가 말한다! 왜 옷을 벗으라는 거야? 내 몸을 보이는 게 얼마나 부끄러운데. 남자는 내가 알아서 벗지 않으면 자기가 벗길 거라고 말한다. 나는 너무 무서워 꼼짝도 못하고 벌벌 떨면서 내가 할 수 있는 가장 쉬운 일을 한다. 그냥 서 있는 거다. 그가 내 바지를 끌어내리고 내 셔츠를 벗긴다. 나는 알몸이 되어버렸고 너무 창피하다. 그가 내 옷, 신발, 책가방 모두를 어떤 자루에 넣는다. 내 새끼손가락에 끼

고 있는 작은 반지는 보지 못하고 넘어간다. 다행이다. 반지까지 빼앗아
갈까봐 무서웠는데. 그도 자기 옷을 벗고 나는 보지 않으려고 애쓴다. 그
가 내게 남자의 알몸을 본 적이 있느냐고 묻자 나는 없다고 대답한다. 그
는 내 나이에 믿기 힘든 일이라고 말한다. 나는 전에 발가벗은 남자를 본
적도 없고 그러면 안 된다는 것도 알고 있다. 낯선 남자가 자기를 보라고
말한다. 힐끔거리며 살짝 보니 무서우면서도 웃음이 날 것 같다. 성기가
참 웃기게 생겼다. 나도 모르게 미소가 지어진다. 가끔은 긴장하면 웃음
이 나온다. 그러려고 그러는 게 아니라 그냥 나온다. 남자가 그걸 만져보
라고 한다. 그것은 작고 흐물흐물하다. 그걸 크게 만들어보라고 한다. 미
친 사람인가 보다. 세상에서 제일 이상하고 별난 남자다! 그의 성기를 만
지기 싫지만, 그 남자가 강요해서 손으로 잡아본다. 그것은 흐물흐물하
고 주변의 피부보다 색깔이 연하다. 남자가 이제 됐다면서 내게 샤워하
라고 말한다. 반항하고 싶지만, 남자가 나를 물속으로 밀어버린다. 그도
물속으로 들어온다. 그가 나더러 씻으라면서 비누를 건넨다. 알지도 못
하는 이 남자랑 여기서 샤워를 하고 있을 게 아니라 내 침대에서 잠들어
있었으면 좋겠다. 나는 남자가 시키는 대로 한다. 그렇게 안 하면 달리
어떤 수가 있는지 모르겠다. 그때 남자가 겨드랑이와 음부의 털을 깎아
본 적이 있느냐고 묻는다. 나는 아니요, 없어요, 하고 대답한다. 속으로
생각한다. 내가 엄마한테 물어보려고 했던 바로 그 일을 시키려고 하는
구나. 그런데 왜 자기 앞에서 하라는 거지? 다가오는 체험학습 때 물놀
이 공원으로 갈 예정이라서 겨드랑이털과 다리털을 밀어도 되는지 엄마
한테 물어볼 작정이었다. 털이 보이는 게 창피했지만, 엄마한테 어떻게

물어야 할지 알 수 없었다. 전날 밤 '그 질문'을 하려고 엄마 방에 갔던 기억이 난다. 하지만 그냥 앉아 있기만 하고 묻지는 못했다. 지난밤에 '그 질문'을 했다면 엄마는 뭐라고 답했을까, 궁금하다.

● ● ●

지금 이 낯선 남자가 나한테 이상한 질문을 하고 있는데 엄마 생각밖에 안 난다. 엄마가 걱정하고 있을 텐데. 내가 어떤 모르는 사람한테 잡혀갔다는 얘기를 들었을까? 엄마가 어떻게 날 찾지? 남자가 내 겨드랑이와 다리의 털을 다 밀더니 내 음모를 깎을 거라고 말한다. 난 속으로 생각한다. 왜? 다 끝나고 나자 그가 나에게 물 밖으로 나가도 좋다고 말한다. 내 마음대로는 아무것도 할 수 없는 악몽을 꾸고 있는 것 같은 기분이다. 소리 없이 눈물이 내 뺨 위로 흘러내리기 시작한다. 차가운 피부에 떨어지는 눈물이 뜨겁다. 몸이 오들오들 떨리기 시작한다. 너무 춥다. 눈물을 멈추려고 애쓴다. 용기를 내야 한다고 속으로 중얼거린다. 내 인생은 이제 내 것이 아닌 것 같다. 온몸이 무겁고 그냥 주저앉아버리고 싶다. 이게 현실일 리 없어, 나는 속으로 말한다. 그냥 꿈이야. 조금 있으면 내 침대에서 깨어날 거야. 남자가 수건을 건네준다. 나는 얼른 수건으로 내 몸을 감싼다. 따뜻하고 마음이 놓인다. 머리를 수건 속에 묻고 싶다. 수건이 주는 포근한 느낌 때문에 엄마가 목욕 후에 날 안아주던 기억이 밀려든다. 내 안의 수문이 열리고 소리 없이 흐르던 눈물은 흐느낌으로 왈칵 쏟아진다. 남자는 어떻게 대처해야 할지 모르는 것 같다. 울지 말고 조용히 하라고, 오늘은 여기서 끝내겠다고 말한다. 남자가 나를 안고 달랜다. 이 기분 나쁜 남자에게 위로받기는 싫지만, 여기 딴 사람은 없으니 나는 할 수 없이 그의 위로에 기댄다. 지금까지 난 한 번도 운 적이 없었다. 속으로만 울었다. 지금은 사자에게 안겨 있는 토끼가 된 기분이다. 무서워 죽을 것 같다. 뺨으로 계속 흘러내리는 눈물이 축축하고 따뜻하다. 이제 다시 소리 없는 눈물이 되어 내 얼굴을 타고 주르륵 흘러내려 사라져버린다. 남자가 뭐라고 말하지만, 나는 듣지 않는다. 남자가 더 큰 목소리로 다시 말하자, 그의 강한 목소리에 겁을 집어먹은 나는 귀 기울이려고 애쓴다. 그가 나를 다른 곳으로 데려갈 거라면서, 아주 조용히 하지 않으면 큰일 날 거라고, 내가 얌전히 착하게 굴면 아무 문제도 없을 거라고 말한다. 내가 다시 옷을 입으면 안 되느냐고 묻자 그는 낄낄 웃으며 안 된다고 말한다. 나는 언제 집에 갈 수 있느냐고 묻는다. 그는 모르겠지만 한번 생각해보겠다고 말한다. 우리 가족은 돈이 많지는 않지만 날 돌려받기 위해서라면 몸값을 줄 거라고 말하자 그가 날 보며 씩 웃고는 말한다, 그래? 엄마한테 내가 어디 있는지 알려주기만 하면 돼요, 라고 하니 그는 나를 빤히 쳐다보기만 한다.

그는 나를 앞장세워서 여러 개의 작은 계단을 내려가 아래층 포치로 간다. 또 그가 내 몸에 담요를 덮어씌운다. 나는 이제 수건과 담요만 걸치고 있다. 책가방도 없고. 옷도 없고. 신발도 없다. 엄마한테 받은 새끼손가락의 작은 나비 반지밖에 없다. 이 낯선 남자와 내 두 발만이 나를 이끌고 간다. 제일 먼저 느껴지는 건 딱딱한 콘크리트다. 그다음엔 젖은 풀의 따끔거리고 서늘한 감각이 발밑으로 느껴진다. 그가 내 목을 잡고 있는 탓에 고개를 숙이지 못해 발을 볼 수가 없다. 하지만 땅의 감촉이 느껴지고 기차 소리가 들린다. 근처에 기차가 다닌다는 사실을 잊지 말아야지, 하고 속으로 생각한다. 내가 발견되면 나를 찾은 사람에게 기차 소리가 들리는 곳에 붙잡혀 있었다고 말할 수 있도록. 다음에는 막대기나 작은 나뭇가지 같은 것들과 흙이 밟힌다. 뾰족하고 날카로운 것도 있고, 돌도 있어서 발이 아프다. 발끝으로 걸어보려고 하지만, 그가 나를 엄청 빨리 끌고 가서 그러기가 힘들다. 돌의 감촉은 끝나고 이제 아주 차가운 콘크리트가 다시 느껴진다. 문 아니면 울타리가 열렸다가 우리 뒤로 닫히는 소리가 들린다. 조금 더 걸어가자, 그가 달그락거리고 철컹거리는 뭔가를 만지작거리는 소리가 들린다. 자물쇠 소리 같다. 차에 있던 또 다른 사람은 어디 있을까, 잠깐 궁금해진다. 발밑으로 자그마한 자갈들이 밟힌다. 그가 조심해서 걸으라며, 앞에 있는 계단 한 개를 올라가야 한다고 말한다. 앞이 안 보여서 조금 헛디뎠지만, 그가 내 팔을 잡아줘서 넘어지지는 않는다. 계단 하나를 올라가자 이제 발바닥에 딱딱한 카펫이 밟힌다. 보드랍지 않은 아주 싸구려 카펫이다. 내 뒤로 문 닫히는 소리가 들린다. 그가 나를 이 새로운 방 안쪽으로 데려간다. 그러고 나서 또 다른 문으로 들어간다. 그가 내 머리에서 담요를 벗겨내자, 바닥에 담요 한 뭉텅이가 보인다. 우리가 새아빠의 아파트로 들어갔을 때 내가 잤던 곳처럼. 방이 하나밖에 없었기 때문에 새아빠는 내게 거실에 '침상'을 만들라고 했다. 계란판처럼 올록볼록한 매트리스를 깔고 그 위에 담요를 덮어놓은 걸 그는 그렇게 불렀다. 이건 거기서 계란판 매트리스를 뺀 것처럼 생겼다. 남자가 내게 여기서 자라고 말한다. 갑자기 피곤이 확 밀려온다. 제대로 서 있기도 힘들다. 머리끝부터 발끝까지 온몸이 벌벌 떨린다. 그가 나중에 오겠다며 얌전히 있으라고 말한다. 문을 잠가놓겠다면서, 밖에 있는 개들은 침입자를 좋아하지 않는데 개들한테 내가 침입자라고 말해둘 거란다. 나한테 수갑을 채울 테지만, 털로 덮여 있어서 별로 안 아플 거라고 한다. 나는 싫다고 고개를 흔들며 도망치지 않겠다고 말한다. 그는 아직은 나를 못 믿겠으니 어쩔 수 없다면서 두 손을 등 뒤로 돌리라고 말한다. 나는 계속 바닥에 앉아 있다. 그가 허리를 굽히고 내 몸을 돌려서 수갑을 채운다. 차가운 금속과 부드러운 털의 감촉이 느껴진다. 손목에 묵직하게 채워진 수갑이 마음에 들지 않는다. 그가 나를 옆으로 눕힌다. 두 손을 등 뒤로 돌린 채 옆으로 누우니 편하지가 않다. 그가 나중에 먹을 걸 가져오겠다고 말한다. 그러고는 나가버리고, 문에 자물쇠가 다시 채워지는 소리가 들린다. 또 눈물이 난다. 처음엔 가볍게 시작된 눈물이 소리 없는 흐느낌이 되어 내 몸을 잡아찢을 듯 괴롭힌다. 나는 울다가 홀로 잠든다.

회상

　　　　　　　지금도 눈을 감고 그때를 되돌아보면, 그 자물쇠 소리가 들린다. 큼직하고 두툼한 방음문이 끽끽거리며 나를 가두던 소리가 들린다. 그 방에서 외톨이로 지낸 그 오랜 시간들을 생각하면 몸속 깊숙한 곳에서 이상한 기분이 든다.

　요즘은 혼자가 아닐 때에도 가끔 외로움과 싸운다. 필립이 나를 가두었던 바로 그 방에서 이런 감정이 시작된 것 같다. 몇 시간이 며칠이 되고, 며칠이 몇 주, 몇 주가 몇 달, 그렇게 몇 년이 흘렀다. 나는 일생을 홀로 보냈다. 아니, 때때로 그렇게 느껴진다.

　작년에 나는 많은 자유를 얻었다. 가족과 함께 지내고 새로운 친구들을 만나고 옛 친구들과 재회하는 꿈이 이루어졌다. 사람들과 동물들이 외로움을 덜어준다. 이젠 혼자가 아니니 외로움은 내 머릿속에만 있는 느낌이라는 걸 알면서도 시시때때로 그 기분이 스멀스멀 되살아나곤 한다. 혼자 있는 시간도 즐겁다. 책을 읽고 글을 쓰고 애완동물들과 함께 시간을 보낸다. 외로움이 항상 싫은 건 아니다. 내가 누군지 알 수 있는 시간이 생기니까. 하지만 갇혀 지내던 그 시절이 떠오르면 친구에게 전화를 하거나 점심 약속을 만들거나, 혼자 있지 않기 위해 뭐든 해야 될 것 같은 기분이 든다. 이런 감정을 극복해나가고 있는 중이다. 지금은 훨씬 더 즐겁게 살면서 하루하루를 만끽하려고 노력하고 있지만, 이런 삶을 빼앗기면 어쩌나 하는 두려움이 마음 깊숙한 곳에 여전히 남아 있다.

낯선 곳에 홀로

깨어나보니 낯선 곳에 나 혼자 있다. 시간이 얼마나 지났을까. 나는 울면서 깨어났다. 무서운 꿈 때문에 울면서 깬 적은 한 번도 없었는데 이상하다. 정신을 차려보니 악몽은 현실이다. 왜 이런 일이 생기는 거지? 몸이 딱딱하게 굳어 있고 아프다. 여기서 나가 다른 곳에 있고 싶다. 앉으려고 버둥거려봐도 수갑 때문에 어렵다. 결국에는 어설프게나마 해낸다. 아무래도 다시 잠들어야 할까 보다. 그날 했어야 하는 일이 걱정스럽다. 학교에 안 갔는데 어떻게 됐을까? 나중에 혼날까? 어떤 일이 일어났는지 아는 사람이 있을까? 엄마는 어디 있지? 아직도 직장에 있나? 나를 찾고 있을까? 새아빠는 이 남자가 나를 잡아가는 걸 봤을까? 나를 구해줄 사람을 보낼까? 언제 학교에 갈 수 있을까? 이 낯선 남자가 날 집에 데려다 줄까? 온갖 의문들이 스쳐 지나간다. 머리가 여전히 띵하다. 어떻게 해야 할지 모르겠다. 일어나서 첫 번째 문을 열고 다른 방에 뭐가 있는지 한번 보고 싶다. 하지만 일어나 앉으려고 할 때마다 다시 쓰러지고 만다. 정말 피곤하다. 몸을 돌려서 등을 대고 누우니 조금 더 편하다. 이 방은 작다. 우리 집에 있는 내 침대는 이 방에 못 들어오겠다. 내 임시 침대 위에 창문이 하나 있다. 수건과 블라인드가 창을 가리고 있어 약간의 빛밖에 보이지 않는다. 달빛처럼 보인다. 달을 보고 싶다. 엄마와 나는 할머니 집 앞에 함께 앉아 달구경을 즐기곤 했었다. 초승달과 보름달 중에 어느 달이 더 좋은지 다툼을 벌이곤 했다. 나는 언제나 보름달을 택했고 엄마는 초승달을 좋아했다. 오늘 밤에는 어떤 달이 떠 있을까? 아주 오래전부터 여기 있었던 것 같은 기분이 든다. 한 시간쯤 됐을까, 아니면 더 됐나? 알 길이 없다. 내가 있는 자그마한 방의 두 귀퉁이에 묵직하게 생긴 높다란 테이블이 있다. 테이블 다리는 카펫에 싸여 있다. 테이블 위에는 이상하게 생긴 장비들이 놓여 있다. 수갑 때문에 일어나질 못하니 테이블 위를 볼 수가 없다. 큰 장비들인데, 내가 있는 각도에서는 거기에 달려 있는 다이얼이 보인다. 이 방과 옆방 사이의 벽에는 커다란 유리판도 있다. 벽은 나무로 만들어져 있다. 여러 가지 나무를 뒤섞어서 다양한 색깔의 패널을 만든 것처럼 보인다. 파티클보드라는 것 같은데, 잘은 모르겠다. 만져보고 싶지만 그럴 수 없어 대신 손마디로 문질러본다. 아주 까칠까칠해서 손마디에 나무가시가 하나 박힌 것 같다. 앞으로 나는 어떻게 될까. 마음이 불안하다. 몸을 좌우로 움직여본다. 일어나서 걸어다니고 싶다. 두 다리는 마비된 것 같고 쥐가 나려 한다. 나는 드러누워 금방 잠든다.

창에 걸린 수건을 보니까 해가 뜬 모양이다. 다음 날 아침 깨어나니 방이 뜨겁다. 아침은 맞겠지. 확실히 알 수 있는 방법은 없다. 숨이 막힐 정도로 지독하게 덥다. 목이 타들어가고 땀이 나기 시작한다. 시간이 얼마나 지났을까? 나는 눈을 감으며 생각한다, 다시 눈을 떠야 할까? 잠들었다 깨어나면 내 침대에 있을 거고 이건 그냥 나쁜 꿈일 거야. 나는 눈을 감고 다시 망각 속으로 빠져든다.

회상

그는 그날 나를 확인하러 왔다. 패스트
푸드와 탄산음료도 가져왔다. 이 시점 이후의 일상적인 일들은 잘 기억
이 나지 않는다. 그가 하루에 한 번 이상은 마실 것과 먹을 것을 가져다
주었던 것 같다. 나는 무슨 일이든 오롯이 그에게 의존하게 되었다. 그는
와서 수갑을 풀어주고 내가 음식을 먹을 수 있게 해주었다. 변기로 사용
할 양동이도 하나 가져다주었다. 그가 나가면서 다시 수갑을 채우는 게
싫어서 급기야는 그가 와서 수갑을 풀어줄 때를 간절히 기다리게 되었
다. 수갑은 보드라운 털에 덮여 있긴 했지만 손목을 파고들어서 살갗이
벗겨졌다. 그 방은 더웠고 하루 종일 땀을 엄청 많이 흘렸다. 그는 방에
에어컨을 설치하려고 알아보고 있는 중이라며, 그러면 더 시원해질 거라
고 했다. 그사이에 선풍기를 가져다줬는데, 큰 도움이 되었다. 나는 매일
그에게 언제 집에 보내줄 거냐고 물었다. 그가 어떤 말을 했는지 정확히
는 기억나지 않지만 대답이 뭐였는지 대충은 알 것 같다.

그는 온갖 우스운 목소리로 나를 웃기려고 애썼다. 영국 억양, 텍사스
억양, 오스트레일리아 억양을 써가면서. 이 모두가 자기 말을 고분고분
잘 듣도록 나를 조종하기 위한 계략의 일부였다는 생각이 든다. 그는 남
을 잘 구슬리는 언변을 이용해 나의 신뢰를 얻었다. 그는 내게 세상의 전
부가 되었다. 내게 먹고 마실 것, 변기를 줄 수 있는 사람은 그밖에 없었
다. 그는 내게 즐거움을 주는 유일한 사람이었다. 그때쯤 나는 인간과의

접촉이 얼마나 그리웠던지 그가 언제나 올까 기다리기까지 했다. 마치 그가 내게 선물을 주는 것 같은 기분이었다…… 나와 함께 있어주는 선물을. 몇 달 동안 내가 만난 사람이라곤 그밖에 없었다. 이때는 잠을 참 많이 잤다. 그것 말고는 달리 할 일이 없었고, 잠을 자면 산산조각 난 마음을 그나마 쉽게 닫아버릴 수 있었다. 처음 꾸었던 납치에 대한 악몽도 나중에는 꾸지 않았다. 극한의 악몽 속에 살고 있었기에 더 나쁜 것을 생각할 수 없었을 것이다. 꿈을 꾸면 하늘을 나는 꿈을 꾸었다. 깨고 나면 시간 개념이 없었다. 창문에 걸린 수건으로 빛이 조금 새어들어오긴 했지만 그 외에는 빛이 거의 없었다. 나는 필립이 찾아오는 때로 시간을 가늠하게 되었다. 필립이 저녁식사를 가져오면 밤이라는 걸 알았다. 욕실에서의 그 첫날 이후 그는 내게 손을 대지 않았다. 일주일 뒤 어느 날 전까지는……

처음

자물쇠가 덜거덕거리는 걸 보니 그가 먹을 것을 가져왔나 보다. 오늘은 배가 무척 고프다. 마지막으로 음식을 먹은 때가 언제였는지 기억도 안 난다. 이 방에 얼마나 오래 있었을까, 확실히 모르겠다. 구출되면 이 방에 며칠이나 있었는지 알아야 하니까 이제부터라도 날짜를 세기 시작해야겠다. 그런데 날짜를 계산할 방법이 없다. 수갑 때문에 손목이 얼얼해서 손을 쓰기가 힘들다. 글을 쓸 곳도, 도구도 없다. 그가 항상 탄산음료를 가져오니까, 빨대 껍질을 모아두었다가 그 개수로 날짜를 셀 수도 있겠다. 하지만 그는 꼭 쓰레기를 챙기고 수갑을 채우기 때문에 빨대 껍질 종이를 따로 모아둘 수가 없다. 해가 지는 횟수로 날짜를 세어보려고 해도, 난 너무 쉽게 잠들어버리고 가끔 깨어나보면 이미 어두워져 있다. 창으로 빛이 조금 새어들어오긴 하지만 그리 밝지는 않다. 새벽이거나 해가 지고 있는 모양이다. 해가 뜨고 바람이 불면, 창에 걸려 있는 수건에 진 그림자는 꼭 창에 목을 맨 사람처럼 보인다. 그래서 이 나무에 '교

수형 집행인의 나무' 라는 별명을 붙였다. 한번은 호기심을 못 이겨 수갑을 찬 채 버둥거리다가 간신히 일어섰다. 창밖에 걸려 있는 게 뭔지 보고 싶었다. 이빨로 수건 귀퉁이를 물고는 창밖이 최대한 잘 보일 때까지 몸을 이리저리 흔들었다. 창밖에는 보통 크기의 나무 한 그루밖에 없고, 길고 가느다란 나뭇가지들과 큼지막하고 두툼한 이파리들만 달려 있었다. 나무만 있는 걸 보니 마음이 놓인다. 여기서 더 이상한 일을 견딜 수 있을지 모르겠다.

매일 학교에 안 가니까 기분이 참 묘하다. 예전에 했던 일상적인 일들이 그리울 때도 있고, 일어나서 학교에 가지 않아도 되는 게 좋을 때도 있다. 하지만 너무 심심하다. 여기서는 할 일이 없다. 머릿속으로 이야기를 많이 만든다. 별에서 온 소년에 대한 이야기를 지었다. 소년은 온 세상을 날아다니다가 아이의 울음소리가 들리면 꼭 조사하러 온다. 나는 매일 우니까 언젠가 별 소년이 내 울음소리를 들을 거라는 상상을 해본다. 소년은 내 울음소리가 유난히 가슴 아프게 들려서 나를 찾아 전 세계를 샅샅이 뒤진다. 마침내 나를 찾은 소년이 감옥 창문을 열어주면 나는 소년의 손을 잡고 소년과 함께 날아다니며 세계 여행을 떠난다. 하지만 끝에는 언제나 소년이 나를 감옥으로 도로 데려온다. 왜 그럴까.

나를 가둬둔 사람의 맥없는 발소리가 저쪽 방에서 들려온다. 문을 열고 들어오는 그의 손에 밀크셰이크가 들려 있다. 난 내가 잘하고 있다는 걸 보여주고 싶어 미소 짓는다. 왠지 몰라도 그가 보고 있으면 즐거운 척해야 할 것 같다. 그는 들어와서 웅크리고 앉더니 오늘은 조금 다를 거라고 말한다. 우리가 끝내고 나면 나한테 밀크셰이크와 먹을 걸 주겠다고 한다. 뭘 끝낸다는 거지? 갑자기 허기가 싹 가신다. 내 몸 저 깊숙한 곳에서 소름이 확 끼치는 기분이다. 그가 가버렸으면 좋겠다. 여기서 도망나가고 싶다. 나는 그에게 배고프지 않다고 말한다. 그냥 집에 가고 싶다. 그는 선반에 밀크셰이크를 올려놓고 허리를 굽힌다. 내게 수건을 벗고 침상 위에 누우라고 말한다. 그는 수갑을 벗겨 내 등 뒤가 아니라 내 앞으로 다시 채운다. 그러고는 내 옆에 앉아 자기가 뭘 할 건지 설명한다. 그가 다시 일어나서 옷을 전부 벗는다. 그가 이러는 게 싫다. 나는 훌쩍거리기 시작한다. 그가 수갑이 채워진 내 두 손을 잡아 내 머리 위로 올린다. 나는 힘이 쭉 빠지고 아무것도 할 수 없다. 정말 외롭다. 그가 내 위로 올라온다. 엄청 무겁다. 나는 울음을 멈출 수가 없다. 그는 빨리 끝날 거라며, 내가 몸부림치지 않으면 자기가 세게 하지 않아도 되니 더 좋을 거란다. 무슨 말인지 전혀 모르겠다. 그는 내 두 다리를 억지로 벌리고, 자기 다리 사이에 있는 딱딱한 것을 내 속으로 집어넣는다. 내 몸이 쭉 늘어나서 찢어져버릴 것만 같다. 뱃속에서 그게 튀어나올 것 같다. 난 너무 작고 그는 너무 크다. 왜 이런 짓을 하는 거지? 이게 정상적인 거야? 나는 뒤로 물러나려고 애쓴다. 그는 내 두 다리를 꼭 붙들고 양쪽으로 밀쳐 더 넓게 벌려놓는다. 내가 감당하기엔 그는 너무 무겁고 강하다. 내 두 손은 계속 머리 위에 붙들려 있다. 나는 지금 내게 벌어지고 있는 일 말고 다른 것을 생각하려고 애쓴다. 그의 얼굴 말고 딴 곳을 보려고 애쓴다. 내 뺨으로 흘러내리는 눈물이 느껴진다. 그는 이상한 소리를 내고 끙끙거리며 내 몸 위로 온통 땀을 흘려대고 있다. 그가 너무 무거워서 숨을 쉴 수가 없다. 갑자기 그가 엄청 큰 소리로 끙 하고 신음을 뱉더니 내 위로 무겁게 푹 쓰러진다. 나는 아무것도 할 수 없다. 꼼짝도 할 수 없다. 마침내 그가 움직이며 내게 괜찮으냐고 묻는다. 내가 반항하거나 몸부림치지 않으면 다음번에는 덜 힘들 거라고 말한다. 오늘만큼 아프지 않을 거라고 한다. 나는 속으로 생각한다, 애초에 그런 짓을 안 했다면 하나도 안 아팠을 거야. 하지만 그가 하는 짓이 너무 무서워 감히 대들 수가 없다. 대신 속으로 비명을 지른다, **아니 괜찮지 않아…… 저리 비켜!** 왜 이런 짓을 하는 거야? 이게 무슨 의미가 있는데? 그가 이제 다 끝났다고 말하고 일어나서는 내 몸을 씻을 물을 가져오겠다고 말한다. '밑에서' 피가 흐른다. 무서워 죽겠다. 나는 죽는 걸까? 왜 피가 나지? 그가 괜찮다고 말한다. 자기가 "내 체리를 터뜨려서" 'cherry'에는 '처녀막'이라는 뜻이 있다—옮긴이 그런 거란다. 무슨 소리인지 모르겠다. 그가 나갔다가 따뜻한 물 한 양동이와 수건을 가지고 돌아온다. 수갑을 풀어주면서 옆방에 가 있을 테니 혼자 씻으라고 한다. 나는 몸을 씻고 깨끗한 수건으로 몸을 감싸고는 바닥에 있는 침상에 앉는다. 밀크셰이크는 거의 잊어버렸다.

a stolen life

회상

나는 강간당했던 바로 그곳에서 계속 지내야 했다. 그땐 그게 뭔지도 몰랐다. '강간'이라는 단어가 있는지도 몰랐으니까. 지금은 그 순진한 어린 소녀가 지독히도 가엾다. 그 소녀는 아직도 나의 일부이며, 때때로 밖으로 튀어나와 또 한 번 나를 움츠러들게 하고 무력하게 만든다. 아직도 열한 살인 것처럼 느껴질 때가 있다. 하지만 그 겁먹은 어린 소녀는 내면에 품은 그 무언가 덕분에 끝까지 견뎌냈고 오늘의 나를 만들었다. 그 후로도 강간은 상습적으로 일어났다. 그가 매일 나를 범했는지는 기억나지 않는다. 셀 수 없을 만큼 그런 일이 많았다는 것밖에는 모른다. 그 일이 벌어질 때마다 나는 그가 끝낼 때까지 마음속으로 '달아나는' 법을 배웠다. 머릿속에서 이야기를 지어내며 시간을 보내는 것이다. 그 시절에는 공상의 세계로 달아나기가 쉬웠다. 원래부터 워낙 몽상가였던 나는 딴 생각을 많이 하는 아이였다. 시간 감각이 모호해졌고 그 덕분에 미치지 않을 수 있었다.

나를 납치한 사람의 이름은 알고 싶지 않았다. 그들의 이름을 아는 순간 영영 풀려나지 못할 테니 그의 이름을 모르는 편이 낫다고 생각했던 기억이 난다. 잡혀간 첫 주쯤에 유괴범의 이름이 필립이라는 걸 알았다. 어떻게 알았는지는 기억나지 않는다. 그가 자기소개를 하며 이름을 댔던 건 아니다. 내가 눈치채지 못하는 사이에 은근슬쩍 알려주었다.

모든 걸 그에게 의지했었던 걸 생각하면 기가 막힌다. 더위가 못 견딜 정도로 심해져서, 그가 마침내 에어컨을 설치해줬을 때 눈물 나게 고마웠던 기억이 난다. 그는 모르는 게 없는 것 같았다. 나를 섹스에 이용하지 않을 때는 좋은 사람처럼 보였다. 심지어는 그와 함께 있는 게 즐거워지기 시작했다. 나는 순진했고 못 견디게 외로웠다. 며칠을 연달아 오롯이 혼자 방에 갇혀 있던 내게 그는 바깥세상과 이어지는 유일한 끈이었다. 난 그저 참고 견디며 살아남는 수밖에 없었다…….

몇 시간 후 천장을 노려보며 누워 있다가, 잊고 있던 밀크셰이크에 개미들이 꼬였다는 사실을 깨닫는다. 그거라도 마실걸, 후회된다. 지금은 배가 고파서 뱃속이 꼬르륵거린다. 창문에서부터 밀크셰이크까지 개미들이 기다랗게 줄을 잇고 있다. 몇 마리는 더 멀리까지 기어왔고, 곧 내 몸을 파고들 것 같다. 아마도 내 몸의 냄새가 심해서 개미들을 끌어들이고 있는 모양이다. 샤워를 한 지 얼마나 됐는지 모르겠다. 첫날 그가 내게 샤워를 시킨 후로는 한 번도 하지 못했다. 그 뒤로는 양동이 물로만 씻었다. 안 그래도 더러워서 근질거리던 몸이 개미들 때문에 훨씬 더 심하게 가렵고 몇 마리는 내 입속으로 들어와 싸한 맛을 남긴다. 수갑 때문에 긁을 수도 개미들을 털어버릴 수도 없다. 뜨거운 물에 몸을 담그고 더러운 때를 전부 벗겨버렸으면.

첫 새끼고양이

　그가 새끼고양이 한 마리를 가져다주겠다고 말한다. 내가 계속 얘기한 덕분이다. 정말 외롭다고, 고양이를 정말 좋아한다고. 내가 예전에 가졌던 모든 것을 그에게 얘기해주었다. 정말 신난다. 어서 새끼고양이와 얘기를 나누고 싶다. 나는 하루 종일 방에 누워 있기만 한다. 너무 심심하다. 그는 이제 내게 수갑을 채우지 않는다. 어느 날 섹스를 하고 난 뒤, 내가 착하게 굴겠다고 약속하면 수갑을 채우지 않겠다고 했다. 나한테 다시 수갑을 채우기 싫기 때문에 나를 믿겠다고 했다. 내가 더 편하게 지냈으면 좋겠다고 했다. 나는 이런저런 말들을 생각해봤지만 다 공손하지 못한 것 같아서 그냥 고개를 끄덕였다. 그가 나가고 나서 양동이 물로 몸을 씻은 나는 내가 있는 방과 붙어 있는 다른 방으로 한번 들어가볼까 생각했다. 바깥문에 달린 자물쇠가 찰칵 하고 잠기는 소리를 확실히 들은 후에야 일어나 앉아서 들리는 모든 소리에 귀를 기울였다. 가끔은 자물쇠 소리도 못 들었는데 그의 발걸음 소리가 갑자기 들릴 때도 있다. 전에는 몰랐던 많은 소리들이 들린다. 바깥으로 귀를 쫑긋 세운다. 기차 소리가 들린다. 기적 소리와 철도 위를 달리는 소리. 누군가가 잔디를 깎는 소리가 들린다. 새소리가 들린다. 그리고 하늘을 나는 비행기 소리가 들린다. 바깥이 그립다. 방 안에 그냥 앉아만 있으니까 정말 따분하다. 양치질마저 그립다. 아, 칫솔만 있어도 참 좋을 텐데! 이를 닦지 않았다고 새아빠 칼에게 외출금지당했던 일은 평생 못 잊을 것이다. 새아빠는 식사를 끝내고 나면 꼭 이를 닦아야 한다고 생각한다. 내가 가끔 양치질을 빼먹었던 건 사실이다. 어느 날 내 친구 쇼니가 전화를 했는데 새아빠는 나한테 말도 없이 전화를 받았다. 쇼니는 자기 아빠와 영화를 보러 가는데 나도 데려가면 안 되느냐고 물었다. 새아빠가 허락했는지, 잠시 후 쇼니가 우리 집 현관문을 두드렸다. 문을 연 나는 쇼니를 보고 깜짝 놀랐다. 쇼니가 오는지도 몰랐기 때문이다. 새아빠가 얘기해주지 않은 것이다. 쇼니는 내게 영화 보러 갈 준비가 됐느냐고 물었다. 내가 새아빠에게 영화 얘기를 듣고 외출 준비를 다 끝내놨을 거라고 짐작한 것이다. 새아빠는 내가 아침식사 후에 이를 닦지 않았기 때문에 나갈 수 없다고 큰 소리로 말했다. 확인해봤더니 칫솔이 말라 있더라면서. 나는 새아빠에게 빌었다. 지금 당장 이를 닦겠다고, 아침에 일어나서 이를 닦았다고, 정말 가고 싶다고, 알았더라면 이를 닦았을 거라고. 하지만 새아빠는 끝내 허락해주지 않았고, 쇼니가 자기 아빠와 함께 영화를 보러 간 후 난 남아서 눈물을 주르륵 흘렸다. 웬일인지 그날 일이 잊혀지지 않는다. 지금 칫솔이 없어서 그 일이 떠오르나 보다. 내가 몇 주 동안 이를 안 닦은 걸 알면 새아빠가 엄청 화를 내겠지. 내가 그 사실을 털어놓을 때 새아빠의 표정을 보면 재미있을 텐데. 나는 이를 깨끗이 하기 위해서 손가락으로 치석을 문질러 벗겨낸다. 이에 치석이, 특히 검은 치석이 얼마나 많이 끼는지, 정말 놀랍다. 혀로도 이를 문지른다. 칫솔을 다시 쓰게 될 날이 오기나 할까.

나는 시간을 때우기 위해 많이 잔다. 언젠가 다시 집으로 돌아가면 가장 먼저 하고 싶은 일은 엄마를 꼭 껴안고 놓아주지 않는 것이다. 두 번째로 꼭 하고 싶은 일은 자유롭게 뛰어다니는 것이다. 여기서 내 두 다리는 갑갑하게 갇혀 있다. 친구들과 함께 밖에서 뛰어놀지 못해 아쉽다. 집으로 돌아가기만 하면 내 강아지를 기르고 싶다. 기회만 생기면, 나를 잘 따르는 개와 함께 해변을 달려야지. 어딜 가든 개를 꼭 데리고 다니며 절대 다시는 혼자가 되지 않을 거야. 함께 오래도록 걸어다니고, 내가 자전거를 타면 개가 옆에서 같이 달리는 거야.

나는 용기를 내어 다른 방을 보기로 한다. 거기에 뭐가 있는지 정말 보고 싶다. 살금살금 들어가보는데, 아주 캄캄하다. 창문은 하나도 보이지 않는다. 드럼 세트와 마이크 스탠드와 엄청 큰 스피커들이 방 여기저기에 놓여 있다. 필립은 내가 오기 전에 여기서 음악을 했다고 말했다. 가끔 필립이 기타를 가져와 치면서 노래를 불러주기도 한다. 그의 노래를 전에 어디서 들어본 것 같은 느낌이 들 때도 있다. 한번 물어봤더니 모두 자기가 직접 만든 곡이라고 했다. 그는 자기가 언젠가는 음악으로 크게 성공할 거라고 생각한다. 과연 그럴까? 자기 실력이 아주 좋다면서, 언젠가는 유명해질 거라고 한다. 이러면 안 된다는 걸 알지만, 밖으로 나가는 커다란 문을 한번 밀어본다. 단단하게 잠겨 있다. 달아날 길이 없다. 문이 정말 열렸다면 어떻게 했을까. 여기가 어딘지도 전혀 모르고, 필립 말로는 도베르만들이 지금도 마당을 돌아다니고 있다는데. 내가 문을 열려고 했다는 걸 그가 알까봐 겁난다. 그는 모르는 게 없는 것 같다. 말썽을 일으키긴 싫다. 그저 집에 가고만 싶다.

나는 발끝으로 조심조심 내 방으로 돌아와 방 안을 둘러본다. 이젠 가까이서 자세히 볼 수 있으니 이상한 장비를 살펴본다. 그게 뭐냐고 필립에게 물었더니 음악을 만드는 데 쓰는 믹서라고 했다. 수천 달러나 되지만 그의 어머니인 팻이 그에게 음악을 전문적으로 해보라며 사준 거라고. 자기가 만든 음악을 직접 믹싱하면 다른 사람은 필요 없다면서, 그렇게 하면 자기가 원하는 소리를 만들 수 있다고 했다. 나는 믹서라는 걸 처음 들어봤다.

오늘은 그가 아주 작은 흑백텔레비전을 가져다주고 나갔다. 채널은 별로 없지만, 그래도 사람들의 말소리를 들을 수 있다. 밤에 수신 상태가 훨씬 더 좋아서 밤 프로그램들을 많이 본다. 낮 동안에는 홍보 광고들과 QVC미국의 홈쇼핑 채널―옮긴이밖에 안 나온다. 무지 따분하지만, 볼수록 재미있는 것 같다. 오늘처럼 어떤 여자가 내게 오팔 목걸이를 팔려고 애쓰는 소리를 들으며 잠들 때도 있다.

다음 날 아침 눈을 뜬다…… 아마도 아침이 맞을 거다. 시간을 느끼는 데에 점점 더 익숙해지고 있는 것 같다. 필립은 보통 아침에 나를 보러 오고 어두워지는 저녁에 또 한 번 온다. 오늘은 새끼고양이를 데려왔으면 좋겠다.

한동안 아무것도 못 먹은 것 같다. 이젠 언제든지 화장실에 갈 수 있다. 그가 나무 널빤지를 덮은 양동이를 구석에 하나 두었다. 그가 올 때까지 참지 않아도 돼서 좋다. 가끔 창밖을 내다본다. 그가 얘기해준 개들을 본 적이 있다. 개들 말고 보이는 건 울타리와 잡초뿐이다. 근처에 다른 사람은 없나? 여긴 어딜까?

그가 자물쇠를 여는 소리가 들린다. 그가 오고 있다. 이제 그의 발소리가 들린다. 섹스를 하러 오는 게 아니었으면 좋겠다. 그가 들어오더니 내게 눈을 감아보라고 한다. 내게 줄 깜짝 선물이 있다고 한다. 눈을 감았다가 떠보니 나의 새 아기고양이가 보인다. 태어난 지 두 달 정도 되어 보이고 벌써 반쯤은 자란 것 같다. 실망스럽다. 더 작은 고양이였으면 좋았을 텐데. 하지만 실망한 티를 그에게 보이고 싶진 않다. 나는 미소 지으며 기쁜 척한다. 같이 있을 친구가 생겨서 기쁘다. 새끼고양이가 야옹하고 울자 그가 고양이를 내게 건넨다. 수컷인지 암컷인지 물어보니 암컷이라고 한다. 검은 호랑이처럼 생긴 것도 같다. 등에 줄무늬가 있다. 나는 고양이를 어루만지고, 그는 고양이가 쓸 변기를 찾아보겠다고 말한다. 나는 고양이에게 지어줄 이름을 생각하다가 티거로 결정한다. 〈곰돌이 푸〉에서 폴짝폴짝 뛰어다니는 티거. 티거는 항상 명랑하고 절대 우울해하지 않는다. 나의 티거가 주변을 탐험하기 시작하자 나는 그냥 내버려둔 채 지켜본다. 필립이 고양이용 변기와 음식과 물을 가지고 돌아온다. 그러고는 낸시를 직장에 데려다줘야 한다고 말한다. 나를 데려올 때 그와 같이 있었던 사람이 누구냐고 물어본 적이 있는데, 그가 자기 아내 낸시라고 말했다. 처음에는 말해주지 않으려고 하면서 이젠 여기 없는 사람이라고 했지만, 가끔 그가 밖에서 어떤 사람과 얘기하는 소리가 들려서 그 사람이 누군지 계속 궁금했는데 마침내 그가 말해주었다. 그의 아내 낸시를 만나게 될까? 그랬으면 좋겠다. 꼭 그녀를 만나고 싶다. 외로워서 못 견디겠다. 언젠가 그녀가 찾아오면 같이 얘기를 나눌 수 있겠지.

내가 부르면 올 수 있게 새끼고양이를 가르칠 계획이다. 어서 빨리 시작하고 싶다. 그가 나가면서 나중에 오겠다고 말한다. 그때도 섹스 때문에 오는 게 아니었으면 좋겠다. 원하지 않는 일을 골똘히 생각하면 그 일이 일어나지 않을 때도 있다. 반대로 내가 생각하지도 않은 일이 벌어지기도 한다. 그래서 나는 그가 할지도 모르는 일을 전부 다 생각해보려고 애쓴다. 그 일이 벌어지지 않게 하려고. 하지만 항상 내 생각대로 되는 건 아니다. 그는 늘 섹스를 하러 오니까. 그는 내가 자기의 성 문제를 치료해주고 있는 거라고 말한다. 그 '문제'로 다른 사람들을 해치는 대신 나를 여기에 데려왔으니 내가 자기를 도와주면 남들을 해치지 않아도 된다는 것이다. 정말 이상한 얘기처럼 들리지만, 그렇다고 그가 내게 하고 있는 짓을 다른 사람에게도 저지르는 건 싫다. 그럼 내가 뭘 할 수 있을까? 얌전히 그의 말을 잘 들으면 곧 나를 집에 보내주지 않을까. 나를 해코지하지 않을 때면 그는 나를 잘 웃긴다. 내가 미소 지을 때가 좋다면서. 지금은 웃을 이유가 딱히 없지만, 그의 기분을 맞춰주는 게 최선이다.

지금쯤이면 체험학습은 이미 끝났겠지. 재미있었을까. 지금 쇼니는 뭘 하고 있을까. 쇼니와 함께 놀지 못해 아쉽다. 참, 단짝친구 제시에게 편지를 보낼 생각이었는데. 제시가 무척 보고 싶다. 타호로 이사 오고 나서는 제시를 한 번도 만나지 못했다. 그녀와 놀던 때가 그립다. 제시를 다시 만날 수 있을까. 나를 찾고 있는 사람이 있는지 궁금하다. '그날' 후로 울지 않은 날이 기억나지 않는다. 울지 않을 날이 다시 오기나 할까? 지금 엄마는 뭘 하고 있을까.

그가 나의 티거를 데려가려고 한다. 정말 슬프다. 그는 고양이가 방 여기저기에 싸놓은 오줌 냄새를 못 견디겠다고 말한다. 그가 말하는 모든 것을 부정하고 싶지만, 그럴 수 없다. 여기는 티거가 지내기에 좋은 곳이 아닌 것 같다. 티거는 밖에 나가서 뛰어놀고 싶어한다. 이 방 안에 있는 걸 못 참는다. 그래서 보란 듯이 온 방 안에 오줌을 싸고 있나 보다. 괜히 고양이를 갖고 싶다고 했나, 죄책감이 들기 시작했다. 고양이가 지내게 될 환경을 생각했어야 하는 건데. 여긴 새끼고양이가 지낼 만한 곳이 못 된다. 그는 자기 이모가 동물을 좋아한다면서 그녀에게 데려다 줄 거라고 말한다. 티거가 더 좋은 곳에 간다니 기쁘다. 하지만 슬프기도 하다. 또 나 혼자가 되겠구나. 어느새 그 시간이 왔고 그가 티거를 데려간다. 언젠가 또 만날 수 있을 테니 울지 말라고 한다.

회상

이 부분을 쓰면서는 무척 가슴이 아프다. 이 책을 쓰기가 얼마나 힘든지 새삼 깨닫게 된다. 이쯤에서 그만 멈추고 싶은 마음도 있다. 그때의 심리 상태로 되돌아가는 것이 괴롭고 속이 뒤틀린다. 쓰면 쓸수록 더욱 힘들어진다. 하지만 계속 쓰고 싶기도 하다. 쓰지 않으면, 나를 유괴하고 강간한 범인을 계속 보호해주는 꼴이 될 테니까. 더는 그러고 싶지 않다. 다른 한편으로는, 잊으려고 무던히 애썼던 내 지난날을 몇 년이 지난 지금 자세히 쓰기가 힘들다. 내 머릿속으로 들어가 그때의 그 모든 일을 되새기는 것이 얼마나 괴로운지 모른다…… 계속 써나가자, 그리고 끝내버리자…….

2010년 아버지날

어제는 아버지날이었고, 내 아버지라고 하는 남자가 내게 전화를 요구하는 내용의 성명서를 발표했다. 암으로 죽어가고 있다고 했다. 나는 전화하지 않았다. 가슴이 찢어질 것 같다. 내 아버지라는 그 남자를 나는 모른다. 내 인생을 함께해주지 않은 그 남자에게 미안함을 느끼고 싶지 않다.

아홉 살 때 나는 아빠가 어떤 사람인지 궁금했다. 어쩌면 왕자일지도 모른다는 생각을 했다. 그래서 나랏일이 많아 우리와 함께 살 수 없는 거라고. 아니면 해군 대령인데 비밀 임무를 수행하다가 죽었을 거라고. 아버지가 나를 사랑하는지 궁금했다. 내 여동생이 태어난 무렵이었을까, 주위의 다른 아이들이 아버지와 함께 있는 모습이 눈에 박히기 시작했다. 내 여동생에게도 그녀를 무조건 사랑해주는 아빠가 있었다. 나도 아빠를 갖고 싶었다. 새아빠인 칼이 나와 여동생을 아주 다르게 대한다는 걸 느꼈다. 그래서 사랑받지 못하는 천덕꾸러기가 된 듯한 기분이 들었다.

친아버지 이름이 뭐냐고 물었더니 엄마가 "켄이야."라고 대답하셨던 기억이 난다. 나는 미소 지으며 "바비의 남자친구 켄처럼?" 하고 말했다. 아빠가 날 본 적이 있느냐고 물어보니, 엄마는 아빠가 원하지 않았다고 했다. 그땐 그 이유를 이해할 수 없었다. 하지만 슬펐다. 그 뒤로 다시는 그 얘기를 꺼내지 않았다. 나를 원하고 사랑하는 엄마가 있으니 그것만으로 충분하다 싶었다.

그다음에 또 내 아버지라는 그 남자를 생각한 건 납치당했을 때였다. 잠깐이지만, 나를 잡아가는 사람이 아버지일지도 모른다고 생각했다. 지금 생각해보면 터무니없는 착각이었다. 처음에 필립에게 내 아버지냐고 묻기까지 했고 그는 곧장 아니라고 대답했다.

그 시절에 대해 쓰고 있는 지금, 혼란스럽다. 어떤 감정을 느껴야 하지? 무슨 생각을 해야 할까? 이젠 이 질문들의 답을 나 스스로 찾아내야 한다. 오랜 세월 남들이 내 대신 결정을 내렸다. 이 혼란스러운 문제는 그 뒤뜰에서 생각할 일이 아니었다.

이 문제에 대해 지금 당장 결정을 내리고 싶지는 않다. 시간을 두고 적응하면서 나 자신과 가족의 삶을 꾸린 다음, 내 친아버지와의 관계를 이어갈지 말지 결정하고 싶다. 나는 아직도 필립의 손아귀에서 조종당했던 상처를 극복하고 있는 중이다. 내게 최후통첩을 보내는 또 다른 남자는 필요 없다. 나는 내가 원하는 것을 알고 있다. 마음의 결정을 내리려면 더 많은 시간이 필요하다. 이 낯선 남자와 그의 가족을 만날 준비가 되었는지는 나 스스로 판단하고 싶다. 감금에서 풀려난 지 거의 한 해가 지났지만, 아직은 때가 아닌 것 같다. 이제 더는 남이 요구하는 대로, 남이 원하는 대로 인생을 살지 않을 것이다. 느끼지 않아도 될 죄책감이 느껴진다. 딸을 볼 수 있는 기회를 걷어찬 건 내가 아니다. 내 인생의 첫 11년 동안 그는 얼마든지 날 찾아올 수 있었다. 그런데 그렇게 하지 않았다. 그의 선택을 비난할 생각은 없다. 하지만 그때 나를 외면하기로 한 그의 선택 때문에, 이제 어른이 된 나는 그를 만나야 하는지, 만난다면 언제 만나야 하는지 결정해야 한다.

내 인생에는 긍정적인 남성 롤모델이 별로 없었다. 하지만 풀려난 후에 멋진 아버지들을 만났다. 진정한 아버지란 무엇인지, 그리고 부성애의 의미를 내 눈으로 직접 보고 있다. 훌륭한 남자들은 어떻게 행동하는지 그들이 보여준다. 아버지마다 방식은 서로 달라도 한 가지 공통점이 있다. 아이에 대한 진실한 사랑. 양육권 문제로 가끔씩만 아이를 보는 한 아버지를 만난 적이 있다. 늘 만나지는 못하지만 그들 부자의 유대는 깊고도 단단하다. 두 사람이 얘기를 주고받으며 어울리는 모습을 보면 알 수 있다. 그는 완벽한 아빠로 자처하지 않고, 자신의 아버지보다 더 좋은 아빠가 되려고 노력한다. 좋은 때든 나쁜 때든 아들의 인생을 함께하기를 원한다. 그래서 난 그가 최고의 아빠라고 생각한다. 그를 보면 여러 면에서 우리 엄마가 떠오른다. 내가 만난 또 다른 아빠는 의붓아버지다. 난 사실 의붓아버지들을 그리 좋게 생각하지 않았다. 의붓부모는 친자식만큼 의붓자식을 사랑하지 않는다는 생각이 내 머리에 박혀 있다. 내 새아버지에게 사랑받거나 인정받지 못해서 그런 모양이다. 지금은 세상에 많은 형태의 사랑이 있으며, 의붓부모도 의붓자식을 사랑하고 받아들일 수 있다는 사실을 잘 안다. 친자식을 사랑하는 방식과는 다를지라도 말이다. 어떤 의붓부모와 의붓자식은 몇몇 문제에 대해 견해 차이가 있어도 서로에게 진실한 애정을 품고 있다. 내가 새로 알게 된 이 의붓아버지는 칼이 내게 했던 것처럼 의붓자식들을 조롱하는 모습을 한 번도 보인적이 없다. 셰이나는 칼의 딸이었다. 그건 분명한 사실이다. 새아빠는 자기 딸을 아주 자랑스러워했다. 나는 꼭 방해물이 된 듯한 기분이었다. 아무래도 그래서 내가 오랜 시간 짊어지고 있던 외로움이 한층 더 컸던 것 같다.

왜 친아버지는 어린 나를 보러 오지 않았을까. 그 답은 평생 알 수 없을지도 모른다. 지금 내가 아는 건 친아버지에게 두 가족이 있다는 것이다. 과연 그가 두 가족을 제대로 보살필 수 있을까. 내가 당한 일 때문에 친아버지가 아주 속상해하고 있겠지만, 그의 잘못도 아니었고 막을 수 있는 일도 아니었다. 법을 수정하여 정부가 성범죄자들을 더 철저히 감시했다면 막을 수 있었을지도 모르지만, 그것도 이제 와서 하는 생각일 뿐이다. 내게 그런 일이 일어날 거라고, 그 작은 타호 마을에서 그런 일이 벌어지리라고 누가 생각이나 했을까. 하지만 그 일은 일어났고, 이젠 끝이 났다. 과거를 바꾸고 싶다는 생각만 하면서 살지는 않는다. 이렇게 살아 있음이 고맙다. 내 딸들이 있어 고맙다. 한시도 나를 포기하지 않은 아주 강인한 엄마가 있어서 고맙다. 아름답고 똑똑한 여동생과 사랑하는 이모가 있어 고맙다. 그리고 구출된 후 알게 된 수많은 이들이 고맙다. 가족을 이루는 건 유전자가 아니라는 사실을 배웠다. 가족이란 좋을 때든 나쁠 때든 꼭 함께하는 사람들이다. 슬픔은 삶의 일부다. 행복한 마음으로 긍정적인 생각을 할 수 있도록 힘겹게 싸워야 한다. 지금 이 순간, 내 앞에 어떤 미래가 펼쳐질지는 나도 모른다. 지금 내가 가진 자유를 만끽하고 내가 몰랐던 나 자신을 발견하고 있는 중이다. 언젠가 친아버지를 만나고 싶은 마음이 생길까? 그 답은 모른다. 아직 마음의 준비가 되지 않았다. 그가 이해 못한다면 정말 유감스러운 일이다. 나는 기다릴 만한 가치가 있는 사람이라고 생각하니까.

첫 '달리기'

그냥 자고 싶다. 요즘 잠을 많이 잔다. 잘 땐 더 좋은 일들을 꿈꿀 수 있으니까. 엄마, 여동생과 같이 집에 있는 꿈처럼. 깨어보니 캄캄하다. 그런데 내 잠을 깨운 무언가가 있다. 자물쇠가 덜컹거리는 소리가 들린다. 그가 오고 있다. 이렇게 늦은 시간에는 잘 오지 않는데. 이렇게 늦게 올 줄은 생각도 못했다. 모든 가능성을 생각했어야 했어. 그럼 이런 일이 벌어지지 않았을 텐데. 무섭다. 뭘 하려는 거지? 자고 싶다. 그가 손전등을 들고 들어온다. 나는 잠들어 있는 척한다. 두 눈을 질끈 감는다. 언제까지 계속 잠든 척할 수 있을까? 그가 내 앞에 쭈그리고 앉는 소리가 들린다. 가버려, 나는 속으로 비명을 지른다. 그가 내 어깨를 흔들자 나는 깨어나는 척한다. 그가 "일어나, 옆집으로 갈 거야."라고 속삭이며 내게 담요를 씌운다.

며칠 전에 그가 분홍색 꽃무늬 점프수트와 속옷 한 벌을 가져왔다. 입을 것이 생겨서 좋다. 그가 섹스를 하러 올 때마다 옷을 벗는 게 싫다. 어딜 가려는 거지? 여기 온 후로 이 건물에서 나간 적이 없는데, 무슨 일일까. 그가 내게 건물에서 나갈 때 소리를 내지 말라고 한다. 나를 어디로 끌고 가는지 보이진 않지만 금세 도착한 걸 보니 그리 멀리 떨어진 곳은 아니다. 열 걸음 정도 걸었는데 '옆집'에 도착한다.

우리는 또 다른 방으로 들어간다. 이 방은 다르다. 온전한 방 하나에 창문이 세 개 달려 있다. 창문 두 개는 건물 양쪽에 하나씩 있고 세 번째 창문은 문 옆에 있다. 안쪽 벽에는 중간 높이쯤 에어컨이 있지만, 창문은 없다. 이 세 개의 창문에도 철창살이 붙어 있는데, 그가 가서 수건으로 가려버린다. 그는 계속 손전등을 사용하고 있다가 문을 잠그고 나서야 전등을 켠다. 문 두 개가 등을 맞대고 있는데, 하나는 묵직한 철창살이 달린 바깥문이고 다른 하나는 안에서 잠글 수 있는 안쪽 나무문이다. 나는 두려움으로 얼어붙은 채 머리끝에서 발끝까지 벌벌 떨고 있다. 처음으로 겪는 일이 세상에서 가장 무서운데, 어떤 일이 벌어질지 짐작도 안 간다. 너무 외로워서, 차라리 옆의 내 작은 방으로 돌아가고 싶은 마음까지 든다. 적어도 거기서는 어떤 일이 일어날지 알 수 있으니까. 나는 방 안을 둘러본다. 그가 수건으로 가려놓은 창문 세 개를 힐끔 보며 생각한다, 날 여기서 구해줄 사람은 아무도 없어, 난 갈 곳이 없어.

방 한가운데에 있는 파란색 소파가 방을 반으로 가르고 있다. 소파 등과 그 맞은편의 책상 사이에 칸막이가 있다. 책상 위에는 온갖 잡동사니들이 널브러져 있다. 문을 보니, 그 오른편에는 밑에 수납공간이 달린 나무 장식장이 있고 그 위에 작은 냉장고가 놓여 있다. 문 왼편에는 들통이 붙어 있는 변기가 있다. 몸을 돌려서 보니, 소파 너머로 받침대 위에 텔

레비전이 놓여 있다. 소파 옆에는 검은색 쓰레기봉투가 하나 있다. 창문
밑에 걸상도 하나 있다.

회상

　　　　　　　　내가 이 부분을 애써 회피하고 있다는 사실을 깨달았다. 몇 달 전부터 컴퓨터에 묻어 있던 얼룩을 새삼 호들갑스럽게 닦으면서 말이다. 그 뒤에 벌어진 일을 얘기하기가 편치 않기 때문에 어떻게든 피하고 싶은 것이다. 과거에는 현실 도피가 도움이 되었다. 지금 같은 때는 걸림돌만 될 뿐이다. 그 오래전 내게 일어났던 일을 두려움 없이 사람들에게 알리고 싶다.

　내가 처음 발견되었을 때 나는 어떤 책도 쓰지 않겠다고, 무슨 일이 있었는지 아무에게도 알리지 않겠다고 완강하게 고집을 부렸다. 그 후 몇 달 동안 많이 성장한 기분이 든다. 엄마와 가족 그리고 특히 심리치료사의 도움으로, 이제 나 자신을 위한 일을 할 수 있다는 사실을 깨달았다. 나 스스로 결정을 내릴 수 있고, 다른 사람의 마음에 들지 않을까봐 걱정할 필요도 없다. 무엇보다 그를, 필립 가리도를 지켜주지 않아도 된다는 걸 알았다. 그는 이제, 아니 처음부터 내 보호를 받을 필요도, 그럴 자격도 없었다. 죄책감이 사라지는 데 꽤 오랜 시간이 걸렸다. 그 오랜 세월 그와 함께 살았는데도, 그에게서 벗어난 것이 이렇게 기쁘기만 하니 놀랍다.

　그는 놀랄 정도로 교묘하게 나를 조종했다. 당시엔 조종처럼 느껴지지 않았다. 시간이 지난 지금에야 그때의 삶이 어땠는지, 밖에서 보면 그 삶이 어떻게 보이는지 알 수 있다. 그곳에 있는 동안 나는 더 나쁠 수도 있었다고 속으로 되뇌곤 했다. 세상에는 나보다 더 안 좋은 상황에 처한 사람들이 많다고 말이다. 적어도 내겐 살 곳이 있었다. 하지만 난 어떤 인생을 살았던 걸까? 집도 없고. 진짜 가족도 없고. 친구도 없었다. 아니, 제대로 된 인생이 아니었다. 내 인생은 필립 가리도의 손에 달려 있었다.

필립을 증오하는 마음은 없다. 미워해서 좋을 것이 없다. 시간 낭비일 뿐이다. 증오를 품고 사는 사람들은 원망하며 인생을 낭비하느라 좋은 것들을 전부 놓치고 만다. 나는 인생을 그렇게 살고 싶진 않다. 지난 일은 돌이킬 수 없다. 나는 미래를 바라보며 서 있다. 정말 오랜만에 지금 당장이 아니라 앞일을 생각할 수 있게 되었다. 그땐 하루하루를 살았을 뿐 감히 앞을 보지 못했다. 한 치 앞도 알 수 없었다. 내 마음이 미움과 후회와 쓸모없는 원망으로 가득 차 있었다면, 다른 무엇이 끼어들 수 있었을까? 항상 좋은 날만 있다고는 말하지 않겠다. 하지만 힘든 날에도 한 가지는 말할 수 있다. 난 자유다…… 내가 원하는 사람이 될 수 있고…… 내 가족이 있다고, 새 친구들이 생겼다고 자유롭게 말할 수 있다…… 내가 부끄러워할 것은 아무것도 없다. 나는 강한 사람이니 나의 이야기를 계속 써나가겠다…….

그때 그것이 보인다. 책상 옆 구석에 물 한 양동이가 있다. 안 돼! 나는 속으로 생각한다, 싫어…… 싫어!…… 싫단 말이야! 하지만 내가 뭘 할 수 있지? 아무것도 없다. 여긴 나와 그밖에 없다. 문은 잠겨 있다. 울고 싶다. 하지만 울지 않는다. 지금 그가 얘기를 하고 있다. 그는 말을 참 많이 하지만, 중요한 얘기는 별로 하지 않는다. 그냥 자기 말을 듣기 좋아하는 것 같다. 그의 말에 맞장구쳐주는 편이 낫다. 안 그랬다간 또 끝도 없이 시시콜콜한 설명을 들어야 할 테니까. 그가 '달리기' 어쩌고 하는 얘기를 한다. 설마 정말 밖에서 달릴 거라는 얘긴가. 늦은 밤이고 밖은 어둡다. 그는 '달리기'를 정기적으로 할 것이고, 그가 크랭크메타암페타민 성분의 마약을 가리키는 속어—옮긴이를 피우는 양에 따라 며칠 동안 나도 그와 함께 밤을 새울 거라고 설명한다. 크랭크는 더 오래 깨어 있게 해주는 마약이라고 한다. 한 번에 엄청난 양의 크랭크를 피우거나 코로 흡입할 수 있다면서, 자기도 놀랄 지경이란다. 연달아 피울 수 있고 보통사람에 비해 쉽게 취하지 않는다고. 전에 친구들보다 많이 피웠고 자기는 무슨 마약을 하든 내성이 높다고 자랑한다. 이 모든 걸 설명해주는 이유는 내가 잘 알아듣고 할 일을 제대로 할 수 있게 하기 위해서라고 한다. 며칠 동안 계속 '달리기'를 하면서 자기의 환상을 충족시킬 테니 내가 도와줘야 한다고. 크랭크 덕분에 한 가지 일에 오랫동안 집중할 수 있다고 한다. 먼저 그가 내게 원하는 복장을 입히고 나면, 그의 기분에 따라 나는 그의 성기를 만지고, 그의 성기를 빨고, 그가 요구하는 자세를 취하고, 그가 수음을 하는 동안 그의 위에서 춤을 춰야 한다. 우선 구석에 있는 양동이 물로 내 몸을 씻어야 한다. 그가 털 때문에 발진이 돋아 싫다면서 내 음모를 깎으란다. 깎고 나면 내게 옷을 입혀줄 테니 화장을 하라고 한다. 화장? 왜 나한테 화장을 시키려는 거지? 내가 왜 이런 짓을 해야 하는 거야? 바보 같고 정말 싫다. 그가 시키는 대로 하고 싶지 않다. 옷을 벗기 싫다. 이런 짓은 하기 싫어. 그냥 집에 가고 싶단 말이야! 나는 속으로 생각한다. 하지만 겉으로 드러내놓을 수 있는 건 조금의 눈물밖에 없다. 내가 우는 걸 보고 그가 화를 낼까봐 무섭다. 환상에 방해가 되니까 울지 말라고 했는데. 나는 울지 않으려고 안간힘을 쓴다.

머뭇거리는 나를 보자 그가 스턴 총을 집어들고, 나는 양동이로 가서 몸을 씻는다. 다 씻고 나니 그가 옷가방을 끌고 와서 몸에 꽉 끼는 옷을 내게 입히기 시작한다. 여기저기 이상한 곳들에 구멍을 낸다.

몇 시간은 계속 서 있었던 것 같다. 언제쯤 끝나는 걸까? 끝나는 게 좋은 건가? 이다음엔 또 무슨 일이 벌어질까? 마침내 자기 작품에 만족했는지, 그가 내게 침대에 어떻게 누우라고 가르쳐주고는 자기 옷을 벗는다. 흰 가루가 들어 있는 작은 봉지가 그의 손에 들려 있다. 그게 뭔지 모르겠다. 아까 얘기한 크랭크인가 보다. 그가 봉지를 흔들어 가루를 책상 위로 조금 쏟고 면도칼로 잘게 썬 다음, 유리관 빨대에 넣어서 불을 붙이고 반대편에서 빨아들인다. 나도 하고 싶으냐고 묻기에 난 싫다고 말한다. 그가 스피드 아니면 크랭크라고 부르는 그것이 있으면 밤을 새울 수 있다고 한다. 역겹다. 나는 마약이 싫다. 그가 이런 짓을 하는 게 마약 때문일까? 그가 또 조인트라는 걸 말더니 마리화나라고 말한다. 그는 자기한테 성 문제가 있는데 다른 사람을 괴롭히지 않기 위해서 대신 날 데려왔다고 한다. 그 문제 때문에 힘든데 내가 배출구가 되어주면 다른 사람들을 구할 수 있다는 거다. 왜 하필 나야? 왜 자기 문제를 알아서 해결 못하는 거지? 하지만 다른 사람들이 다치는 건 싫다. 다른 사람보다는 내가 낫다. 밤은 끝나지 않을 것만 같고 나는 지칠 대로 지쳐 있다. 그가 불을 켠다. 전부 다. 그래서 방이 무척 덥다. 나는 그의 성기를 잡고 아래위로 문질러야 한다. 그는 이걸 '딸딸이'라고 부른다. 가끔은 나한테 그걸 빨라고도 한다. 소름 끼치도록 싫다. 구역질 나는 맛이다. 그가 정액이라고 말한 흰 액체가 입으로 들어갈까봐 겁난다. 정말 역겨운 짓 같다. 그는 스피드 덕분에 오래 버틸 수 있으니 빨리 사정하지 않을 거라고 한다. 그러니 걱정할 필요 없다고. '달리기'가 계속되는 동안 그는 책들을 본다. 사진첩처럼 보이지만, 잡지에서 오려낸 이런저런 포즈의 아이들 사진에 다른 잡지들에서 잘라낸 성기들이 테이프로 붙여져 있다. 그는 그 아이들을 보면서 지저분한 말을 한다. 나쁜 단어를 쓰는데, 몇 개는 내가 들어보지도 못한 말이다. 그는 똑같은 일을 몇 번이고 되풀이한다. 이 악몽은 언제나 끝날까? 그가 또 텔레비전 채널을 여기저기 돌린다. 짧은 바지를 입은 어린 여자애를 찾고 있다고 말한다. 이제 아침이 된 것 같다. 수건에 가려진 창으로 햇빛이 들어온다. 갈라진 틈들 사이로 해가 보인다. 그가 시간을 보더니 섹스를 할 시간이라고, 내게 누우라고 한다. 이제 끝난다고 생각하니 약간은 마음이 놓인다. 무섭지만 어서 자러 가고 싶다. 정말 피곤하다. 그가 내 위로 올라오더니, 음란한 말을 하더라도 무서워하지 말라고, 다른 사람이 아니라고 말한다. '등에 붙은 원숭이' 마약 중독의 짐을 뜻한다—옮긴이를 떼어놓기만 하면 된다고 한다. 어쩔 수 없이 울음이 나온다. 소리 없이 흐르는 눈물이다. 그는 있는 힘껏 세게 나를 따먹는 것 같다. 그가 많이 쓰는 말이다. 내 머리가 소파와 소파베드 사이로 박혀 들어간다. 숨을 못 쉴 것 같다. 그가 씨발년, 쌍년 같은 말로 나를 부른다. 다른 어딘가에 있고 싶지만, 난 여기 있고 겁먹어서는 안 된다. 버둥거리면 더 아프니까 그로부터 달아나지 않으려고 노력한다. 하지만 땀에 젖은 그의 역겨운 몸을 밀어내지 않을 수가 없다. 다 괜찮아질 거라고 나는 속으로 중얼거린다. 조금만 있으면 그는 좋은 사람이 될 거야. 잘 웃겨주고 맛있는 걸 가져다주는 사람. 그가 내 안에 사정하는 것이 느껴지더니 마침내 끝이 난다. 그가 괜찮으냐고 묻자 나는 그를 보며 눈물을 터뜨린다. 그가 나를 안으며 괜찮다고, 끝났다고, 씻고 가서 자라고 말한다. 앞으로 한동안은 이런 식으로 날 괴롭히지 않을 거라고 한다. 나는 너무 무서워서 아무 생각도 안 난다. 그를 믿고 싶다. 그가 날 풀어주고 일어나 바지를 입고는 내가 씻을 새 물을 가지러 나간다. 나는 홀로 남겨진다. 자물쇠가 철컹 하는 소리가 들린다. 왜 성가시게 저러는지 모르겠다. 내가 어딜 간다고? 여기가 어딘지도 난 모르는데. 세상에 나만 홀로 남겨진 기분이다. 이제 누가 날 원할까? 그가 물을 가지고 돌아오자 일어서는데 몸이 따끔거린다. 또 피가 난다. 그가 월경이 시작된 것 같다고 말한다. 내일 탐폰을 가져와서 사용법을 가르쳐주겠다고 한다. 지금은 종이수건 몇 개를 주면서 속옷에 끼워넣으란다. 옷을 입고 나니 기분이 한결 낫다. 그가 나를 스튜디오로 다시 데려가고, 나중에 정말 맛있는 걸 가지고 돌아오겠다고 말한다. 그가 나가고, 난 무섭고 피곤하고 외롭다.

(내가 이야기하는 건물들은 모두 필립이 18년 동안 은밀히 숨겨둔 뒤뜰에 있다.)

회상

그 순간의 내 자신을 보는 건 무척이나 힘든 일이다. 나는 그곳에 있었고 이 모든 지저분한 일들을 겪었지만, 앞날을 생각할 수밖에 없다. 항상 그래왔듯 난 현재에 살고 있고 이렇게 과거를 돌이켜보면 그저 살아남기 위해 애쓰는 겁에 질린 어린 소녀가 보인다. 무엇보다 집으로 돌아가 엄마를 보고 싶었다. 하지만 그 방법을 알 수 없었다. 그는 다른 사람을 해치지 않기 위해 날 데려왔다고 했다. 어떤 면에서는 내가 특별한 사람처럼 느껴지기도 했다. 누군가에게 필요한 사람이 된 것 같았다. 왜 이 남자에게서 그걸 얻으려 했는지는 모르겠다. 그는 최고의 '성노예'가 되는 법을 가르쳐주겠다는 둥 소름 끼치는 말을 하기도 했다. 그러다가도 평소에는 아주 잘해주었다. 혼란스러웠다. 그가 욕을 하면 무섭고 오싹했다. 한번은 날 팔아버릴 거라는 협박까지 했다. 나는 잔뜩 겁을 먹었다. 그게 무슨 의미인지도 잘 몰랐다. 내가 이유를 묻자 그는 내가 자기 말을 잘 안 들어서라고 했다. 내가 너무 많이 울고 비협조적이라 자기 환상을 펼치기가 어려워 기분 나쁘다는 것이었다. 나를 다른 사람에게 보내지 말라고, 더 열심히 노력하겠다고, 그가 원하는 대로 뭐든지 하라고, 반항하지 않겠다고 빌었던 기억이 난다. 그는 생각해보겠다고 했다. 나를 사는 사람들이 나를 우리 안에 가둬둘 텐데, 그럼 정말 힘들 거라고 했다. 여기 계속 있는 게 나한테 더 좋겠지만, 그렇게 해줘야 할지 모르겠다고. 나는 소파에 앉아 몸을 바들바들 떨었다. 우

a stolen life

리 안에 갇히고 싶지 않았다. 그는 그냥 나가버렸고, 난 그런 일을 당하게 될 거라고 믿을 수밖에 없었다. 그날 다시 돌아온 그는 '달리기'를 하자고 했고, 나는 그의 마음이 바뀌었는지 감히 묻지도 못했다. 그저 그가 시키는 대로 다 하려고 애썼다. 그는 어떤 약속도 지킨 적이 없었다. 그날 내가 느꼈던 그 두려움은 평생 잊지 못할 것이다. 그는 다시는 그 일을 입에 올리지 않았다. 예전처럼 그가 시키는 대로 다 하면서도 나는 나만의 사소한 방식으로 반항을 시도했다. 가끔 이런저런 꾀를 부렸다. 수음을 해줄 때 립스틱 칠하는 걸 (일부러) 까먹어 능장을 부리거나, 그가 텔레비전에 푹 빠져 있을 때마다 자는 척하곤 했다. 그는 눈치도 못 챌 사소한 것들이었지만, 나는 최선을 다하지 않는다는 생각에 혼자 속으로 고소해했다. 하지만 그의 기분을 알아채는 눈치가 생기기 시작하면서, 언제 장난을 치면 안 되는지, 그에게 함부로 해도 될 때와 안 될 때를 알게 되었다.

'달리기' 시간은 내 인생에서 가장 끔찍한 순간들이었다. '달리기'가 끝나도 좋았던 적은 없었다. 다음이 또 있으리라는 걸 알았으니까. 끝이 보이지 않았다. 혼자 있는 것도 끔찍하게 싫었다. 그가 벽에 박힌 갈고리에 어떤 특정한 자세로 나를 묶어놓을 때는 정말 질색이었다. 갈고리를 벽에 나사로 고정시켜놓고는 가죽 끈으로 내 다리를 묶어 이런저런 자세로 들어올리곤 했다. 어느 날 밤에는 자세를 만들려고 몇 시간을 끙끙대다가, 요양원에서 야간근무를 하고 있는 낸시를 데리러 가야 할 시간이 되고 말았다. 그는 완벽한 자세라며 나를 묶어둔 채로 가겠다고 했다. 그러고는 한동안 돌아오지 않았다. 거북한 자세 탓에 다리에서 쥐가 나고 가죽 끈 때문에 발목이 아팠다. 그가 돌아오자 마음이 놓였고, 어서 끝내고 침대로 가고 싶었다. 끔찍한 시간들이었다. 그를 안쓰럽게 여기기까지 했던 내가 기가 막힌다. 그는 늘 자기는 좋은 사람이라며, 자기 문제를 해결할 다른 방법을 모르겠다고 했다. 다른 사람들이 다치지 않도록 내가 자기를 도와줘야 한다면서 말이다. 사회가 자기 같은 사람을 싫어하고, 세상 밖에는 자기와 똑같은 문제를 가진 남자들이 많다고 했다. 그는 내게 사과하곤 했다. 나를 범하고 나서는 울면서 용서를 구하기도 했다. 그러면 기분이 나아진다고 했다. 어떤 알 수 없는 이유로, 난 살아남으려면 내가 얼마나 상처 입었는지 속내를 보여주면 안 된다는 걸 알았다. 왠지는 몰라도 그 후로는 감정을 겉으로 드러내지 않았다.

오랜 시간이 지난 후, 작은 조각들이 모여 한 인간을 이룬다는 사실을 배웠다. 그 당시에는 필립의 내면이라는 더 큰 그림을 이루고 있는 작은 것들을 보지 못했다. 그가 보여주려고 하는 모습만 보았다. 문제를 가지고 있지만 아무도 도와주려 하지 않아 억울한 오해를 받고 있는 한 남자. 그는 세상이 속임수를 써서 그가 원하는 걸 빼앗아가고 있다고 생각했다. 필립 가리도의 본모습은 남들에게 사심 없고 따뜻한 척 굴면서 최대한 자기 욕심만 채우려 하는 아주 이기적인 남자다.

첫해는 최악이었다. 그와 내가 섹스를 하는 모습이나 내가 다른 수치스런 짓을 하는 모습을 비디오로 찍을 땐 정말 싫었다. 항상 카메라를 제자리, 제 각도에 두었다. 끔찍했다. 늘 그는 자기만 볼 거라고, 다른 사람에게는 절대 보여주지 않을 거라며 나를 안심시켰다. 나한테 휴식을 주기 위해 테이프들을 사용할 거라고 했다. 몇 년 후 섹스의 횟수가 줄어들었을 때 그는 테이프들을 부숴버렸다고 말했다. 나는 그 말을 믿었다. 일부만 파기된 채 여전히 남아 있을 줄은 꿈에도 몰랐다.

필립이 나를 납치해서 처음 데려간 방은 '스튜디오'라고 불렀고, 후에 '달리기'(장시간의 섹스)가 시작된 뒤뜰의 또 다른 건물은 '옆집'이라고 불렀다.

지금 돌이켜보면 '비밀의 뒤뜰'이 실은 그리 '비밀스럽지' 않았다는 사실이 참 우습다. 꽁꽁 숨겨져 있는 것도 아니었다. 나는 동네의 한가운데에 있었다. 사방에 이웃집들이 있었다. 유일하게 감춰져 있던 건 두 번째 뒤뜰로 이어지는 문뿐이었다. 어떻게 필립의 보호관찰관들이 그 집에 대해, 그 크기에 대해 전혀 몰랐는지 이해할 수가 없다. 아무도 신경 쓰지 않았거나, 나를 찾지도 않았다고 생각할 수밖에 없다. 아래 사진은 그 집터를 위에서 찍은 모습이다.

Pat's House : 팻의 집 studio : 스튜디오 next door : 옆집

낸시

배가 엄청 고프다는 생각밖에 안 든다. 텔레비전에는 볼 만한 게 없다. 보고 싶을 때마다 볼 수 있는 텔레비전이 있어서 참 좋다. 그러니까 투정을 부리면 안 된다. 지난번 '달리기' 후로 나는 '옆집'에 머물고 있다. 전에 있던 스튜디오 방보다 훨씬 더 크다. 여기는 둘러볼 것이 많다. 필립이 나를 스누피Snoopy, 이리저리 기웃거리며 캐묻기 좋아하는 사람을 뜻한다—옮긴이라고 부르기 시작했다. 이유를 묻자 내가 질문을 많이 하고, 그의 책상 주위를 기웃거리기 때문이라고 했다. 그는 아무렇지도 않은 듯 웃었다. 내가 책상을 뒤져본 걸 어떻게 알았을까? 그는 모르는 게 하나도 없는 것 같아 무섭다. 이 방에는 창문도 있지만, 문처럼 철창살이 달려 있다. 그는 창에 늘 수건을 걸어놓는다. 처음 이 방에 머물기 시작했을 때는 그가 내게 수갑을 채워 소파베드에 묶어놓곤 했다. 정말 불편했지만, 그래도 컬러텔레비전을 볼 수 있었다. 몇 달이 지난 지금, 그는 내게 수갑을 채우지 않는다. 나는 일어나서 걸어다닐 수 있다. 창밖을 봐도 보이는 건 별로 없다. 필립이 스튜디오라고 부르는 곳을 밖에서 바라볼 수 있다. 헛간처럼 생겼다. 갈색 나무 널빤지들로 만들어져 있다. 많은 전선들이 거기로 들어가고 거기서 나온다. 이 방이 더 좋다. 빈 공간이 더 많아서 다른 방처럼 작게 느껴지지 않는다.

필립이 문간에 서 있다. 들어오면서, 나를 만나고 싶어하는 사람이 있다고 말한다. 그의 뒤에 검은 머리를 길게 기른 키 작은 여자가 한 명 서 있다. 필립은 그 여자를 자기 아내, 낸시라고 소개하며, 우리가 친하게 지냈으면 좋겠다고 말한다. 당분간은 낸시가 내 저녁식사를 가져다줄 거라고 한다. 그들은 금방 나가버린다. 조금 후에 그가 와서, 낸시가 나를 조금 질투하지만 내가 착하게 굴고 그녀에게 귀여움 받도록 노력한다면 머지않아 나를 좋아하게 될 거라고 말한다. 그에게 아내가 있고, 나를 납치할 때 그녀가 도왔다는 것이 믿기지 않는다. 어린 나는 아직 사랑을 믿고 결혼하면 서로에게 충실해야 한다고 생각한다. 이렇게 또 새로운 교훈을 얻었다. 낸시가 질투하는 것도 이해가 간다. 그가 그녀 대신에 나와 섹스를 하고 있으니까. 필립은 낸시가 섹스를 별로 안 좋아하기 때문에 내가 그녀도 도와주고 있는 거라고 한다. 난 정말 싫다. 안 했으면 좋겠다. 내가 왜 그녀를 도와야 하는지 모르겠다.

처음 낸시를 소개받았을 때는 같이 있을 사람이 생겨서 기뻤다. 하지만 처음에 그녀는 그리 오래 있지 않았다. 그녀가 내 식사를 가져오기 시작했다. 필립은 낸시에게 나와 얘기를 나누고 친하게 지내보라고 격려하고 있지만 그녀가 나를 질투한다고 말했다.

그들이 재미있는 닌텐도를 주었다. 예전처럼 외롭지 않다. 낸시와 필립은 소파베드에서 잔다. 나는 바닥에 있는 침상을 쓴다. 얼마 전에는 낸시가 와서 내게 줄 특별한 곰 인형을 찾고 있었는데 마침내 완벽한 걸 찾았다고 했다. 그러고는 보드랍고 말랑말랑한 자주색 곰 인형을 내게 건넸다. 나는 마음에 든다고, 지어줄 이름을 생각해보겠다고 했다. 너플 베어라고 이름 붙일 생각이다. 나는 매일 밤 곰 인형을 꼭 껴안는다. 낸시가 나를 더 좋아하기 시작한 것 같다. 낸시에 대한 내 감정은 나도 잘 모르겠다. 그녀는 가끔 나와 함께 시간을 보내면서 자기가 하는 일을 이야기해준다. 요양원에서 노인들을 돌봐주는 일을 한다고 한다. 그녀가 좋아하는 환자가 한 명 있다. 조베티 씨라는 이탈리아인 할아버지다. 그를 돌볼 때가 좋다고 한다. 그의 가족이 정말 고마워한다면서. 빨리 낸시가 저녁식사를 가지고 왔으면 좋겠다.

며칠 연달아 밤을 새우면서 '달리기'를 할 때 가끔 필립은 낸시를 데려와 "함께 파티를 열자"고 얘기한다. 그 어감이 정말 마음에 안 든다. 그녀와도 섹스를 해야 한다면 어떻게 예전과 똑같이 그녀를 볼 수 있을까? 역겨울 것 같다. 낸시도 같은 생각이기를 빈다. 필립이 그녀를 설득하고 있다고 한다. 나는 그녀가 거절하기를 간절히 기도한다. 필립은 자기가 기르는 개 시저와 내가 섹스하는 것도 보고 싶다고 한다. 개의 성기는 자기 것만큼 길지 않아서 덜 아플 거란다. 그냥 하는 말이기를, 정말 개를 데려올 생각은 아니기를 빈다. 시저는 뒤뜰을 지킨다고 했던 도베르만들 중 한 마리다. 수컷인 시저는 별로 험악하지 않은데 암컷인 헤라는 심술궂다고 했다. 그는 내가 상상도 못한 생각을 한다. 왜 사람이 개랑 섹스를 해? 어떻게 그런 황당무계한 생각을 하지? 여기 있기 싫다. 엄마가 있는 집에 가고 싶다.

이곳에 있는 작은 냉장고 속에 그들이 초콜릿 우유와 흰 우유를 여러 개 넣어두었다. 필립은 그의 어머니가 학교 관리인으로 일하고 있어서 우유를 집에 가져온다고 말한다. 내가 아침에 먹는 시리얼도 있다. 필립은 시리얼을 좋아한다. 그가 캄캄한 밤에 일어나 시리얼을 먹는 소리가 자주 들린다. 한밤중에 잠에서 깨는 것도 싫은데 그가 끊임없이 숟가락으로 그릇을 쳐대며 땡땡거리고 긁는 소리를 시끄럽게 내서 정말 짜증난다. 잠은 내 유일한 피난처다. 생각이라는 걸 하기가 겁이 나면 꿈을 꾼다.

낮 동안에는 정말 심심하다. 필립은 하루 종일 뭘 하는지 궁금하다. 나는 이런저런 물건들을 만들면서 논다. 빈 우유갑으로 바비의 소파와 의자를 만드는 방법을 알아냈다. 옆면을 잘라 내가 원하는 모양으로 테이프를 붙이고, 솜뭉치를 쿠션으로 덧댄 다음 겉에 천을 붙이면, 짠! 즉석 바비 가구. 낸시는 내가 부탁하는 물건을 형편이 닿는 대로 가져다준다. 《디즈니》 잡지와 《하이라이츠》 잡지도 갖다준다. 내 열두 번째 생일이 지나고 며칠 뒤에는 버스데이 바비(Birthday Barbaie)를 주었다. 며칠 전 내 진짜 생일에 이상한 일이 있었다. 내가 텔레비전을 보고 있을 때 필립이 와서는 나를 깜짝 놀래줄 것이 있다고 말했다. 나는 그들이 내 생일을 기억하고 선물을 가져왔다는 생각에 들떴다. 그는 낸시가 들어올 때 눈을 감으라고 했고 나는 그녀가 내 선물을 숨기고 있는 거라고 생각했다. 필립이 내게 눈을 뜨라고 하자, 내 침대 끄트머리에 앉아 살짝 웃음을 띠고 있는 낸시가 보였다. 그녀가 나를 똑바로 쳐다보고 있었다. 무슨 의미가 있을 거라는 생각은 들었지만, 왜 그녀가 이렇게 뚫어져라 나를 쳐다보는지는 알 수 없었다. 나는 방 안을 둘러보며 포장된 것이 있나 찾아봤지만 달라진 건 아무것도 없었다. 필립이 물었다. "자, 깜짝 놀랐지?" 나는 일어나서 방을 살펴보다가 결국 다시 앉아서 그를 보며 모르겠다고 했다. 그러자 그가 말했다. "참 나, 미련하긴, 바로 네 앞에 있잖아." 내 앞에 보이는 건 낸시밖에 없었다. 바로 내 앞에 있어야 할 깜짝 선물이 보이지 않아 속이 상하기 시작했다. 나는 어깨를 으쓱하고 그냥 앉아서 그들이 말해줄 때까지 기다렸다. 그러는 동안 낸시는 계속 고개를 이쪽저쪽으로 돌리며 흔들고 있었다. 마침내 필립이 낸시를 가리키며 말했다. "낸시 머리 좀 보라니까." 봤더니 예전처럼 길지 않고 붉은색으로 여기저기 염색되어 있었다. 낸시가 말했다. "깜짝 선물이야. 머리를 새로 해서 보여주고 싶었거든." 나는 실망감을 감추고 미소 지으며 그녀에게 예쁘다고 말해주었다. 그들이 선물을 가져왔을 거라고 생각하다니 참 눈치 없고 바보 같다. 내가 얼마나 실망했는지 그들이 알아채지 못하기를.

엄마가 보고 싶다. 엄마는 바비 옷을 만들어주곤 했다. 내가 납치되기 바로 전에도 새 옷을 만들어줬는데. 지금 엄마는 뭘 하고 있을까? 내가 엄마를 그리워하는 만큼 엄마도 날 그리워할까? 기분이 울적해지는 생각은 하지 않으려고 안간힘을 쓴다. 집에서의 추억을 머릿속에 되살리는 게 좋다. 잊고 싶지 않다. 엄마의 얼굴을 기억 못할까봐 걱정된다. 머릿속에 엄마 얼굴을 그리고 싶지 않으면서도 다른 한편으로는 그리고 싶다. 엄마와 내가 단둘이 살면서 엄마가 내 등을 긁어주거나 마카로니 치즈를 만들어주던 때가 그립다. 내게 〈유 아 마이 선샤인〉을 불러주고 바비 옷을 만들어주고 밤에 잘 자라고 **뽀뽀**해주던 엄마가 보고 싶다.

　티나 이모와 함께 보낸 시간들도 잊고 싶지 않다. 이모가 학교로 나를 데리러 와서 같이 로즈 퍼레이드매년 1월 1일 패서디나에서 열리는 로즈 볼 축하행진─옮긴이의 꽃수레 행렬을 구경하러 간 적이 있다. 타호로 이사 오기 전 그때 마지막으로 이모를 만났다. 그날 이모가 사진을 찍어준다고 해서 포즈를 취했다. 혀를 쭉 내민 내 모습이 참 우스워 보였을 것이다. 지금 이모가 무척이나 보고 싶다. 내가 어렸을 때 이모는 항상 곁에 있었다. 내 바비인형의 머리를 꼬아서 묶는 방법을 처음 가르쳐주었다. 다 함께 살던 할머니 할아버지 댁에서 이사 나가고 나서도 이모는 날 새집으로 데려가 하룻밤 재워주곤 했다. 함께 즐겨 보던 영화는 〈인어공주〉였다. 이모는 내 생각을 할까? 이모를 다시 볼 수나 있을까? 무엇 하나 제자리를 찾게 될 날이 올까?

회상

　　　　생일에 대한 이야기를 쓰고 나니 문득 떠오르는 사실은 감금되어 지낸 세월 동안의 내 생일이 거의 기억나지 않는다는 것이다. 내가 그들에게 내 생일을 얘기했고 그래서 낸시가 내게 버스데이 바비를 줬던 것 같지만, 그것 말고는 그날에 대한 기억이 없다. 새 텐트라는 아이로니컬한 선물을 받은 생일들만 기억날 뿐이다. 초반에는 케이크도 친구도 기억할 추억도 없었다.

생일 얘기가 나온 김에, 첫 생일의 나

첫해가 지난 후에는 상황이 바뀌어서 우리는 더 많은 시간을 함께 보내기 시작했다. 필립이 영화를 빌리고 패스트푸드를 산 뒤 낸시를 직장에서 데려오면, 다 함께 소파베드에 앉아 온갖 패스트푸드를 차려놓고 먹으며 영화를 보곤 했다. 〈나이트메어〉 같은 무서운 영화를 봤던 기억이 난다. 〈닌자 거북이〉도 봤다. 보통 밤늦게 방영하는 옛날 〈스타트랙〉 시리즈도 재미있었다. 드디어 〈스타트랙: 넥스트 제너레이션〉도 보기 시작했다. 〈스타트랙〉에서 마음에 드는 점은 우주에는 여전히 범죄가 일어나고 있지만 지구는 그렇지 않다는 것이었다. 지구가 깨끗이 청소되었다는 것이 좋았다. 내게는 없는 것 같은 미래였기에 특히 좋았다.

낸시에게 나무에 대한 책을 한 권 받은 나는 내가 만든 책에 단어를 하나하나 베껴 썼다. 낸시는 나를 보러 올 때마다 새 책이나 새 크레용 같은 새 물건들을 가져오곤 했다. 그래서 그녀가 정말로 날 좋아하는 것 같다는 생각이 들었다. 힘들다고 말하면서도 시간을 내서 나를 보러 와주니 좋은 사람 같았다. 나는 양동이를 변기로 썼는데, 필립이 말하기를 마당 어딘가에 변기를 비운다고 했다. 나는 거기에 익숙해지는 데 시간이 좀 걸렸다. 그 전에는 물을 내리는 보통 변기만 썼으니까. 배설물을 마당에 버리다니, 지저분한 짓 같았지만 시간이 지나면서 점차 익숙해졌다. 세월이 흐르면서 이 모든 것들에 점점 익숙해져갔다. 가끔은 양동이가 꽉 차서 대소변을 참아야 할 때도 있었다. 한번은 너무 급한 나머지 쓰레기통에 일을 본 기억이 난다. 화장지도 부족했다. 오줌이 막 마른 휴지를 다시 쓰곤 했다. 더러운 얘기 같지만, 볼일이 급한데 아무것도 없다면 뭘 쓰겠는가? 수돗물도 안 나오고, 필요한 물건을 구할 길도 없다면? 나는 내가 가진 것을 이용했다. 그렇게 살아남았다. 변기 옆의 천장 구석에 장님 거미가 한 마리 있었다. 나는 거미에게 비앙카라는 이름을 지어주고 말을 걸곤 했다(〈샬럿의 거미줄〉을 너무 많이 봤나 보다). 당시 열한 살인가 열두 살이었던 난 상상력이 풍부했다.

낸시를 그리워하지 않는 것이 가끔은 미안하기도 하다. 하지만 그녀의 울적함과 질투를 견디지 않아도 된다는 안도감이 더 크다. 나를 보내줄 기회가 여러 번 있었는데도 그녀가 왜 그렇게 하지 않았는지는 앞으로도 알 수 없을 것이다.

부활절:섬으로 간 필립

낸시가 저녁식사를 가져온다. 특별한 부활절 요리라고 한다. 1993년이
다. 난 열세 살이다. 열세 살처럼 느껴지지 않는다. 여전히 열한 살인 것
같다. 십대처럼 느껴지지 않는다. 저녁식사는 콘비프와 양배추다. 맛있
다. 평소에는 패스트푸드를 먹기 때문에 집에서 만든 요리를 먹을 때가
좋다. 내가 낸시에게 너무 외로우니까 같이 있어달라고, 잠깐 얘기라도
하자고 말하자, 그녀도 그러자고 한다. 예전에도 같이 있어달라고 부탁
한 적이 있는데, 그녀는 나를 납치해온 죄책감 때문에 그렇게 못하겠다
는 말을 가끔 한다. 나랑 함께 있기가 힘들단다. 나를 납치한 날 아침에
필립에게 편두통이라도 생겨서 그 일을 못하기를 바라고 빌었다고 한다.
나는 속으로 생각한다, 나도 그래요. 식사를 마치자 그녀가 노인 요양원
에서 하는 일에 대해 들려준다. 일은 즐겁지만 함께 일하는 여자들이 다
좋은 건 아니야. 잡담을 너무 많이 해. 필립은 참 다정해서, 쉴 때 찾아와
꽃을 준단다. 가끔은 밴으로 가서 마리화나를 피우거나 유리관 빨대로

크랭크를 피워. 크랭크 덕분에 살이 안 찌는 거야. 뚱뚱해지기 싫어. 나는 왜 그녀가 몸무게를 걱정하는지 이해가 안 된다. 필립은 다른 여자들 얘기는 하면서도 낸시의 외모에는 별 도움을 안 주는 것 같다. 두 사람의 관계는 참 묘하다.

낸시가 내게 좋아하는 음악이 뭐냐고 물어보자 나는 디즈니 노래를 좋아한다고 답한다. 머라이어 캐리, 윌슨 필립스, 휘트니 휴스턴도 좋아한다. 낸시가 날 좋아해줬으면 좋겠다. 정말 그랬으면 좋겠다. 왠지 몰라도 그녀가 날 안 좋아하는 것 같은 느낌이 든다. 잠시 후에 그녀는 가봐야겠다며, 하지만 오늘 밤에 나랑 같이 자겠다고 말한다. 〈저주의 탄생〉이라고, 그녀가 보고 싶다는 영화가 있었다. 그녀는 공포 영화를 좋아한다고 했다. 그래서 나도 그 영화를 보고 싶은 척했다. 공포 영화는 정말 보기 싫었지만, 그녀가 나와 같이 있는 걸 즐거워했으면 하고 바랐다. 낮 동안에 필립을 볼 수 있을까 싶었지만, 그는 오지 않았다. 마지막으로 그를 봤던 때를 생각해보니 적어도 며칠은 지난 것 같았다. 그는 어디 있을까. 섹스로부터 해방된 건 마음이 놓였지만, 섹스를 하지 않는 날이 길어질수록 다음 '달리기'가 더 힘들어진다는 사실을 알고 있었다. 그가 돌아올 날이 두려웠다.

그날 밤, 낸시가 들어와서 철문을 잠근다. 그녀는 평소에 필립이 자는 곳에서 함께 자는데 이상하다는 생각이 든다. 그가 어디 있느냐고 물어보니, 얼마 동안 부자 친구와 함께 어떤 섬에서 지내고 올 거라고 한다. 한 달간 돌아오지 않을 거란다. 와! 한 달 동안 섹스를 하지 않아도 된다! 나는 속으로 만세를 부른다. 하지만 그녀가 슬퍼 보여서 그냥 "알았어요.” 하고 말한다. 영화가 시작되는데, 아기가 돌아다니면서 사람들을 죽이는 무섭고 조금은 역겨운 영화다. 왝! 그때 바깥에서 어떤 소리가 들려 우리 둘 모두 움찔한다. 낸시는 보러 나가기가 무섭지만 그러는 게 낫겠다며 문을 열고 밖으로 나간다. 1분도 채 안 지나 그녀가 돌아와서는 아무 문제 없는 것 같다고 말한다. 개들이 짖지 않으니 괜찮을 거라고. 그녀가 큰 침대에서 같이 자자고 하자, 혼자 자고 싶지 않았던 나는 고마운 마음이 든다. 이제 소파베드 대신에 진짜 매트리스가 있다. 소파베드와 달리 삐걱거리지 않아서 훨씬 더 좋다. 우리는 침대로 간다. 아침이 되자 그녀는 일어나서 나간다. 저녁식사 시간이나 돼야 그녀를 볼 수 있겠지. 다시 외로움이 시작된다.

　몇 주 후 돌아온 필립이 내가 갇혀 있던 ‘옆집’으로 온다. 그를 보니 정말 기쁘다. 그는 한동안 집을 떠나 있었다. 나는 얘기를 나눌 사람이 그리웠다. 낸시는 말수가 별로 없고 많이 운다. 그녀가 원하는 게 뭔지 짐작하기도 어렵고, 어떤 땐 그녀에게 무슨 말을 해야 할지도 모르겠다. 그녀를 보면 거북이가 생각난다. 거북이의 속내는 절대 알 수 없으니까. 필립은 대하기가 더 편하다. 적어도 그가 무슨 생각을 하고 있는지 알 수 있다. 필립은 온갖 농담과 익살맞은 행동으로 날 웃긴다. 집을 떠나 있는 동안 많은 걸 배웠다고 그가 말한다. 그의 발목에 어떤 장치가 채워져 있는데, 이상하게 생겼다. 그는 한 달 동안 또 감옥에 갇혀 있었다고 한다. 부자 친구와 섬에서 지냈던 게 아니란다. 경찰이 집에서 마약을 발견하는 바람에 가석방 규칙 위반으로 체포됐다는 것이다. 그는 경찰이 발견한 건 낸시의 유리관 빨대였다는 말도 덧붙였다. 그녀가 집 안의 서랍에 넣어두고 깜박했다는 것이다. 낸시가 나를 잘 돌봐줬느냐고 그가 묻기에 나는 그렇다고 답했다. 그는 잠깐 더 얘기하다가 침대에서 낮잠을 자고, 나는 조용히 책을 읽으며 속으로 생각한다. 이젠 그가 날 그만 괴롭힐까? 하지만 그렇지 않다는 걸 안다.

크리스마스

〈투데이〉라는 프로그램에서 오늘이 1993년 12월 25일이라고 한다. 내가 잡혀온 지 907일째 되는 날이다. 크리스마스다. 나 혼자 있다. 거의 항상 혼자다. 필립이 오지 않으면 애기할 사람도, 날 안아주는 사람도 없다. 가끔 그가 날 안아주면 사랑받는 기분이 든다. 하지만 정말 그런 걸까? 언제까지나 이렇게 외롭게 지내야 할까? 내가 갖지 못한 건 생각하지 말아야지. 필립은 자기 문제를 해결해줘서 내게 고맙다고 한다. 지금 성경을 읽고 있고, 하느님도 자기를 도와주신다고 했다. 난 섹스가 정말 질색이지만, 그래도 지난해만큼 심하지는 않다. '달리기'가 훨씬 더 짧아졌고 필립은 사이사이에 마약을 하지 않는다. 끊으려고 노력 중이라고 한다. 마지막 '달리기'는 두 주 전이었다. 가끔 그가 와서 짧게 수음을 하지만, 항상 그걸 내 속에 찔러넣지는 않는다. 그는 '달리기'를 위해 아껴두는 거라고 말한다. 나는 마약이 싫다. 그가 마약을 하지 않았으면 좋겠다. 마약이 그를 다른 사람으로 바꿔버리는 것 같다. 다른 때는 좋은 사람처럼 보이는데. 그렇게 난 섹스를 견뎌낸다. 끝나고 나면 그가 다시 '좋은' 사람으로 돌아올 거라고 나 자신을 토닥이면서. 고통을 그냥 넘기는 수밖에 없다.

그는 무슨 일에든, 특히 종교에 대해 확고한 견해가 있는 것 같다. 교도소에서 돌아온 후 그는 성경을 많이 읽는다. 성경의 신비가 선명하게 이해되기 시작했다고 한다. 내가 보기엔 신앙심이 그리 깊어 보이지 않는다. 요즘 들어 '달리기'가 정말 무시무시해졌지만, 난 익숙해져가고 있다. 적어도 무슨 일이 있을지는 아니까. 그는 대개 정해진 순서를 그대로 따르는 편이다. 하지만 최근에 행동이 이상해졌다. 소리가 죽은 텔레비전에서도 목소리가 들리는 것 같다고 한다. 나한테도 들리느냐고 물어보면 나는 아무 소리도 안 들린다고 말하지만, 가끔은 겁이 나서 아니라는 말을 못한다. 그는 바이오닉 이어스(Bionic Ears)라는 기계를 사서 벽에 붙여놓고는 헤드폰을 끼고 몇 시간이나 벽에 귀를 기울인다. 수음을 해주지 않아도 되니 좋긴 하지만, 섬뜩하다. 뭘 듣는 거지? 그는 사람들의 대화 소리가 들린다고 한다. 나는 별로 신경 쓰지 않는다. 어쨌거나 그 틈을 타서 잠깐 쉴 수 있다.

오늘 크리스마스는 별일 없이 지나가고 있다. 낸시는 필립의 어머니가 만든 크리스마스 요리를 한 접시 가져다주겠다고 했다. 나와 함께 여기서 먹으려 했지만 그의 어머니를 혼자 둘 수 없으니 오늘 밤 늦게 오겠다고 했다. 우리 엄마는 오늘 뭘 하고 있을까. 아마 다 함께 근사한 가족 만찬을 열고 있겠지. 엄마가 행복했으면 좋겠다. 내가 없으니 새아빠는 보나 마나 훨씬 더 즐거워하고 있을 거야. 날 별로 안 좋아했으니까. 내가 많이 거치적거렸겠지. 나는 또다시 행복을 느낄 수 있을까. 필립과 낸시의 기분을 맞춰주기 위해 난 아주 행복한 척한다. 그들의 말을 잘 들으면 그들이 나에게 더 많은 걸 해준다는 사실을 깨달았다. 그래서 나는 진짜 감정을 속으로 감춘다.

　오늘 나의 계획은 이렇다. 1. 〈투데이〉를 본다.　2. 두 시간 동안 슈퍼마리오 브러더스 게임을 한다.　3. 낮잠을 잔다.　4. 이때쯤엔 저녁시간이 됐으면 좋겠다. 나의 하루. 정말 신나기도 해라. 참 외롭다. 얘기를 나눌 사람이 있었으면 좋겠다. 아마 내일도 오늘과 다르지 않겠지.

회상

　　　　　　　이 몇 달 동안 나는 '스튜디오'와 '옆집' 사이를 여러 번 왔다 갔다 했다. 왜 내가 이 방 저 방으로 옮겨졌는지는 확실히 모르겠다. 아마도 그가 친구들을 불러 마리화나를 피우고 밤새도록 음악을 연주하곤 했던 것 같다. 스튜디오에서 흘러나오던 음악소리가 기억난다. 가끔은 새벽까지 계속되기도 했다. 너무 시끄러워서 잠들기가 어려웠다. 그 소리에 익숙해지자 편해졌다. 그가 더 나은 미래를 위해 애쓰는 것처럼 느껴졌고, 나는 그의 일에 신경 써서 좋을 게 없다는 걸 잘 알고 있었다. 그 방에 들어가는 다른 사람들은 한 명도 본 적이 없다. 친구들이 있으면 낸시는 그들과 어울리다가 몰래 빠져나와 내게 식사를 가져다주었다. 필립은 음향 장비를 만지며 혼자 음악을 연주했던 것 같다. 나는 그가 언젠가 정말 음악가가 될 거라는 생각이 들기 시작했다. 그가 쓴 자작곡들이 있었다. 그는 독학으로 기타 연주를 배웠다고 했다. 전문적으로 다루는 악기는 베이스기타지만, 기타와 키보드 연주도 수준급이라고 말했다. 같이 연주할 사람은 필요 없다면서, 자기가 가지고 있는 장비만 있으면 일인 밴드가 될 수 있다는 것이었다. 낸시는 드럼을 연주하고 싶어했다. 드럼 관련 책들을 가지고 있었고, 그녀가 말하기를 드럼은 자기 거라고 했다. 그녀가 드럼을 연습하는 소리도 가끔 들렸다.

　'옆집'에 있던 어느 날, 낸시는 내게 줄 새 고양이를 신문에서 찾고 있다고 했다. 이번에도 새끼고양이를 얻어주겠다고 했다. 또 고양이가 생기면 과연 좋을까. 지난번에 새끼고양이를 딴 곳으로 보낼 때 그렇게 힘 들었는데 그 일을 또 겪고 싶지 않았다. 하지만 난 싫다는 말을 하지 않았다. 낸시는 《페니세이버》에서 4주 된 새끼고양이를 파는 광고를 발견하고는 문의 전화를 했다. 그 고양이가 가벼운 감기에 걸렸다고 했지만 난 정말 갖고 싶었고, 그래서 그들이 고양이를 데리러 갔다. 그렇게 귀여운 고양이를 본 적이 없었다. 폭신폭신하고 흰색이어서 스노위라는 이름을 지어주었다. 스노위는 귀엽고 작았다. 스노위가 방을 제멋대로 돌아다니는 걸 필립이 싫어해서, 스노위를 긁개판에 묶어두어야 했다. 필립이 나가면 스노위를 풀어주었다. 하지만 '달리기' 동안에는 풀어달라며 시끄럽게 야옹거리는 통에 힘들었다. 필립은 자기가 수음할 때나 내 윤활제로 쓰던 바셀린에 고양이털이 들러붙는 걸 싫어했다. 자신의 환상을 심하게 해치고 방해가 된다며 결국엔 스노위도 없애버렸다.

한때는 스튜디오 옆에 있는 방에 작은 텐트를 하나 가지고 있었다. 내 생일선물로 그들이 준 것이었다(참 아이로니컬한 선물 아닌가). 나만의 침낭 그리고 책상 겸 책꽂이로 쓰는 선반 하나가 있었다. 내 텔레비전도 그 안에 있었다. 필립이 섹스를 하러 오면 나의 작은 은신처를 떠나야 했다. 필립은 텐트에 비해 훨씬 더 컸기 때문에 그 안으로 들어와서 섹스를 할 수 없었다. '옆집' 바닥에 담요를 깔고 나를 거기에 눕히고는 내가 몸부림치지 않으면 금방 끝낼 거라고 했다. 나는 거기 누워서 눈물을 글썽거린 채 내 작은 텐트를 바라보며 그 속으로 도로 돌아가기를 간절히 바랐다. 그들은 이클립스라는 또 다른 고양이를 얻어다 주었다. 한 달 정도 지나서 필립이 또 데려가버렸던 것 같다. 그 이유는 기억나지 않는다. 이 클립스에 대한 일기를 썼던 기억은 난다. 하루 동안 이클립스가 했던 모든 일을 기록했다. 경찰이 현장에서 증거를 가져간 후 내가 돌려받은 몇 안 되는 물건 중 하나다. 옆쪽에 실린 사진이 바로 그 일기장의 앞표지다.

나는 항상 글쓰기를 좋아했지만 이 표지를 보다시피 철자에 약하다. '일기'의 스펠링은 'jounal'이 아니라 'journal'이 맞다—옮긴이 이 일기를 경찰에게서 돌려받아 읽어보니, 첫 장의 귀퉁이들이 찢겨나간 것이 보였다. 그때 기억이 되살아난다. 내 이름을 써놓고는 얼마나 죄책감을 느꼈던지. 일기 첫 장의 찢겨나간 귀퉁이에 나는 이렇게 썼었다. "쓰는 사람 : 제이시 두가드." 이클립스 일기를 쓴 건 1993년이었지만, 이때 이미 필립은 절대적이라 할 만큼 내 인생을 지배하고 있었다. 내 새끼고양이를 위해 일기를 쓴 것이 참 뿌듯해서 다른 사람에게도 자랑하고 싶어 필립에게 보여주었는데, 내 이름을 적어놓은 것을 그가 본 것이다. 그는 내 이름을 쓰는 것은 나쁜 짓이며, 다른 사람이 그걸 읽기라도 하면 얼마나 위험하겠느냐며 한 시간 정도 잔소리를 했다. 나는 속으로, 내가 만나는 사람이 어디 있어, 라고 생각했지만 그의 말을 끊지 않았다. 그래 봐야 그가 옳고 난 틀렸다는 얘기로 끝이 날 테니까. 그래서 나는 내 이름을 적은 귀퉁이를 찢어내고 2009년 전까지는 내 본명을 어디에도 쓰지 않았다.

a stolen life

Monday May 3, 1993
Age - 10 weeks
height - 7 inches
Written by ength - 18 inches
for Eclipse Sweetie my new
baby kitten
Birthday - February 23, 1993
Breed - Persian
Color of coat - gray
Color of eyes - yellow - green
Favorite food - rasins
Favorite toy - anything that rolls,
orange spring ball, purple bear

This will be the life story
of Eclipse Sweetie
Written by her best friend
for all time. my face down.
up and rubs
it is so very

쓰는 사람(찢겨나간 부분)

나의 새 아기고양이 이클립스 스위티의 일기

생일 – 1993년 2월 23일

품종 – 페르시안

털 색깔 – 회색

눈 색깔 – 황록색

좋아하는 음식 – 건포도

좋아하는 장난감 – 굴러다니는 건 전부 다, 잘 튀는

오렌지색 공, 자주색 곰 인형

이클립스 스위티의 인생 이야기

쓰는 사람 : 세상에서 제일 친한 친구(찢겨나간 부분)

Monday May 3, 1993
Age - 10 weeks
height - 7 inches
length - 18 inches

Today I got my new kitten at 4:00 pm. I am so happy that I have her. It took me all day before I chose the name Eclipse. I chose that name because when a total eclipse accurs it becomes dark and you can't see the moon and when Eclipse is in the dark she too disapears. Eclipse's middle name is Sweetie because when I put my face down she comes up and rubs against me, it is so very sweet. ♥

1993년 5월 3일 월요일

나이 - 10주

키 - 18cm

길이 - 46cm

오늘 오후 4시에 새 아기고양이를 받았다. 이 아이를 갖게 되어 참 기쁘다. 하루 종일 생각하다가 이클립스라는 이름을 골랐다. 그 이름을 고른 이유는 개기월식이 일어나면 어두워져서 달이 안 보이는데 이클립스도 어둠 속에 있으면 사라져버리기 때문이다. 이클립스의 중간 이름은 스위티다. 내가 얼굴을 가까이 대면 올라와서 비벼대는 게 참 귀여우니까.

Friday May 28, 1993
Age~ 13 weeks

Today I'm starting this Jounal
for Eclipse. Since May 3, when I
got her, I've been very happy. I've
taught her many things she comes to
the sound of clicking of the tongue and
the sound of her bowl ringing. She
does'nt try to eat my food but I know
she wants to. Eclipse can jump very
high about four feet. I think she's
the prettiest cat in the world. I
gave her a bath but she didn't like
it. I dried her off and brushed her
coat, her coat was very shiny like
moon beams dancing on the water
at night. I gave her a friendship
bracelet, she now wears it as a
collar. I think we will be very
happy together atlest I hope so.♡

1993년 5월 28일 금요일
나이 - 13주

오늘부터 이클립스의 일기를 시작한다. 5월 3일에
이클립스를 받고 나서 참 행복했다. 내가 많은 걸
가르쳐줬다. 내가 쯧쯧 하고 혀를 차거나 밥그릇을
땡땡 치면 그 소리를 듣고 온다. 내 음식은 안 건드
리지만 먹고 싶은 게 분명하다. 이클립스는 1미터
넘게 아주 높이 뛰어오를 수 있다. 세상에서 가장
예쁜 고양이 같다. 목욕을 시켜줬지만 좋아하지 않
았다. 몸을 말리고 털을 빗겨줬더니 밤에 물 위에서
춤추는 달빛처럼 아주 반짝거렸다. 내가 준 우정 팔
찌를 지금 목걸이로 차고 있다. 우리 둘이 아주 행
복하게 지낼 것 같다. 그랬으면 좋겠다.

Friday June, 4 1993
Age - 14 weeks

Thrusday the third was our one
month aniversity together. She is
growing up so fast I can't believe
it! Im trying to teach her to stay
but it is pretty hard. She knows her
name but she won't come to it. I
know she's hungry if I pet her and
she starts to purr. I gave her a
saucer of milk she loved it, now
I give her some as a treat. She
found a way to climb to the top of
my tent she does'nt hurt it and it
is so funny. Eclipse is very special
to me because she is always with
me for me to talk to, even if
she does'nt listen I know she
cares ♡

1993년 6월 4일 금요일
나이 -14주

3일 목요일은 우리가 함께 지낸 지 한 달 되는 기념일이었다. 이클립스는 믿을 수 없을 정도로 엄청 빨리 자라고 있다! 얌전히 있으라고 가르치고 싶은데 정말 힘들다. 이클립스는 자기 이름을 알면서도 부르면 오지 않는다. 내가 어루만질 때 가르랑거리면 배가 고픈 것이다. 우유 한 접시를 줬더니 맛있게 먹어서 지금도 조금 주고 있다. 이클립스는 텐트 꼭대기까지 올라가는 방법을 찾아냈는데, 텐트에 흠집을 내지도 않는다. 그 모습이 참 재미있다. 내 곁에 항상 두고 얘기할 수 있는 이클립스는 내게 아주 특별하다. 내 말을 들어주지 않아도 나를 좋아한다는 걸 안다.

Thursday June 10 1993
Age-15 weeks

Eclipse is helping me fall asleep faster.
Before all I did was sit around
and watch T.V. all day, now
I watch her all day and play
with her, so by the time I go to
sleep I'm very tired and I fall right
to sleep. Last night I started to
cry and she heard me and she
came to me and sat next to
me after that I felt a little better.
If I had one wish it would be
to understand Eclipse, and she
would understand me ♡

1993년 6월 10일 목요일

나이 - 15주

요즘은 이클립스 때문에 빨리 잠든다. 전에는 하루 종일 앉아서 텔레비전만 봤는데, 지금은 종일토록 이클립스를 지켜보고 같이 노니까 잠잘 시간이 되면 피곤해서 금방 잠들어버린다. 어젯밤에는 내가 우니까 이클립스가 그 소리를 듣고 내 옆으로 와서 앉았다. 그러니까 기분이 훨씬 더 좋아졌다. 한 가지 소원이 있다면, 이클립스를 이해할 수 있었으면 좋겠다. 이클립스도 내 말을 알아들었으면 좋겠다.

Friday June 18, 1993
Age - 16 weeks

In my last entry I said I wish I could understand her. I suppose I can in a way, when her tail wags she is usually mad or fustrated and her pupils get real big, when she's interested in something her tail is either straight out or down, when she is happy you can always tell, and when she's hungry her tail is straight up and her pupils are small. Eclipse absultly hates baths I have a hard time giving her one but even though she tries to get out, she has never scatched me or bit me. I'm very proud of her. I think she knows that she could of hurt me. She has scatched me a couple of time in the begining. I really think she likes me and I have no dout that I love her. ♥

정말 이클립스는 나를 좋아하는 것 같

1993년 6월 18일 금요일
나이 −16주

저번 일기에서 이클립스를 이해하고 싶다고 했는데 조금은 그렇게 된 것 같다. 이클립스가 꼬리를 흔들면 화가 나거나 삐친 건데, 눈동자가 정말 커진다. 뭔가에 흥미가 생기면 꼬리가 쭉 펴지거나 내려가고, 기분이 좋으면 금방 티가 나고, 배가 고프면 꼬리가 위로 쭉 뻗고 눈동자가 작아진다. 이클립스는 목욕을 질색으로 싫어해서 목욕시키기가 힘들지만, 빠져나가려고 애쓰면서도 나를 할퀴거나 문 적은 한 번도 없다. 이클립스가 정말 자랑스럽다. 나를 해칠 수 있다는 걸 자기도 안다. 처음엔 나를 두세 번 할퀴었다. 정말 이클립스는 나를 좋아하는 것 같고 나도 진짜로 이클립스를 사랑한다.

Thursday June 24, 1993
Age - 17 weeks

I have nicknamed her Sweetie P, I'm
not sure why but it is pretty cute.
When I first got Eclipse I promised
her that I would never hit her I
broke my promise because I didn't
know how to make her understand me.
I know the way to make a friend is
to be a friend but I had to do it
for her safty and so I could keep
her. Now I'm pretty sure she has
learned what to do and what not
to do, so again I have made her
that promise and this time I
will not break it no matter what
she does I will always love her
with all of my heart. ♡

1993년 6월 24일 목요일
나이 - 17주

이클립스에게 스위티 P라는 별명을 지어줬다. 왠지 몰라도 정말 귀엽다. 처음 이클립스를 받았을 때 절대 때리지 않겠다고 약속했는데 약속을 못 지켰다. 어떻게 하면 내 말을 알아듣게 할 수 있는지 몰라서 그랬다. 친구가 되려면 친절하게 해줘야 하는데, 이클립스를 안전하게 지키기 위해서는, 또 이클립스를 계속 데리고 있기 위해서는 그렇게 할 수밖에 없었다. 지금은 이클립스도 뭘 하면 되고 뭘 하면 안 되는지 분명히 알았을 거다. 그래서 나는 또 그 약속을 했고 이번에는 이클립스가 무슨 짓을 하든 그 약속을 깨지 않을 것이다. 언제까지나 진심을 다해 사랑해줘야지.

Saturday July , 3, 1993
Age - 18 weeks

Eclipse and I are becoming very close I don't think anything can break that closeness. She knows when I'm happy or sad. It's almost like she has a happy meter inside of her that lets her know what I'm feeling and she always makes me feel better. She has a couple of green balls that she loves to play with, she bats them around for hours. ♡

1993년 7월 3일 토요일
나이 - 18주

이클립스와 나는 아주 친해지고 있고 우리 사이는 절대 깨지지 않을 것이다. 이클립스는 내가 언제 행복하고 언제 슬픈지 잘 안다. 꼭 이클립스 안에 행복 계량기가 있어서 내 기분을 잘 알아맞히고 늘 내 기분을 좋게 만들어주는 것 같다. 이클립스가 잘 갖고 노는 녹색 공이 두 개 있는데, 몇 시간이나 차면서 돌아다닌다.

Wednesday July 7, 1993
Age - 4 months

Eclipse is purring alot more now, she purred before but only when she wanted some-thing now she purrs because she's happy. There is a large mirror here and when she sees herself in it she thinks it's another cat and she tries to play with the image. She has a new favorite food rasins. One day I wanted to give her a treat and I found some rasins I didn't think she would like them so I put them down to look for something else, when I came back they were gone, she ate them. ♡

1993년 7월 7일 수요일
나이 -4개월

요즘 이클립스는 아주 많이 가르랑거린다. 전에도 가르랑거렸지만 원하는 게 있을 때만 그러더니 지금은 즐거울 때도 가르랑거린다. 여기 큰 거울이 하나 있는데 거울에 비친 자기 모습을 보고는 다른 고양이인 줄 알고 같이 놀려고 한다. 이제 새롭게 좋아하는 건포도 먹이가 생겼다. 어느 날 맛있는 걸 주고 싶어서 뒤져보다가 건포도를 조금 찾았다. 이클립스가 안 좋아할 것 같아서 내려놓고 다른 걸 찾으러 갔는데, 돌아와보니 하나도 안 남아 있었다. 이클립스가 다 먹은 거다.

Monday July 12, 1993
Age – 4 months

I think I've turned Eclipse
into a couch potato, sometimes
when there's something good
on or when she sees another
cat on the T.V. she sits in
front and literally stares at
it. She is growing so fast
I can't keep up with her
I miss her being a little kitten
but I'm glad we have built
such a strong friendship.
In the morning after she eats
she gets extremly frisky, I
have finally taught her to
stay and she does it very
well. I can't wait until
I teach her other tricks.
♡

1993년 7월 12일 월요일

나이 -4개월

내가 이클립스를 텔레비전 중독자로 만들어버렸나
보다. 가끔 텔레비전에 좋은 게 나오거나 다른 고양
이가 보이면 바로 앞에 앉아서 말똥말똥 쳐다본다.
내가 따라잡기 힘들 만큼 쑥쑥 자라고 있다. 자그마
한 아기고양이였을 때가 그립지만 우리 사이에 끈
끈한 우정이 생겨서 기쁘다. 아침에 먹이를 먹고 나
면 심하게 까불어서 가만있으라고 가르쳐줬더니 아
주 잘한다. 다른 재주들도 빨리 가르쳐줘야지.

Friday July 16, 1993
Age - 5 months

I got Eclipse for my birthday
from Phil and Nancy they
did something that no one
else would do for me,
they paid 200 dollars just
so I could have my own
kitten. For that I could
never repay them but one
thing I know for sure
Eclipse is worth every
penny♥ Before I got Eclipse
I had to other cats
Tiger and Snowy, (I didn't
have them very long), Eclipse
means more to me than my
own life. When she looks
at me I see love, curiousity,
intellengee but most of all
I see her love for me.

1993년 7월 16일 금요일

나이 −5개월

필과 낸시가 내게 생일선물로 이클립스를 주었다. 다른 사람은 안 해주는 일을 그들이 해주었다. 내게 고양이를 얻어주려고 200달러를 썼다. 그들에게 보답은 못하겠지만 이클립스는 얼마를 줘도 아깝지 않다. ♥ 이클립스를 받기 전에 다른 고양이 티거와 스노위가 있었지만(그 아이들은 오래 데리고 있지 않았다), 이클립스는 내 목숨보다 더 소중하다. 이클립스가 나를 바라볼 때마다 사랑, 호기심, 총명함 그리고 무엇보다도 나를 사랑하는 마음이 보인다.

Wednesday July 21, 1993
Age -5 months

I miss my little baby kitten
I used to hold, but now I
have a half grown kitty that
I love even more. She's
losing her baby teeth, she
has lost four so far, I'm
keeping one for sentimental
value. Almost every morning
she gets really wild and she
runs very fast around the room.
If you gave the other runners
a 75 meter head start in
the one-hundred meter dash
Eclipse runs so fast she
probably would still win the
race. ♥

1993년 7월 21일 수요일
나이 −5개월

예전의 그 작은 아기고양이가 그립기는 하지만, 반
쯤 자란 이 고양이를 훨씬 더 사랑한다. 젖니가 빠
지고 있는데 지금까지 네 개 빠졌다. 추억으로 남기
려고 하나를 간직하고 있다. 거의 매일 아침 이클립
스는 정말 사납게 방 안을 정신없이 뛰어다닌다.
100미터 달리기를 하면 다른 주자들이 75미터 앞에
서 달린다 해도 이클립스가 너무 빨라 이길 것이다.

Tuesday July 27, 1993
Age - 5 months

She loves to be scracted at the bottom of the tail and the nab of the neck sometimes she will start to purr. At night when it's time to go to sleep I lay down with my purple bear and Eclipse comes over paws the pear and starts to purr when she's done with the bear she comes over to me and ~~lays~~ down on my chest and puts her head right on my cheeks and fall asleep. She acts like she has royal blood from a princess, during the day I can't really tell if she loves me or not but ~~not~~ at night I can't help but know that she does love me!

1993년 7월 27일 화요일
나이 −5개월

꼬리 끝이나 목덜미를 긁어주면 이클립스는 좋아하면서 가르랑거리기 시작한다. 밤에 잘 시간이 돼서 내가 자주색 곰 인형이랑 같이 누워 있으면, 다가와서 앞발로 곰을 할퀴다가 지겨워지면 가르랑거리면서 내 쪽으로 와 내 가슴 위에 누워 머리를 내 뺨 바로 위에 대고 잠든다. 이클립스는 꼭 자기가 공주 같은 왕족인 것처럼 군다. 낮 동안에는 나를 좋아하는 건지 아닌지 헷갈리는데 밤에는 날 좋아한다는 걸 분명히 알 수 있다.

Thursday August 5, 1993
Age — 6 months

Eclipse is a great fly catcher the only thing is after she catches them she eats them. One thing I know for sure is that Eclipse is a ture blue cat, she's very finiky, super playful, sleeps alot, and is very curious and smart. When there's poop in her cat box she'll scarch and scarch until I come and get in out and when there's cat food out of place she'll sniff it out and find it. I really have'nt had many cats before atleast not very smart ones except for Rusty, he was the first cat I every got so he's pretty old right now (13 years). Rusty was the smartest, bravest, caring cat I have ever know until Eclipse They have always been there when I needed them. Eclipse reminds me of him maybe thats why I love her so much.

1993년 8월 5일 목요일
나이 -6개월

이클립스는 파리를 잘 잡기는 하지만 잡은 파리를 먹어서 큰일이다. 한 가지 확실한 건, 이클립스가 진짜 고양이답다는 거다. 아주 까다롭고, 무지 명랑하고, 잠을 많이 자고, 호기심 많고 똑똑하다. 자기 변기통에 똥이 있으면 내가 와서 꺼내줄 때까지 계속 파헤치고, 고양이 먹이가 제자리에 없으면 킁킁거리면서 냄새를 맡아 찾아낸다. 고양이를 많이 길러보지는 않았지만 아주 똑똑한 애들은 없었다. 러스티 빼고. 러스티는 내가 제일 처음 받은 고양이라서 지금은 나이가 많다(열세 살). 러스티는 이클립스 전에 내가 알았던 고양이 중에 제일 똑똑하고, 제일 용감하고, 다정했다. 내가 필요로 할 때마다 고양이들은 늘 내 옆에 있어줬다. 이클립스를 보면 러스티가 생각나는데, 아마도 그래서 내가 많이 사랑하나 보다.

러스티

　　　　　　　　　러스티는 내가 아기였을 때 할머니께서
주신 고양이였다. 엄마, 티나 이모, 할머니, 할아버지와 다 함께 살 때 내
가 키웠다. 러스티는 오렌지색 얼룩고양이였다. 밖에 내다 키우는 고양
이였기 때문에 나와 엄마가 우리의 첫 아파트를 얻었을 때 러스티를 데
려가지 못했지만, 다행히도 할머니 할아버지 댁에서 5분 정도 거리에 있
어서 자주 찾아갈 수 있었다. 내가 갈 때마다 이름을 외치기만 하면 러스
티는 동네 어디에 있든 달려왔다. 나의 아기고양이 러스티가 그립다. 타
호로 이사한 후로는 러스티를 한 번도 보지 못했다.

　이클립스 일기를 마지막으로 쓰고 나서 얼마 안 지나 필립이 나를 다시 스튜디오 방으로 데려갔다. 내 텐트에 있는 물건들을 전부 상자 안에 넣으라면서, 이클립스를 그의 이모인 실리아에게 보낼 거라고 했다. 무슨 이유로? 나도 모른다. 그는 과대망상이 심한 사람이었다. 자기 이모 실리아가 고양이를 무척 좋아해 동네의 모든 떠돌이 고양이들을 먹여 살린다면서, 그녀가 이클립스를 잘 돌봐줄 거라고 했다. 그리고 앞으로 상황이 달라지면 언젠가는 다시 볼 수 있을 거라고 했다. 그 후로 난 다시는 이클립스를 보지 못했다.

지금 생각해보면, 그들이 고양이 한 마리에 200달러를 썼을 리가 없다. 그들에게도 뭔가 좋은 점이 있을 거라고 믿고 싶었던 것 같다. 투정부리지 않고 '얌전히' 있으면 더 많은 자유를 얻게 된다는 걸 깨달았다. 내게 무엇이 필요한가는 아무 상관 없었다. 오로지 필립, 그에게 필요한 것, 그가 원하는 것이 중요했다. '달리기'를 하는 동안 그는 이클립스를 치워버렸다. '달리기'는 며칠 동안 계속되었고, '옆집'으로 다시 가보니 이클립스는 없었다. 나는 질문이란 걸 아예 하지 않게 되었다. 대답을 들어서 기분이 나아진 적이 없으니까. 말다툼이 생길 때마다 나는 틀렸고 그가 옳다는 결론으로 끝이 나는 것 같았다. 모든 것이 그의 뜻대로 되었다.

언제인지는 확실치 않지만, 나는 두 주 동안 다시 스튜디오로 옮겨졌다. 그러고는 또 '옆집'으로 돌아갔다. 대체 그가 무슨 생각으로 나를 이리저리 옮겼는지 모르겠다. 나는 묻지 않았다. 그저 시키는 대로만 했다. 이클립스가 어떻게 됐는지는 모른다. 그리고 4년 후 또 다른 고양이가 생겼다.

임신 사실을 알다

1994년 부활주일. 나는 스튜디오로 옮겨져 있었다. 필립은 동네 사람이 경찰에 관한 얘기를 하는 걸 들은 것 같다며, 어느 정도 방음이 되는 스튜디오에 나를 두기로 했다. 걸어다닐 때 특히 조용히 하라고 했다. 음악 녹음실과 연주실 사이에 있던 벽을 그가 없애버려서 이젠 널찍한 방 하나가 됐다. 안쪽 구석 바닥에는 내가 쓸 새 침상이 있다. 칸막이가 하나 있어서 나 혼자만의 공간이 생긴 것 같은 기분이 든다. 부활절, 우리는 하루 종일 함께 보내고 있다. 낸시, 필립 그리고 나. 방 한가운데에 필립과 낸시의 침대가 있다. 스프링이 없는 매트리스다. 우리는 찰턴 헤스턴이 나오는 영화 〈십계〉를 보면서, 필립의 어머니 팻이 만든 햄 요리를 먹는다. 두 사람이 내게 눈을 감아보라고 한다. 눈을 떠보니 부활절 바구니가 보인다. 바구니에 사탕이 가득 들어 있고 작은 부활절 토끼 두 마리, 수컷 한 마리와 암컷 한 마리가 있다. 나는 그들에게 고맙다고, 마음에 든다고 말한다. 필립이 내게 할 얘기가 있다고 한다. 그와 낸시가 요즘 나를 지켜보니 살이 쪘고, 걷는 것이 아니라 뒤뚱거리더라고. 나는 나도 알고 있다고 말한다. 몸이 더 커진 것 같은데, 우습게 걷는지는 몰랐다. 그들이 말한다. "네가 임신한 것 같다." 나는 어리벙벙해지고 겁에 질린다. 나한테 무슨 일이 벌어지는 거지? 아기는 어떻게 될까? 아기는 병원에서 낳는다는 걸 알고 있다. 어쨌든 엄마는 여동생을 병원에서 낳았다. 이곳에서 어떻게 아기를 낳지? 아무래도 아이는 입양 보내야겠지. 이런 곳에서 아기를 어떻게 키우겠어? 필립은 아기가 생긴 걸 기쁘게 생각할까? 낸시 앞에서 물어보면 안 될 것 같으니까 기다렸다가 나중에 물어봐야겠다. 낸시는 심통이 나면 며칠 동안 나를 찾아오지 않거나 말을 안 건다.

아기를 포기해야 한다는 생각에 며칠이 지나도록 여전히 괴롭다. 이 문제를 필립에게 얘기해봐야겠다. 필립이 금빛 털의 예쁜 코커스패니얼, 차이나를 데리고 들어온다. 차이나는 그의 어머니인 팻이 기르는 개다. 차이나를 얻게 된 사연을 그에게 들은 적이 있다. 몇 년 전 주유소에서 차 문을 열어놓고 기름을 채우고 있는데, 갑자기 이 개가 차 안으로 뛰어들어서 집으로 데려왔다고 했다. 그의 어머니가 일하러 나가면(그녀가 학교의 관리인으로 일한다는 사실을 알았다), 필립은 차이나를 데리고 나를 찾아온다. 내가 동물을 얼마나 좋아하는지 그도 잘 안다. 차이나를 보면 늘 기분이 좋아진다. 차이나는 점점 더 부풀고 있는 아픈 내 배에 머리를 기댄다. 그러면 내 모든 걱정이 사르르 녹아 사라져버리는 것 같다. 차이나와 나란히 누워 있을 때 아기가 움직이며 내 갈비뼈를 차대는 것이 느껴지자, 내 아기를 절대 포기할 수 없다는 생각이 든다. 아기를 남에게 주는 건 상상할 수도 없다. 아기를 데리고 있을 수 있는 길을 찾아야겠다. 어떻게 해야 할지는 모르겠지만, 아무도 날 막지 못할 것이다.

내 안에 있는 아기가 움직일 때마다 아기와 아주 단단한 끈으로 이어져 있는 듯한 느낌이 든다. 나는 내 배에 대고 말을 걸고 이런저런 이야기를 들려준다. 아기의 발길질이 느껴질 때면 이 세상에 혼자라는 쓸쓸함이 점점 더 줄어든다. 아기를 담고 있는 내 몸이 날마다 커지고 있다. 갈비뼈가 밀리고 있어서 아주 아프다. 변하고 있는 내 몸이 느껴진다. 임신한 지 얼마나 됐는지는 모르겠지만, 필립의 말로는 한동안 임신 상태였는데 겉으로 티가 나지 않았던 거라고 했다. 내가 아기를 가져서 그는 아주 행복해 보이고 아기를 다른 곳으로 보내버릴 거라는 얘기는 한 번도 꺼내지 않았다.

회상

        내가 지금까지 쓴 내용을 돌이켜보면, 필립이 했던 말들이 과연 사실이었을까 하는 의심이 든다. 주유소에서 어떤 개가 우연히도 그의 차에 뛰어들었다는 허황된 얘기도 그렇다. 지금 생각해보면 그리 믿음이 가지 않는다. 그가 실제로는 어떻게 차이나를 얻었는지 궁금하다. 그땐 그를 전혀 의심할 수 없었다. 그저 개는 모르는 사람 차에 뛰어들지 않는데, 하고 생각했던 기억이 난다. 그는 동물들이 자기를 매우 좋아한다는 얘기를 항상 하곤 했다. 그에게 베이비라는 이름의 아이리시 세터주로 조류 사냥에 쓰이는 적갈색의 사냥개—옮긴이가 한 마리 있었다. 필립은 베이비에게 새끼들이 있는데, 특별한 신호로 부르면 그 강아지들이 뛰어온다고 했다. 낸시도 동물들이 그를 정말 좋아한다고 늘 얘기했다. 하지만 내가 보기엔 전혀 특별한 것이 아니었다. 동물들은 원래 자기 주인을 좋아한다. 학대받고 혹사당해도 사랑과 애정을 간절히 원해서 관심받기 위해 무슨 짓이든 하는 동물들도 있다.

체메나

트레일러에 가다

나는 다시 '옆집'으로 옮겨졌다. 필립은 이 방을 노란색으로 칠하고 벽을 하나 세워 두 개의 방으로 만들었다. 그러고 나서 창 없는 방을 내게 주었다.

아기가 태어나기 전 어느 날 저녁, 텔레비전을 보고 있는데 필립이 옆집으로 왔다. 무슨 일이 생겨서 집을 떠나야 한다고 했다. 거의 2년 전 그에게 잡혀온 후로 나는 이곳을 떠나본 적이 없다. 무슨 일이냐고 물었지만, 그는 내 말을 들은 체 만 체하고는 아기와 나를 꼭 안전하게 지켜줄 테니 자기가 시키는 대로 하라고 했다. 집으로 불시 단속반이 들이닥칠 거라는 얘기를 들었다면서 지금 당장은 이곳이 안전하지 않다는 것이었다. 내게 담요를 씌워서 밴으로 데려갈 거라고 했다. 나는 피곤했고 가고 싶지 않았다. 하지만 내게 무슨 선택권이 있을까? 모든 걸 그의 뜻에 따라야 했다. 그는 낸시가 밴에서 우리를 기다리고 있으며, 이제 떠나기만 하면 된다고 했다. 물건을 가져가도 되냐고 물었더니, 안 된다면서 괜

찾아지면 곧 집에 돌아올 거라고 했다. 내가 일어나자 그가 내게 담요를 씌운다. 정말 무섭다. 그에게 무슨 일이 생기면 어떡하지? 난 어떻게 될까? 숨이 가빠진다. 천천히 숨을 들이마시고 내뱉으며, 아무 문제 없을 거라고 속으로 되뇌어야 한다. 그가 날 밖으로 끌고 나가 밴으로 데려가자, 나는 뒷자리에 올라탄다. 어디에 앉을까요, 하고 묻기도 전에 그가 내게 뒷좌석 밑으로 기어들어가라며 좌석 앞에 상자들을 몇 개 놓을 거라고 말한다. 난 속으로 생각한다, 세상에, 말도 안 돼! 그냥 구석 자리에 앉으면 안 돼요? 그는 위험할 거라고 말한다. 누구한테 위험하다는 거지? 하지만 난 따지지 않고 그냥 의자 밑으로 기어들어간다. 배가 바닥에 끌려서 조금 힘들다. 아기가 다칠까봐 겁도 난다. 몸을 이리저리 꿈틀거리며 편안한 자세를 찾아본다. 의자가 약간 낮은 탓에, 옆으로 반쯤 누워 앞쪽을 봐야 한다. 몸을 꼼지락거릴 공간이 별로 없다. 불편해 죽겠어! 내 침대에 있고 싶다고! 밴이 움직이기 시작하더니 차도에서 후진해 나가는 소리가 들린다. 어디로 가는 걸까. 필립은 다른 사람이 자기 말을 들을지도 모르니까, 내게 말을 할 때도 낸시에게 말을 거는 것처럼 할 거라고 했다. 밴에 또 다른 사람이 있다는 걸 남에게 들키고 싶지 않은 것이다.

차는 멈출 기미가 보이지 않는다. 얼마나 오래 달려왔을까? 몇 시지? 우리가 출발할 때는 막 어두워지는 참이었는데, 지금은, 특히나 좌석 밑은 완전히 캄캄하다. 깜박 잠이 들었던지 깨어나보니 밴이 멈춰 서 있다. 그가 나를 밖으로 꺼내준다. 오랫동안 같은 자세로 있었더니 몸이 **뻣뻣**하게 굳어서 나 혼자 힘으로는 못 나가겠다. 좌석 밑에서 나오니 정말 시원하다. 밖은 여전히 캄캄하다. 우리는 어떤 트레일러하우스(이동주택) 앞에 서 있다. 나는 고개를 계속 숙인 채 들어간다. 계단이 정말 가파르다. 그가 내게 거실에 있는 소파에 앉으라고 한다. 내가 앉아 있는 동안 그와 낸시가 다른 곳을 확인해본다. 그가 내게 돌아와서는 필요한 게 있느냐고 묻는다. 여기가 어디냐고 내가 물어보자, 버지니아라는 친구가 쓰던 트레일러라고 한다. 그녀가 죽으면서 자기에게 남겨주었다고. 나는 화장실이 급하다고 말한다. 임신한 후로는 오줌이 자주 마렵다. 그를 따라 진짜 화장실로 들어간다! 눈물나게 기쁘다! 수세식 변기가 얼마 만인지! 게다가 수돗물이 나오는 세면대에서 손을 씻을 수 있다니! 화장실에서 나가자 그가 소파로 돌아가라고 말한다. 구경하고 싶은데! 진짜 집을 구경하고 싶다. 이게 얼마 만이야! 부엌이 보이고 안쪽에 침실들이 있다. 하지만 난 소파로 가서 앉는다. 내가 물을 마시고 싶다고 하자 낸시가 가져다준다. 필립은 집이 안전하지 않기 때문에 여기서 밤을 보낼 거라고 한다. 집에서 무슨 일이 벌어지고 있는지 궁금하다. 뒤뜰에서 사람들이 내 물건을 뒤지고 있을까? 무슨 일인지 궁금하다. 필립이 앞문을 잠그면서 내게 소파에서 자라며 자기와 낸시는 안쪽 침실에 있을 거라고 한다. 머릿속에서 온갖 의문들이 맴돌아 쉽게 잠이 오지 않지만 결국엔 잠이 든다. 깨어나보니 아침이고, 필립과 낸시가 부엌에서 얘기를 나누고 있다. 내가 깨어나기를 기다리고 있었던 모양이다. 내가 일어나자 그들은 집에 가서 상황을 살펴보고 내가 먹을 음식을 가져오겠다면서, 나 혼자 여기서 몇 시간 동안 기다리고 있으라고 한다. 그는 내게 화장실에 가도 상관은 없지만 그냥 소파에서 자는 게 좋을 거라고 말한다. 아무 문제 없

을 거라고, 돌아올 테니 무서워하지 말라고 한다. 그가 돌아오지 않을까
봐, 여기에 나 혼자 영원히 버려둘까봐 겁이 난다. 임신한 몸으로 혼자
어떻게 하지? 나는 울기 시작한다. 혼자 있기 싫다고, 무슨 일이 생길까
봐 무섭다고 말한다. 그는 집이 괜찮은지 확인하러 가야 한다며, 맛있는
걸 가지고 낸시와 꼭 돌아올 거라는 얘기만 계속한다. 그렇게 그와 낸시
는 떠나고 자물쇠가 찰칵 잠기는 소리가 들린다. 잠들려고 애써봐도 잠
이 오질 않는다. 결국 일어나서 화장실로 간다. 일어난 김에 다른 곳을
둘러봐도 괜찮지 않을까. 그는 그러지 말라고 했지만, 살짝 들여다본다
고 해서 큰일 나겠어? 나는 발꿈치를 들고 조심조심 복도를 따라 걸으며
생각한다, 그가 알면 어떡하지? 그는 아주 많은 걸 알고 있는데. 내가 둘
러봤다는 걸 그가 알면 어떡해? 하지만 호기심에 지고 만다. 복도를 따
라가다 제일 처음 나온 방은 꽤 넓지만, 그 안에 있는 건 바닥의 매트리
스 하나뿐이다. 욕실 맞은편에 방이 또 하나 있다. 꼭 칸막이가 쳐진 포
치처럼 생겼다. 나중에 나와 아기가 이 방을 쓰면 참 좋겠다. 필립은 이
트레일러를 뒤뜰로 가져가 쓸 수 있는 방법을 찾아보겠다고 했다. 우리
에게 화장실과 완전한 부엌이 생기다니! 와, 정말 멋지겠다. 그가 방법을
찾아냈으면 좋겠다. 나는 거실로 다시 돌아간다. 여기에 있는 가구들은
하나같이 먼지투성이에 낡아 보인다. 그래도 부엌은 꽤 좋다. 나는 냉장
고를 열며, 매일 이걸 쓸 수 있으면 얼마나 좋을까 하고 꿈을 꾼다. 먹을
음식이 언제든 있으면 정말 좋을 거야! 나는 다시 소파로 돌아가 잠이 든
다. 문이 열리는 소리에 잠에서 깬다. 순간 난 흠칫 놀란다. 필립과 낸시
가 아니면 어떡하지? 다행히도 내 눈앞에 나타난 건 그들이 맞고, 두 사

람을 보니 안심이 된다. 그들이 칠리를 가져왔다. 낸시가 칠리를 가스레인지에 데우고 그것과 함께 먹을 밀가루 토르티야 한 그릇을 내게 준다. 필립은 이제 집에 돌아가도 안전하지만 어두워진 뒤에 가야 한다고 말한다. 그들은 안쪽 방에 가서 낮잠을 자고 나는 소파에 앉아 기다린다. 나는 예전의 내 인생을 떠올리며 생각에 잠긴다. 추억을 되새기면 나의 과거가 내 안에 계속 살아 있게 할 수 있다. 집에 있는 가족을 잊고 싶지 않다. 언젠가 엄마의 얼굴이 기억나지 않게 될까. 벌써 내 마음속에서 엄마의 모습이 희미해지고 있다. 곧 밤이 되었고, 필립은 떠날 준비를 마치고도 또 불안한 모양이다. 차를 몰고 조금 더 돌아다니다가 집으로 가는 게 좋겠다고 말한다. 나는 그냥 집에 가고 싶다. 무슨 일이기에 집에 갈 수 없다는 거지? 이번에도 그는 대답하지 않는다. 나는 다시 밴에 탄 뒤 좌석 밑으로 들어간다. 몇 시간 전에 이 밑에 있어봤으니 어떨지 잘 알지만 여전히 불편하다. 얼마 동안 차가 달리자 속이 심하게 메스꺼워지기 시작한다. 그들을 부르며 토할 것 같다고 말한다. 필립이 길가에 차를 세우자, 낸시가 비닐봉지를 가지고 뒤로 온다. 그들이 내게 조금만 더 참으라고 말한다. 그의 말대로 참으려고 애써보지만 차가 흔들리자 점심 때 먹었던 콩들이 곧장 목구멍 위로 올라온다. 봉지는 너무 작아서 콩들을 모두 담아내지 못한다. 난 토하기에 아주 나쁜 각도로 누워 있고 제대로 몸을 움직일 공간도 거의 없다. 토하고 나니 기분은 한결 나아졌지만, 이 끔찍하게 역겨운 토사물 속에 누워 있어야 한다. 마침내 필립이 집에 도착했다고 알린다. 낸시가 뒤로 와서 봉지를 받아들고는 카펫에 쏟아낸 나머지 토사물을 닦아낸다. 나는 미안한 듯 웃으며 "정말 죄송해요."라고 말한다. 속으로는 이렇게 생각한다, 저기요, 내 잘못이 아니잖아요. 애초에 왜 우리가 차를 타고 돌아다녔는지 이해가 안 된다. 하지만 물론 그런 말은 하지 않는다. 그렇게 그에게 말대꾸할 생각은 없다. 집에 와서 기쁘다. 나는 몸을 씻고 옷을 갈아입은 뒤 내 침대로 간다. 필립은 문제가 다 해결됐으니 지금 당장은 걱정할 것이 없다고 말한다.

회상

        그날의 사정은 지금까지도 모르겠다. 상황이 끝났을 때 그저 기뻤을 뿐이다. 나는 늘 내가 주위 사람에게 나 자신을 맞추는 쪽이라고 생각했다. 엄마는 어렸을 적 내 별명이 '황소'였다고 말씀하시지만, 난 기억나지 않는다. 정말 원하는 것이 생기면 여간 고집불통이 아니어서, 끈덕지게 졸라댔다고 한다. 내가 고집쟁이라는 생각은 해본 적이 없지만, 돌이켜보면 그렇게 말할 만한 일들이 조금 있긴 하다. 처음에 난 온갖 질문들을 많이도 해댔다. 늘 호기심이 넘쳐났던 것 같다. 하지만 필립과 살면서는 일찌감치 질문을 멈춰야 할 때를 알았다. 가끔은 질문을 하지 않는 것이 더 편했다. 필립의 언어 학대는 아주 효과적이었다. 내 질문에 대해 직접적인 대답을 듣고 싶었지만, 대답이 장황스러워서 결국에는 애초에 내가 무슨 질문을 했는지도 잊어버리곤 했기 때문에 질문을 많이 하지 않게 되었다. 사실 궁금한 점이 한두 가지가 아니다. 그날 밤 우리가 사용했던 트레일러는 누구의 것이었을까? 그는 대체 무슨 얘기를 들었던 걸까? 거기 살았던 사람은 어떻게 됐을까? 이 의문들에 대한 답은 앞으로도 알 수 없을 것이다.

아기를 기다리며

나는 이런저런 아기 프로그램들을 보며 아기 돌볼 준비를 하고 있다. 필립도 육아 프로그램을 많이 보기 시작했다. 그는 TLC 채널에 나오는 어떤 남자를 특히 좋아하는데, 그 사람 이름은 기억나지 않는다. 그가 도서관에서 빌려온 출산 비디오들을 같이 보았다. 아주 무서워 보이지만, 그는 자기가 할 수 있다며 아무 문제 없을 거라고 했다.

하루하루가 훌쩍 지나가버리는 것 같다. 무슨 일이 일어날지 모르겠다. 예습했던 모든 것들이 소용없는 것 같고, 태어날 아기를 위해 매일 준비했던 일들이 전혀 기억나지 않는다. 필립은 그가 '옆집'이라고 부르는 곳으로 나를 옮겼다. 여기에는 침대와 서랍장, 그리고 내 텔레비전이 있다. 오늘 오후에는 좋아하는 드라마 〈닥터 퀸〉을 보고 있었다. 하루 종일 날카로운 통증을 느꼈지만, 오늘 아침까지만 해도 별로 이상하다는 생각을 하지 못했다. 전에도 아팠던 적이 있으니까. 그런데 이번 통증은 다른 것 같았고 오후쯤에는 너무 심해져서 움직일 수도 없었다. 아기를 낳는 게 이런 느낌일까? 혼자 있기 싫어. 무서워 죽겠단 말이야! 하루 종일 아무도 날 보러 오지 않았고 문은 여전히 잠겨 있으니, 누가 올 때까지 기다리는 수밖에 없다.

오후 5시쯤 드디어 낸시가 온다. 내가 아파서 몸을 구부리고 있는 걸 보고는 나가서 필립을 데려온다. 그가 진통이 온 지 얼마나 지났느냐는 둥 이런저런 질문을 내게 하는 동안 낸시는 수건이나 뜨거운 물 같은 필요한 물건들을 챙기러 간다. 필립은 출산 비디오 얘기를 하면서 어떻게 해야 하는지 자기가 다 안다며 나를 안심시킨다. 낸시는 간호 보조사다. 그 외에는 아무도 없다.

진통은 밤까지 계속된다. 몸을 이리저리 뒤척이며 편한 자세를 찾으려 해봐도 신통치 않다. 밤늦게 드디어 양수가 터진다. 처음엔 오줌을 싼 줄 알았다. 필립에게 말하니 이제 거의 다 된 것 같다고 한다. 양수가 터졌을 때, 내 안에서 아기가 자라면서 몇 달간 끊임없이 느꼈던 압박감이 순간 줄어드는 걸 느꼈다. 힘을 쥐야 할 시간이 되자 압박감이 다시 찾아왔다. 살면서 그렇게 아팠던 적은 없다. 필립이 내게 이제 힘을 주라고 한다. 언제나 끝이 날지, 아기는 여전히 나오지 않고 있다. 필립이 안을 더 듬어보더니, 탯줄이 아기의 목을 감고 있어 아기가 밖으로 나오지 못하고 있다는 사실을 알아낸다. 그가 손가락으로 탯줄을 조금 풀어내고 나서 다시 힘을 주니, 성공이다! 낸시가 아기를 받아 깨끗이 닦는다. 나는 여전히 태반을 밖으로 밀어내야 한다. 이것도 굉장히 오래 걸린다. 태반이 나오자 그들이 내게 아기를 건네주며 처음으로 안아보게 하고는 더러운 것들을 모두 치우고 내 이불을 갈았다. 난 지칠 대로 지쳤고 그저 자고 싶다. 처음으로 아기에게 젖을 먹이는데 기분이 참 묘하다. 그러고는 우리 둘 다 잠들었다. 내 딸은 1994년 8월 18일 오전 4시 35분에 태어났다. 난 열네 살이고 지독히도 무섭다.

회상

　　　　　　그날의 일을 얘기하면서도 그 일을 겪은 사람이 바로 나라는 사실을 믿을 수가 없다. 그런 일을 어떻게 또 한 번 견뎠는지 상상도 안 된다. 두 번째 임신 역시 내가 선택할 수 있는 일이 아니었다. 어떻게 근심 걱정으로 미치지 않고 버틸 수 있었을까? 원하지 않는 일을 견뎌내는 방법? 그냥 하는 거다. 난 내가 할 수 있는 유일한 일을 했을 뿐이다. 그때로 다시 돌아간다 해도 그렇게 할 것이다. 세상에서 가장 소중한 존재들…… 내 딸들을 얻었으니까.

　　왜 필립이 내 큰딸에게 그런 이름을 지어줬는지는 잘 모르겠다. 그 이름은 나중에 그의 망상 속에서 그의 마음을 조종하는 강력한 영력靈力을 상징하게 된다. 내가 그 이름을 반대하지 않은 데는 나름대로의 이유가 있다. 내게 딸의 이름은 우주의 모든 좋은 것들을 상징한다. 그의 '천사 이론'에 심하게 시달릴 때도 내 오랜 믿음을 저버리지 않게 도와준 이름이었다. 내가 신앙심 깊은 사람이라고는 생각지 않는다. 그렇게 오랜 시간 필립이 나를 앞혀놓고 자신의 성경 해석을 들려줬건만, 난 아직도 내가 성경을 믿는지 확실히 모르겠다. 필립에게 납치당하기 전 어렸을 때 '프레셔스 모먼트' Precious Moments, PMI 사에서 생산하는 도자기 인형으로 특별한 기념일 선물이나 수집물로 인기가 많다—옮긴이 인형들을 모은 적이 있다. 아홉 번째 생일 날 선물 받은 수호천사 프레셔스 모먼트를 받침대에 받쳐서 화장대 위에 올려놓았었다.

　　　　　　　　　　　　　　　　　　　　　a stolen life

아기 돌보기

내의 애를다운 딸. '멸갑' 에서 찍은 씨진이다.

새벽 2시다. A가 잘 생각을 안 한다. 내가 일어나서 어깨 위로 올려 통통거려줄 때만 조용하다. 이러다 계속 밤에 안 자면 어떡하지? 젖을 먹여서 가슴이 너무 아프다. 필립에게 얘기했더니 약사한테 물어보겠다고 했다. 통증을 줄여줄 만한 걸 구해줬으면 좋겠다. 필립이 구세군에서 새 흔들의자 하나를 얻어왔다. 매끄러운 선 하나로 이루어진 몸체에 복숭앗 빛 천이 씌워져 있는 게 전부다. 보기 흉하다! 그래도 그게 있어서 다행이다. 흔들의자에 앉혀 흔들어주면 A가 좋아한다. 나는 몇 시간씩 의자를 흔들어주면서 〈유 아 마이 선샤인〉을 불러준다. 엄마가 내게 불러줬던 것처럼. 낸시가 카세트 플레이어와 내가 좋아하는 디즈니 노래 몇 개를 가져다주었다. 필립도 자기가 만든 노래 테이프를 몇 개 주었다. 테이프를 틀어주고 A가 잠드는지 봐야겠다. 하루 시간표를 최대한 잘 지키고 싶다. A는 아침 9시쯤 일어나서 젖을 먹은 다음 나와 함께 다시 잠들었다가 정오에 일어나 또 젖을 먹고 나랑 같이 논다. 까꿍 놀이나 '이 아기돼지'this little piggy, 노래를 부르며 아기의 발가락을 하나씩 만지는 놀이─옮긴이 놀이를 한다. A는 이제 삼 개월쯤 됐고 매일 자라고 있다. 아이의 눈은 내가 이제껏 본 눈 중에 가장 크다. 눈이 큰 만큼 키가 많이 자랄지 궁금하다. 잠드는 데 도움이 될까 싶어 잘 시간 전에 A를 목욕시킨다. 필립이 다른 방에 전자레인지를 가져다 놓았다. 그래서 아기 물수건 용기에 물을 담아 전자레인지에 데워서 쓴다. 여긴 세면대가 없지만, 필립이 물통을 많이 사두기 때문에 밤에 아기를 씻기고 내 이를 닦을 물은 충분하다. 아기 욕조와 깨끗한 목욕수건과 닦는 수건들도 있다. 낸시와 필립은 아기에게 필요한 건 뭐든 다 가져다준다. 장난감과 옷, 많은 기저귀와 물수건 들이 있다. 가끔 아기한테 기저귀 발진이 생기면 데시틴 크림을 써서 두드러기를 없앤다. 그래도 아기는 아주 건강하고 호기심이 많은 것 같다.

아기가 태어난 후로는 지내기가 훨씬 더 좋아졌다. 아기가 태어나고 나서 필립은 내게 섹스를 강요하지 않았고 '달리기'도 하지 않았다. 임신했을 때도 섹스를 하진 않았지만, 한 번 내 셔츠를 벗고 그에게 수음을 해줘야 했다.

필립과 낸시는 더 자주 찾아온다. 가끔은 A를 스튜디오로 데려간다. 요즘 필립과 낸시는 그곳에서 잠을 잔다. 낸시는 A가 자기 아기인 척하고 싶은 모양이다. 하루 종일 붙어 있기 때문에 잠깐 아기와 떨어져 있는 게 좋긴 하지만, 조금은 질투가 나기도 한다. 나도 관심을 받고 싶다.

참 쓸쓸하다. 가끔은 예전 친구들 꿈을 꾼다. 특히 제일 먼저 사귄 친구, 제시. 우리는 내가 네 살이고 제시가 세 살이던 1984년에 만났다. 엄마와 나는 그때 막 아파트 단지로 이사를 왔었다. 나와 엄마 단둘이었다. 그 전에는 할머니 할아버지 집에 살았다. 우리 집에서 엄마와 같이 살게 되어 참 행복했다. 우리 둘이서만. 하루는 마당에 나가 놀고 있는데 다른 어린 여자애도 한 명 놀러 나왔다. 기다란 진갈색 머리에 삐삐 마른 아이였다. 노간주나무 덤불에서 무당벌레를 찾고 있는(내가 좋아하는 오락거리였다) 내게 그 아이가 다가왔다. 내가 덤불에서 무당벌레 한 마리를 떼어내서 그 아이에게 보여주고는 아이의 손 위에 놓았다. 벌레가 땅으로 떨어졌고 그 아이가 집어올리려고 하다가 잘못해서 으깨버렸다. 내가 울기 시작하자 그 아이도 울기 시작했다. 무슨 문제가 생겼나 싶어 우리 엄마들이 다가오자, 그 아이가 덤불에서 다른 무당벌레를 조심스레 떼어내 내게 내밀었다. 나는 잠깐 보고 있다가 미소 지으며 그 아이의 선물을 받았다. 그 후로 우리는 꼭 붙어다녔고 엄마들끼리도 친구가 되었다. 그 어느 때보다 제시가 그립다.

　조금 더 커서 내가 1년 동안 이모네 집에서 살았을 때, 제시는 특별한 물건들을 보내주곤 했다. 한번은 곰 인형을 보내주었는데, 특별한 물건들을 숨길 수 있는 비밀 주머니가 등에 달려 있었다. 나는 그 곰 인형을 좋아했고, 날 잊지 않아준 제시도 사랑했다. 지금 제시는 어떻게 살고 있을까. 나는 항상 우리가 같으면서도 다르다고 생각했다. 제시는 말랐고 난 통통했다. 제시는 활달하고 수줍음이 없었지만, 난 부끄럼 많고 얌전했다. 우리 둘 다 엄마와 함께 살았다. 우리의 인생에 아빠는 없었다. 집으로 돌아가도 제시와 여전히 친구가 될 수 있을까. 집으로 돌아갈 수 있으면 좋겠다. 이젠 집에 보내달라는 얘기도 하지 않는다. 너무 가슴 아파서 생각하기도 겁이 난다. 언젠가 상황이 더 나아지기를 바랄 뿐이다. 늙어서 백발이 될 때까지 여기 있을 거라고는 상상도 할 수 없지만, 어떤 미래가 기다리고 있을지 모르겠다. 내게 있는 건 필립밖에 없고 그는 뭐든 척척 해내는 것 같다. 아기를 데리고 내가 어디로 갈 수 있을까? 누가 날 원할까?

사전트

1996년이다. A는 이제 걸음마를 한다. 필립은 우리가 앞으로도 계속 그 방에서 지낼 수 있게 창살을 손보았다. 난 아직도 방에서 마음대로 나갈 수 없지만, 필립이 얼마 전부터 뒤뜰에 울타리를 두르고 있다. A와 내가 햇볕을 쬘 수 있게 해줄 거라고 한다. 그날이 빨리 왔으면 좋겠다.

낸시가 오늘 직장에서 왕관앵무 한 마리를 가져왔다. 이른 오후여서 난 그녀가 저녁식사를 가지고 오는 줄 알았다. 그녀의 손에 저녁식사 대신 새장이 들려 있는 걸 보고 깜짝 놀랐다. 직장에서 같이 일하는 어떤 여자가 자기 아들과 딸이 새를 돌봐주지 않는다면서 낸시에게 줬다고 했다. 회색과 노란색 털을 가진 새인데, 부리 위에 강력 접착제가 큼지막하게 떨어져 있고 가슴 털이 휑하니 뽑혀나간 걸 보니 정말 보살핌을 받지 못한 것 같았다. 행복해 보이지 않는 녀석이었다. 낸시는 자기가 돌볼 새지만 잠시 여기에 두면 내가 좋아할 것 같아서 데려왔다고 했다. 그 새에게 말을 가르치면 또 다른 말상대가 생길 거라는 생각에 난 기뻤다. 낸시는 새가 정말 고약하니까 웬만하면 만지지 않는 게 좋다고 했다. 난 시간이 지나면 새도 날 믿고 좋아할 거라고 속으로 중얼거렸다. 내 머릿속에서는 벌써부터 계획이 세워지고 있었지만, 그 생각을 입 밖에 내진 않았다. 새에게 이름이 있느냐고 물었더니, 낸시는 아직 없다고 했다. 나는 새를 지켜보다 보면 하는 짓에 어울리는 이름을 찾을 수 있을 거라고 말했다. 그리고 나서 하루도 빠짐없이 새로운 방 친구에게 말을 걸었다. 손을 새장 옆에 놓기도 했다. 내 손이 가까이 있는 걸 볼 때마다 왕관앵무는 겁에 질려 난리법석을 떨면서 최대한 뒤로 물러났다. 새장에 먹이를 넣어줄 때는 날 물려고 했다. 그러면 난 그냥 내버려두었다. 별로 아프지도 않았고 내가 자기를 무서워하지 않는다는 걸 알려주고 싶었기 때문이다. 바깥 날씨가 따뜻한 주말이 되면, 출근하지 않아도 되는 낸시가 와서 새에게 바람을 쐬줘야겠다며 데리고 나가서 양지에 매달아놓았다. 햇볕을 쬐는 새가 부러웠다. 가끔 낸시가 저녁식사를 가져오면, 새를 데리고 들어오라고 일러주곤 했다. 새가 다시 안으로 돌아오면 그 바보 같은 녀석과 친구가 되려는 내 노력은 계속 이어졌다. 몇 주 동안 새에게 내 손을 익혀주다가 어느 날 용기를 내어 손을 새장 안에 넣어보았다. 새가 날 물려고 하자, 나는 부리를 살짝 밀면서 안 돼, 그러지 마, 하고 말했다. 매일 이렇게 하자 그 후 일주일 동안 서서히 하지만 확실히 새의 반항이 줄어들었다. 이때쯤부터 나는 그 녀석을 사전트 혹은 줄여서 사지라고 부르기 시작했다. 새장 안에서 이리저리 천천히 걸어다니는 폼이 왠지 병장 같았기 때문이다. 그래서 그런 이름을 붙였다. 사지는 뛰어난 가수였다. 음악을 유난히 좋아해서 노래가 들릴 때마다 큰 소리로 울었다. 그걸 처음 알아챈 건, 내가 A를 재우려고 노래를 부르고 있는데 단조롭게 노래하는 시끄러운 새소리에 내 노랫소리가 묻혔을 때였다. 사지는 라디오 소리를 듣고 휘파람을 불거나 떠들어대기도 했다. 시간이 갈수록 사지의 깃털은 검어지고 코에 묻어 있던 접착제는 벗겨졌다. 사전트는 훨씬 더 명랑해졌고 내 손가락 위에 앉기까지 했다. 새장 밖으로 꺼내주면 바닥에서 이리저리 도도하게 걸어다녔고 그걸 보며 나와 아기는 깔깔 웃었다. 내가 사지에게 가르쳐준 것들을 낸시에게 보여주고 싶지 않았다. 사지를 데려가버리거나 질투할 것 같았다. 필립이 오면 사지를 꺼내서 보여줬는데, 그때마다 그는 성질 나쁘고 못됐던 새가 꼿꼿하게 걸어다니며 노래하는 새로 변한 것을 보고 놀라워했다. 그리고 낸시한테는 너무 떠벌리지 말라고 했다. 새를 만지지 말라고 했는데 내가 말을 듣지 않았으니 기분 나빠할지도 모른다고 했다. 낸시는 새가 무니까 건드리지 않는 게 좋겠다고 했지 만지지 말라고 하지는 않았다. 나는 문제를 일으키기 싫고 정말이지 낸시가 날 좋아했으면 좋겠다. 그 도도하게 걸어다니는 회색과 노란색의 작은 새를 사랑하게 된 나는 사전트를 내 새로 데리고 있고 싶었지만, 너무 소심해서 낸시에게 물어보지는 못하고 그녀가 사전트를 데려가지 않기만을 빌었다.

여름이 왔다 가고 어느덧 가을이 되었다. 날씨가 점점 쌀쌀해져서 낸시는 사전트를 예전만큼 잘 데리고 나가지 않았다. 그러던 어느 날 낸시가 와서는 평소보다 따뜻한 것 같다며 한두 시간 데리고 나갔다가 다시 데려오겠다고 했다. 나는 텔레비전을 보고 있었고 별로 신경을 쓰지 않았다. 그날 늦게 낸시가 식사를 가져다 놓고는 나갔다. 그녀에게 새 얘기를 할 틈이 없었다. 식사를 마치고 또 텔레비전을 보다가 잘 준비를 하면서 그제야 사전트가 생각났다. 구석에 새장이 없다는 걸 알아챘다. 낸시가 잊어버렸나? 옆집에 있는 그녀에게 연락할 방법이 없었다. 그들은 항상 철문을 잠갔기 때문에 새를 데리러 갈 수 있는 길이 없었다. 나는 수건을 옆으로 젖히고 계속 서서 창밖을 내다보고 있었다. 두 사람은 어디 있지? 스튜디오에 불이 하나도 켜져 있지 않았다. 필립이 오늘 밤 낸시와 '달리기'를 할 거라고 했던가? 그가 내게 무슨 얘기라도 했었는지 기억나지 않았다. 나는 텔레비전을 보면서 나쁜 생각을 몰아냈다. 사전트에게 아무 일 없기를 빌었다. 평소보다 훨씬 더 오래 밖에 내버려두면 얼어 죽지 않을까 걱정이었다. 드디어 낸시가 사전트를 데려왔는데 괜찮아 보였다. 낸시는 까먹고 사전트를 더 일찍 데려오지 않은 걸 미안해했다. 필립과 함께 어떤 친구한테 스피드를 얻으러 갔다 왔다고 했다. 사지는 괜찮아 보였고 신나게 휘파람을 불어댔다. 낸시는 사지가 꽥꽥 우는 소리가 앞마당까지 들렸다고 했다. 사지를 안으로 들이지 않았다는 걸 그때서야 기억해낸 것이다. 낸시가 나간 후 나는 사지에게 어둠 속에 내버려둬서 정말 미안하다고 말하고 화해의 선물로 기장 가지를 하나 주었다. 사지가 그걸 건드리지도 않고 횃대에 앉아 잠들자 나는 수건으로 새장을 덮어주었다. A와 나도 잠자리에 들었다.

다음 날 아침 깨어나자마자 뭔가가 잘못됐다는 걸 알았다. 다른 날에는 늘 작은 새발이 신문지를 밟는 소리를 듣고 잠에서 깨어났다. 컴퓨터 자판을 치면 새장 바닥을 밟던 사지의 작은 발이 떠오른다. 하지만 오늘 아침엔 아무 소리도 들리지 않고 정적만 흘렀다. 나는 마침내 용기를 내

어 새장 안을 들여다보았다. 도도하게 걸어다녔던 내 사랑하는 새가 새
장 바닥에 죽어 있었다. 왠지는 몰라도 마지막으로 한번 사지를 어루만
져줘야 하는 생각이 들어서 손을 집어넣어 만져보았다. 차가웠다. 그
날 참 많이 울었다. 사지가 죽었다는 걸 알리기 위해 필립과 낸시를 기다
리는 일이 가장 힘들었다. 드디어 필립이 오자 나는 울음을 터뜨리면서
사지가 감기에 걸려 죽었다고 말했다. 그는 처음엔 감기 때문이 아닐 거
라고 했지만 딱히 다른 이유도 말하지 못했다. 그날 낸시는 보이지 않았
다. 차마 내 얼굴을 볼 면목이 없어서 그랬다는 걸 나중에 알았다. 내가
자기를 탓할 거라고 생각한 것이다. 그녀의 생각대로였다.

둘째 아기

또 임신을 했다. 그 일을 다시 겪을 거라고 생각하니 눈앞이 캄캄했다. 지난 몇 년간 그는 '달리기'를 몇 번밖에 하지 않았다. 예전만큼 마약을 많이 피우지 않는다. 그리고 탁아소에 안정된 일자리를 얻어 마빈이라는 남자 밑에서 일하고 있는 것 같다. 마빈의 허락을 받고 나무판과 돌판 들을 집으로 많이 가져온다. 필립은 내가 밖에 나가서 햇볕을 쬘 수 있도록 높은 울타리를 세울 거라고 늘 말한다. A도 밖에 나가는 걸 좋아하는 것 같다. 낸시가 가끔 A를 밖에 데리고 나가 같이 놀지만, 혹시라도 누가 볼까봐 난 밖에 나가지 못한다. 나는 그들을 곤경에 빠뜨리고 싶지 않다. 그들이 없어지면 난 어디로 가야 할까? 필립이 없으면 낸시가 날 풀어줄까? 그럴 것 같진 않다. 한 달간 필립이 감옥에 갇혀 있었을 때 날 보내주지 않았으니까. 그때 기회가 있었는데, 난 알지도 못하고 있었다. 가끔씩이라도 밖에 나가면 정말 좋을 것 같다. 필립은 내가 있는 방 밖에 방하나를 또 만들었다. 그 방은 밖에 있지만, 그래도 필립이나 낸시가 없으면 난 아무 데도 못 간다. 이 새로운 방은 삼면이 둘러싸여 있고, 그가 작은 냉장고와 내 변기를 넣어두고 세면대도 설치했다. 이제 물을 얻을 수 있다. 가끔은 그저 딸과 떨어져 있으려고 A가 안에서 놀게 놔두고 요강 위에 앉아 있곤 한다. 이러면 안 된다는 걸, 하루 종일 딸과 함께 있는 것을 귀찮아하면 안 된다는 걸 알지만, 감당하기 힘들 때가 있다. 내가 없다는 걸 알아채면 A는 문을 탕탕 두드리고, 내가 볼일을 다 보고 가겠다고 해도 까무러칠 듯이 소리를 지르면서 나와 떨어지는 걸 한시라도 못 참는 것처럼 군다. 평소에는 착한데, 골을 내면 어떻게 해줘야 할지 모르겠다. 낸시는 구석에 의자를 놓고 거기에 아이를 앉히라고 했다. 그렇게 해봤지만, A는 그냥 일어나서 자기가 하고 싶은 대로 한다. 고집이 무지세다. 우리는 보통 같이 놀면서 시간을 보낸다. 낸시와 필립이 갖다준 장난감이 엄청 많다. A는 아침마다 〈세서미 스트리트〉와 〈바니〉를 재미있게 보고, 나는 A에게 알파벳을 가르쳐주는 게 좋다. A는 이제 세 살인데 아직도 젖을 먹고 있다. 몸집도 더 커지고 이가 있어서 힘들다. 깨물지 말라고 계속 타일러야 한다. 필립은 내가 모유를 먹이는 게 A에게 해줄 수 있는 최고의 일이라고 말한다.

또다시 임신을 하고 말았다. 임신 사실은 그냥 알 수 있다. 몸이 꽉 찬 느낌이 드니까. 지난번에 섹스를 할 때 그가 제때에 빼내지 않아서 정액이 들어왔다. 그는 이번이 마지막이라고 말했다. 전에도 여러 번 그 말을 했기 때문에 믿어도 될지 모르겠다. 자기 문제를 고치려고 노력 중이라면서 앞으로는 날 괴롭히지 않을 거라고 했다. 그만둘 거라는 말을 무슨 근거로 하는지 모르겠다. 내가 늘 바라던 바다. 그게 싫다. 매번, 언제나.

a stolen life

그는 내가 언젠가는 섹스를 즐기게 될 거라고 했지만, 전혀 즐겁지 않다. 또 아기를 가졌다고 하면 그는 무슨 생각을 할까. 그는 A를 사랑하고, 어떤 식으로든 아이를 절대 해치지 않겠다고 하느님에게 맹세한다. 하루는 스튜디오에서 아이를 품에 안고 기도하며, "하느님, 이 어린아이를 절대 해치지 않게 해주시옵소서." 하고 울부짖었다고 했다. 하느님이 자기의 성 문제를 치료해주었기 때문에 다시는 날 건드리지 않을 거라고 했다. 그를 믿고 싶지만, 다시는 날 건드리지 않을 거라고 믿기 힘들다. 가끔 도망가는 꿈을 꾸기도 하는데, 사실 난 갈 곳이 없다. 그리고 이젠 아기가 하나 더 생길 것이다.

밴 소리가 들린다. 필립이 모는 밴의 모터가 엄청 시끄러워서, 본 적은 없지만 그가 집을 나가고 들어올 때마다 소리가 들린다. '헤미' 엔진이 달렸다고 하는 다지(Dodge) 밴의 텔레비전 광고가 생각난다. 헤미 엔진은 엄청 시끄럽다. 밴이 들어오거나 나갈 때마다 소리가 들린다. 밴이 떠나는 소리를 들으면 가끔은 초조해진다. 엇갈리는 감정에 맥박이 빨라진다. 그가 없으면 좋긴 하지만, 혼자 있으면 걱정스럽다. 그가 꼭 돌아오리라는 걸 안다. 내 감정을 나도 모르겠다. 혼자 있기는 싫지만, 그가 가면 섹스를 할까봐 걱정하지 않아도 된다. '트레일러 집'에 다녀온 후로 난 이곳을 떠나본 적이 없다.

그가 잭 인 더 박스美국의 패스트푸드 식당—옮긴이에서 산 피시 앤 칩스튀김옷을 입혀 튀긴 생선살과 감자튀김을 함께 먹는 음식—옮긴이를 가지고 들어오자 나는 미소 지으며 고맙다고 말한다. 그는 깜짝 선물이 있다면서 내가 스튜디오로 가 있으면 낸시와 함께 준비하겠다고 한다. 그에게 속이 안 좋다고 또 임신한 것 같다고 말하자, 그는 알고 있다면서 자기가 다 알아서 하겠다고 한다. 정말 기쁘다고, 또 딸일 거라고 한다. 자기에게 딸이 필요하다는 걸 하느님이 알고 계신다며. 나는 열일곱 살이고 곧 둘째 아기를 낳을 것이다.

스튜디오로 가서 아기와 놀고 있다가 몇 시간 후 그들이 돌아오자 그들을 따라 내 방으로 가보니 놀랍게도 큼직한 빨간색 이층 침대가 놓여 있다. 엄청나게 크다. 아래층은 풀사이즈고 위층은 트윈사이즈다. 아래층이 위층보다 60센티미터 정도 튀어나와 있어서, 머리를 부딪치지 않고 앉아 있을 수 있는 공간이 있다. 이층으로 올라가는 사다리가 있는데, A가 사다리를 올라가고 싶어한다. 필립이 올려주자 높은 곳에 올라간 아이가 신이 나서 까분다. 그들이 내게 색깔이 마음에 드느냐고 물어서, 네, 마음에 들어요, 하고 말하지만, 사실 빨간색은 별로 좋아하지 않는다. 파란색이나 검은색, 아니면 은색이었으면 더 좋았을 텐데. 하지만 두 사람은 내가 빨간색을 좋아하는 줄 안다. 이제 방이 훨씬 더 작아 보인다. A가 놀 공간이 많이 없어졌다는 생각도 들지만, 뭐, 좋은 침대긴 하다. 이제 방의 배치를 바꿀 수 없다는 것도 조금 실망스럽다. 변화가 거의 없는 생활이라 가끔은 기분전환으로 방의 모습을 바꾸곤 했다.

필립이 매일 밖에서 작업하던 울타리가 마침내 완성되었다. 밖으로 나갈 수 있다니 정말 흥분된다. 이제 훨씬 더 큰 자유를 누리게 될 거야. 옆에 있던 낸시가 내게 눈을 감으라며, 깜짝 놀랄 게 있다고 한다. 내가 눈을 감자 필립이 A를 데려가고 나는 낸시의 손을 잡는다. 그리고 우리 다함께 햇빛 속으로 걸어나간다. 내 얼굴에 따뜻하게 비치는 햇살이 느껴

a stolen life

진다. 밖에 낡은 야외 테이블과 벤치가 있다. 필립과 낸시는 우리가 여기서 바비큐를 구워 먹으며 진짜 가족이 될 수 있다고 말한다. 정말 다시 가족을 갖고 이런저런 일들을 하고 싶다. 너무 오래 갇혀 있었다. 밖에 낡은 서랍장도 하나 있는데, 그 위에 귀엽고 작은 기니피그 한 마리가 우리 속에 들어 있다. 정말 귀엽다. 필립이 내게 주겠다고 말한다. 이웃인 J가 이제 그만 키우려고 한다면서. 동물을 아주 많이 키우는 J가 필립에게 기니피그를 원하느냐고 물었다는 것이다. 내가 들어올리자 조금 깩깩거린다. 기니피그를 보여주니 A가 웃으면서 보드라운 털에 코를 비벼댄다. 요즘 〈제7의 천국〉이라는 드라마를 보고 있다. 거기에 나오는 가족이 키우는 개의 이름이 해피다. 기니피그에게 해피라는 이름을 지어주고 싶다.

낸시는 내가 고른 이름이 마음에 들지 않는 모양이다. 계속 귀너비어라고 부른다. 수컷인데. 좀 이상하다. 하지만 자기가 부르고 싶은 대로 부르면 그만이다. 가끔 낸시가 이상해 보일 때가 있다. 하지만 그녀가 날 좋아해줬으면 하는 마음은 여전하다. 필립 말로는, 낸시에게 나와 더 친하게 지내보라는 얘기를 많이 한다고 한다. 과연 그렇게 될까. 그녀는 여름이 정말 싫다는 얘기를 가끔 한다. 필립과 함께 학교 운동장으로 차를 몰고 가서 차를 세워두고는 어린 여자애들을 비디오로 찍는다고 한다. 가끔은 필립이 몰래 찍을 수 있도록 그녀가 어린 소녀들을 구슬려서 다리를 벌리고 앉게 만든다. 카메라를 숨겨놔야 하는데, 한번은 그가 그녀의 핸드백을 조금 잘라내고 거기에 카메라를 넣었다. 소름 끼치고 구역질 난다. 그는 성 문제를 치료하고 있다고 말했지만 그런 것 같지 않다.

그는 여전히 낸시와 함께 크랭크와 마리화나를 피우고 비디오를 보면서 수음을 한다. 난 지금도 그의 문제가 이해되지 않는다. 내가 아는 건 그에게 문제가 있다는 것뿐이다. 적어도 지금은 나를 데리고 '달리기'를 하지 않는다. 그가 비디오로 찍는 다른 아이들을 그냥 내버려뒀으면 좋겠다.

인쇄 사업을 시작하다

필립이 대여점에서 컴퓨터를 한 대 빌려왔다. 캐논 인쇄기도 하나 샀다. 그는 자기 사업을 시작할 계획이다. 명함이 필요한 사람들이 많다면서, 사업을 시작해서 다른 회사들보다 훨씬 싸게 팔 거라고 한다. 첫 일거리는 탁아소의 옛 상사인 마빈에게서 얻어온다. 울타리가 완성됐을 즈음 필립은 그 일을 그만두었다. 이전에 낸시에게 들은 얘기로는, 필립이 탁아소에 다니기 전에는 그녀가 일하던 요양원에서 청소부로 일했다고 했다. 그곳의 모든 사람들이 그를 좋아했지만, 지각을 너무 많이 해서 관리자가 그를 해고할 수밖에 없었다는 것이다. 항상 마약을 하고 있었던 탓이다. 낸시도 그 이유로 해고당했다. 지각을 너무 많이 해서. 그녀는 CAP(Client Assistance Program, 고객 보조 프로그램)라는 데서 또 일자리를 얻었다. 그녀는 새 직장이 마음에 든다고 한다. '고객'(장애인을 이렇게 부르라고 교육받았다고 했다)을 돌보는 게 정말 재미있단다. 버나드라는 고객은 정말로 시끄럽고 소리만 질러대지만 참 다정한 사람이라고 한다. 그곳의 다른 직원들은 별로 마음에 들지 않지만, 잡담을 별로 하지 않는 B 는 괜찮다고. 필립은 둘째 아기가 태어나면 그녀가 일을 그만두기를 바란다. 그때쯤엔 인쇄 사업을 본격적으로 시작하고 싶은 것이다.

나는 컴퓨터가 마음에 든다. 새것이고 아주 많은 일을 할 수 있다. 오래된 컴퓨터도 한 대 있지만, 흑백이고 아주 낡았다. 필립은 이제 낮에도 내가 '옆집'에서 스튜디오로 갈 수 있게 해준다. 낸시가 직장에 나가 있을 때처럼 일정한 시간에. 나는 아기도 데려가서 컴퓨터를 가지고 같이 논다. 필립이 컴퓨터용 학습 게임을 몇 개 사줬다. 그중에는 〈세서미 스트리트〉라는 문자와 셈하기 게임도 있다. A는 참 많은 걸 배우고 있다. A가 낮잠을 자면, 나도 컴퓨터 공부를 한다. 윈도우즈라는 운영 체계로 돌아가는 컬러 컴퓨터다. 필립은 명함을 만들기 위해 코렐 프린트 하우스라는 프로그램을 샀다. 그걸 써서 아기에게 이것저것 만들어주면 좋다. 스크랩북을 하나 만들고 있고, 워드라는 프로그램으로 이야기를 쓰는 것도 재미있다. 필립보다는 내가 만든 디자인이 더 보기 좋은 것 같다. 필립이 자기가 만든 명함이라면서 몇 장 보여줬는데, 내가 더 잘할 수 있을 것 같다. 종이를 자르는 것도 내가 더 깨끗하게 할 수 있을 것 같다. 그는 빨리 해치우려고 열 장을 한꺼번에 자르기 때문에 명함이 반듯하지가 않다. 한 번에 하나씩 잘라야 한다. 그는 그러면 시간이 너무 오래 걸릴 거라고 한다. 나는 아니라고, 내가 한 장 잘라볼 테니까 보라고 한다. 그가 해보라고 해서 내가 아주 보기 좋게 자른다. 위에 작은 선들을 그어놓으면 훨씬 더 수월할 것이다. 그래서 컴퓨터로 작업해서 새 종이를 인쇄한 다음 훨씬 더 쉽게 자른다. 역시 보기 좋다. 다음 날 그가 나의 첫 일거리를 가져온다. 누군가의 결혼 청첩장이다. 내가 한 디자인을 그가 고객에게 가져가 허락을 받는다. 그가 디자인을 다시 가져오자 나는 그 여자가 고른 카드에 인쇄한다. 굉장히 멋진 일이고 정말 뿌듯하다. 필립은 내게 일을 맡겨야겠다면서 일거리를 얻어오고 인쇄를 도와주겠다고 한다. 나는 계속 배우면서 컴퓨터 실력이 늘어가고 있고, 필립은 점점 더 많은 일거리를 받아온다. 전처럼 심심하지 않아서 좋다.

둘째 아기가 태어나다

1997년 11월 12일, 밤 11시에 끔찍한 통증 때문에 잠에서 깨어난다. 난데없는 통증이다. 낮 동안에는 몸이 괜찮았는데. 내 곁에서 잠들어 있는 A를 깨워 필립과 낸시가 자고 있는 스튜디오로 데리고 가야 한다. 그들이 자고 있으면 그나마 다행일 텐데. 전날 밤 그들이 '달리기'를 했다는 걸 알지만, 아기가 나올 것 같으니 지금은 끝났으면 좋겠다.

나는 A를 흔들어 깨우고 아기가 태어나려고 하니까 아빠한테 가자고 말한다. 잠을 깨운다고 필립이 화내지 않았으면 좋겠다. 하지만 참을 수 없을 만큼 아파 어쩔 수가 없다. 나는 A와 손을 잡고 걸어가기 시작한다. 옆 건물로 몇 걸음 가서 A의 손을 잠깐 놓고는 두 손으로 무거운 스튜디오 문을 잡아당겨서 연다. 가끔 낮에 혼자 있을 때면, 한때 내 감옥이었던 이 문을 빤히 쳐다보며 서 있곤 한다. 지금은 또 다른 감옥에 갇혀 있다. 자유롭게 뒤뜰을 돌아다닐 수 있지만 그래도 갇혀 있기는 마찬가지다. 항상 채워져 있던 수갑 대신에 보이지 않는 끈으로 이 사람들,

나를 납치한 사람들에게 묶여 있는 것 같은 기분이다. 이젠 내 존재를 아무도 신경 쓰지 않는 것 같다.

드디어 문이 열리자 A의 손을 다시 잡고 아이를 거들어 계단을 올라가 따뜻한 방으로 들어간다. 어두워서 넘어질까봐 불을 켠다. 필립은 내 첫 감옥이었던 벽을 다시 세워 지금은 침실로 쓰고 있다. 예전에 그의 키보드가 올려져 있던 제일 위 선반을 침상으로 만들었고, 밑바닥 부분도 침상이 되었다. 그는 마약과 기저귀 살 돈을 구하기 위해 음악 장비 대부분을 팔거나 전당포에 맡겼다. 나는 위층 침상에서 자고 있는 그를 흔들어 깨운다. 혼나지 않기를 속으로 빌며 미소 지어 보이지만, 그 순간에는 그런 일을 신경 쓸 여유가 없다. 그가 움찔하며 깨어난다. 깊은 잠에 빠져 있었던 모양이다. 그가 무슨 일이냐고 묻자 나는 아기가 나올 것 같다고 말한다. 그가 낸시를 깨우고 그들은 부랴부랴 움직이기 시작한다. 낸시는 수건과 뜨거운 물을 가지러 집으로 가고 그는 구급상자와 분만에 필요한 다른 것들을 준비한다. 그가 내게 걱정하지 말라고 한다. 어떻게 해야 하는지 아니까. 이제 진통 간격이 점점 더 짧아지고 난 그저 눕고만 싶다. 낸시가 돌아와 내가 누울 자리를 만든다. 드러누우니 기분이 한결 낫다. 막 깨어난 참이라 불빛에 눈이 부시지만, 필립이 잘 봐야 하니 어쩔 수 없다. 그가 내게 얼음조각을 먹이고, 얼음주머니를 내 머리 위에 올려놓는다. 진통제인 코데인을 먹는다. 아기에게 해가 될까봐 먹고 싶지 않지만, 필립은 아기한테 지속적인 영향은 없을 테니 걱정 말라고 한다. A를 낳을 때도 먹었는데 괜찮았다. 낸시는 내 걱정을 하지 않으려고 텔레비전을 본다. 다른 방에서 그녀가 온갖 질문을 해대는 소리가 들린

나의 아름다운 둘째 딸

다. 하지만 난 오로지 나밖에, 끔찍한 고통밖에 생각할 수 없다.

그리 오래 지나지 않아 나는 힘을 주어야 했다. A를 낳을 때는 엄청 오래 걸리더니 이번에는 아주 빨리 진행되는 것 같았다. 몇 시간 후인 1997년 11월 13일 오전 2시 15분, 나의 둘째 딸이 태어났다. 나중에 필립은 아기에게 S라는 이름을 지어주었다. 낸시와 필립은 아이의 중간 이름으로 성경에 나오는 이름을 고르라고 했다. 낸시는 루스 아니면 G를 제안했는데, 나는 G가 더 마음에 든다. 필립은 요즘 성경을 훨씬 더 많이 읽는다. 그가 뭘 찾고 있는 건지 모르겠다. 하지만 그가 집중할 일이 생겨서 나한테는 다행스럽다. 필립은 지금까지 두 번 성경을 갈기갈기 찢었다고 한다. 한번은 그가 밖에서 대변을 볼 때 쓰는 통에 책장들을 버렸다. 어느 순간 하느님에게 진저리가 났기 때문에 다시는 성경을 손에 들지 않겠다고 했다. 그런데 무슨 변화가 있었는지, 지금은 NIV라고 부르는 새 성경을 마련했다. 내가 볼 때마다 그는 낸시에게 그 성경을 읽어주고 설명하고 있다. 나와 낸시에게 성경 공부를 시켜주겠다고 한다. 하느님이 도우셔서 자기에게 들리는 목소리들을 이해할 수 있게 됐다고, 하느님이 자기의 성 문제를 치료해주었다고 한다. 내 눈으로 직접 봐야 그의 말을 믿을 것이다.

회상

           대배심 앞에서 증언하기 전날 밤 난 이런 꿈을 꾸었다…….

  나는 필립, 낸시와 함께 면회실에 있었다. 필립은 내 오른편에 있는 큰 책상 뒤에 있고 낸시는 내 바로 앞에 있는 더 작은 책상에 앉아 있었다. 나는 방 한가운데에 있는 회전의자에 앉아 있었다. 필립은 잘 기억나지 않는 온갖 질문을 해댔고 나는 그를 보고 능글맞게 웃으며 내게는 그럴 의무가 없으니 그의 어떤 질문에도 답하지 않겠다고 했다. 그러자 그는 나를 안아주겠다며 일어나려 했고, 나는 문 바로 밖에 서 있을 경관을 소리쳐 불렀다. 경관이 오지를 않자, 나는 곧장 일어나 필립에게 가까이 오지 말라며 문으로 향했다. 복도로 나가, 면회실에서 나를 지켜주고 있어야 할 경관을 찾아보았다. 그는 다른 경관과 함께 있었는데 속옷 차림이었고, 미안하지만 옷을 입으러 가야겠다고 했다. 그때 잠에서 깼다.

  경찰에 대한 내 불신이 얼마나 깊은지 얘기해주는 꿈이다. 내가 필요로 할 때 그들은 없었고, 그래서 꿈속에서도 그들은 내 곁에 없었다. 아는 것과 생각하는 것이 항상 일치하는 건 아니다. 대배심실에 들어갈 때 다들 나를 보호해주고 챙겨주리라는 걸 알고 있다. 하지만 정부는 18년 동안 나를 방치해두고 있었다. 그 상처를 치유하려면 시간이 걸릴 것이다.

뒤뜰에서 두 딸을 키우다

새 아기가 이제 막 두 주째로 접어들었다. 나는 건강한 두 딸의 엄마다. 필립과 낸시가 나더러 스튜디오 방에서 그들과 함께 지내라고 한다. 필립은 이제 우리가 큰 한 가족을 이룰 수 있겠다며, 인쇄 사업을 아주 열심히 해볼 거라고 말한다. 낸시에게는 CAP 일을 그만두고 집에서 아기를 키우며 사업을 도와달라고 한다. 자기가 일거리를 구해오겠다고 하면서.

아기들과 씨름하랴 인쇄 일하랴 하루가 어떻게 지나가는지도 모르겠다. A가 세 살이 됐으니 이젠 젖을 그만 먹이려고 노력 중이다. 두 아이 모두에게 젖을 먹일 수는 없다. 필립은 내가 두 딸에게 세상에서 가장 좋은 일을 해주고 있다고 지금도 늘 얘기한다. 모유 수유의 장점을 시시콜콜히 알려줬다. 모유를 먹이면 좋다는 건 나도 알지만, 이렇게 오래하는 건 말이 안 된다. A는 젖을 떼야 한다.

S라는 이름은 아기에게 어울리지 않는다. 결국 우리는 둘째 아기를 G

라고 부르고 있다. G는 태어날 때부터 눈 위에 혹이 하나 있었다. 눈썹 끝에 공처럼 동그란 게 솟아 있다. 필립이 만져보더니 그냥 '낭종' 이라 고 한다. 의사에게 보였으면 좋겠다. 필립은 계속 지켜보다가 더 커지면 의사에게 데려갈 방법을 찾아보겠다고 한다. 무료 진료소 같은 데로. 낸 시가 아기를 데려가면 영어를 못하는 멕시코 여자가 아기를 데리고 검진 받으러 온 것처럼 보일 테니 아무 질문도 안 할 것이다. 더 커지지 않아 서 병원에 갈 일이 없었으면 좋겠다. 그런 일이 생기면 나도 병원에 함께 가고 싶지만, 필립이 허락해줄 리 없다.

필립이 사업에 쓰려고 디지털카메라를 하나 샀다. 오늘은 하루 종일 그가 밖에 나가 있을 테니, 카메라로 아기와 A의 사진을 조금 찍어보고 싶다. 낸시가 아기에게 정말 귀여운 원피스를 하나 주었다. 작은 꽃무늬 가 있는 분홍색 원피스다. 아기에게 옷을 입히다 보니, A의 사진을 찍어 주라고 받았던 일회용 카메라가 생각난다. 필립은 아기의 사진만 찍는 거라면 허락해주겠다고 했다. 낸시가 아주 예쁘장한 분홍색 원피스를 직 장에서 얻어왔다. 코바늘로 뜨개질한 옷이었다. 나는 아기가 걸어다니 고, 목욕하고, 좋아하는 흔들의자에 앉아 있는 모습을 찍었다. 필립이 사 진을 뽑아주자 그 사진들로 스크랩북을 만들었다. 아기가 태어난 지 여 섯 달이 지나서야 아기의 사진을 찍을 수 있었다. 한 달째 됐을 때 낸시 가 찍어준 사진이 한 장 있기는 하다. 지금은 디지털카메라가 생겨서 좋 다. 뭐든 찍고 바로 여기서 뽑을 수 있으니까. 멋진 사진을 찍기 위해 G 에게 포즈를 잡아주니 무척 귀엽다.

필립은 매일 나가서 일거리를 구해오고 있다. 곧 낸시가 직장을 그만

두고 하루 종일 나와 같이 아이들을 볼 수 있을 것 같다. 필립이 나가 있으면 우리는 그가 설치해놓은 CB(시민밴드) 라디오로 그와 연락을 주고받는다. 그는 거의 매일 아침 7시나 8시에 나가서 저녁식사 시간인 오후 5시나 6시쯤에야 돌아온다. 밖에 있는 그에게 연락하려면 이렇게 말하라고 가르쳐줬다. "교신 요청, 교신 요청, 스카이 워커, 응답하라." 스카이 워커는 무전기를 쓸 때 그가 사용하는 별명이다. 우리보고도 별명을 고르라고 했다. 그가 우리 별명을 부르면 같은 주파수대에 있는 다른 사람과 혼동하지 않아도 되니까. 낸시의 별명은 베이비 블루다. 낸시는 필립이 자기를 그렇게 부른다며, 산에 가서 마약을 할 때 CB 라디오를 가져가 트럭 운전사들과 얘기를 나눈다고 한다. 나는 〈스타트랙 : 넥스트 제너레이션〉에서 제일 좋아하는 인물인 데이터를 고르고, A는 자기가 좋아하는 프로그램인 〈텔레토비〉에 나오는 팅키윙키로 하고 싶단다. 필립은 자기가 밖에 많이 나갈수록 더 많은 일거리를 구할 수 있다고 말한다. CB 라디오가 있으니까 나가서도 집에 있는 우리를 걱정할 필요가 없다.

어서 빨리 낸시가 하루 종일 집에 있었으면 좋겠다. 나 혼자 아이 둘을 돌보는 건 여간 힘든 일이 아니다. 필립은 거의 하루 종일 밖에 나가 있고 집에 있을 때는 아이들을 봐주지 않는다. 아이들에게 물질적으로 필요한 건 다 있지만, 그가 집에서 더 많은 시간을 보냈으면 좋겠다. 나 혼자 감당하기가 힘들어지고 있다.

날이 갈수록 A를 보면 엄마 생각이 난다. 가끔 아이를 보면 엄마밖에 보이지 않는다. 그런 생각은 버려야 한다. 아이를 보기만 하면 슬퍼지는,

그런 기분을 느끼고 싶지 않다. 이런 부정적인 기분을 긍정적으로 바꾸어야 한다. 필립은 자기암시를 이용하여 생각을 바꾸는 법을 가르쳐주었다. 앞으로 점점 더 쉬워질 테고, 그러면 매일 이런 기분을 느끼지 않아도 될 것이다.

회상

　　　　　이쯤에서 내 딸들이 지금 어떻게 지내고
있는지 얘기해보는 것도 좋겠다. 아이들이 진짜 학교에 나가는 첫날이
다. 하, 이런 얘기를 할 수 있다니, 꿈만 같다. 아주 오래전부터 아이들에
게 해주고 싶었던 일이다. 뒤뜰에서 아이들을 가르치려고 최선은 다했지
만, 한계가 있었다. 나는 5학년까지밖에 교육을 받지 못했다.

　필립은 학교가 끔찍한 곳이라고 믿었다. 아이를 공립학교에 보내느니
집에서 가르치는 편이 훨씬 낫다는 게 그의 생각이었다. 그는 아이들을
키우기에 완벽한 환경을 만들어놨다고 말하곤 했다. 우리는 어떤 선택권
도 없었다. 필립은 여자아이가 학교에 다니면 나쁜 영향을 받는다고 생
각했다. 욕설, 마약, 깡패 등등 아이들이 접해서는 안 될 온갖 것들. 몇몇
학교는 성장하는 아이들에게 최선의 환경이 아니라는 그의 생각에는 동
의하지만, 교육은 꼭 받아야 한다고 생각한다. 나는 학교를 좋아했다. 학
교에 같이 다니는 아이들이 항상 좋았던 건 아니다. 가끔 아이들이 못되
게 굴면, 너무 소심했던 난 시원하게 대꾸하지 못했다. 하지만 전체적으
로 학교생활은 좋았다. 필립은 별로 즐겁지 않은 학창시절에다가 고등학
교에서 마약을 했던 경험도 있었던 탓에 학교에 대한 왜곡된 생각을 가
졌던 것 같다. 그는 이런저런 방식으로 자신만의 작은 세상을 만들고 싶
어했고, 한동안은 남들을 희생시키며 성공했다. 나는 그가 오로지 자기
자신만을 위해 만들어낸 세상의 한 인물에 지나지 않았다.

내 학력은 5학년 수준에 머물러 있고, 계속 읽고 공부하기는 했지만 그래도 선생님은 아니다. 인터넷이 얼마나 고마운지 모른다! (사람들이 무슨 생각을 할지 안다. 그래, 맞다. 나도 인터넷으로 엄마를 찾아볼까 생각했다. 하지만 필립은 내가 인터넷으로 뭘 하는지 전부 다 감시하고 있으며 내가 뭘 하든 다 찾아낼 수 있다고 자신 있게 말했다. 컴퓨터에는 모든 기록이 남기 때문에 자기가 원하면 언제든 볼 수 있다고 했다.) 인터넷이 아니었다면, 아이들을 그 정도 수준으로도 가르칠 수 없었을 것이다. 아이들에게 실제 학교 시간표를 짜주자고 내가 제안했을 때, 필립은 처음에 조금 망설였다. 아이들을 가르칠 사람을 몇 년 내에 구할 수 있을 거라고 생각한 것이다. 아이들도 매일 학교에서 하듯 공부하는 것을 싫어했다. 의지가 이만저만 강한 아이들이 아니다. 자기들의 엄마, 아니 당시 '언니'였던 나와는 딴판이다. 아이들은 왜 갑자기 시간표를 지켜야 하는지 이해하지 못했다. 자기들이 하고 싶은 대로 거의 다 하고 지내는 데 익숙해져 있었다. 물론 뒤뜰을 벗어나지 않는 한에서였다. 같이 놀 친구도 없고, 친구 집에 가서 하룻밤 자는 일도 없고, 스케이트장에서 친구들과 어울려 노는 일도 없었다. 아이들이 하는 일이라곤 비디오 게임을 하거나, 필립이 허락해준 텔레비전 채널과 프로그램을 보는 것뿐이었다. 어쨌든 학교 전쟁에서 끝내 내가 이겼고 아이들이 알아채지 못하는 사이에 슬그머니 오전 10시부터 오후 2시까지 학교생활을 시켰다. 전날 밤 학습자료를 출력해서 아이들 각각을 위해 만든 특별한 폴더에 넣어두었다. 수학, 철자법/읽기, 사회 연구, 과학, 이렇게 네 과목이었다. 모든 과목이 잘 정리되어 있는 enchantedlearning.com과 www.superteacherworksheet.com 같은 웹사이트

들이 마음에 들었다. 우리에게는 인쇄기가 많았다. 필립은 캐논 인쇄기와 그 회사에서 나온 잉크 카트리지를 좋아했다. 잉크를 대량으로 사서 카트리지를 채웠기 때문에 인쇄 사업을 훨씬 더 저렴하게 운영할 수 있었다. 이렇게 해서 아이들의 학습자료를 인쇄하는 데 필요한 모든 것이 갖춰져 있었다. 쓰다 남은 종이가 항상 주위에 있었기 때문에 그것도 문제가 되지 않았다. 나는 잠들기 전 밤늦게 학습자료를 뽑곤 했다. 아침 9시쯤 일어나 하루를 시작했다. 아이들을 깨워서 옷을 입으라고 시키고는, 스튜디오 건물(이제는 사무실이라고 불렀다)로 가서 〈투데이〉를 보며 힐스 브로스미국의 커피 브랜드—옮긴이 카푸치노 더블 모카를 만들었다.

아이들은 본채에 가서 아침을 먹자고 하기도 했다. 필립은 먼저 전화를 하라고 했다. 아이들과 나는 그가 옛날에 한 여자를 강간했다가 가석방으로 풀려났다는 사실을 알게 되었다. 우리가 그에게 물어본 건 아니었다. 필립은 보호관찰관이 불시에 찾아왔다가 아이들을 보고 어디서 온 누구의 아이들인지 물어볼까봐 걱정했다. 요즘 그는 그의 엄마, 낸시와 함께 본채에서 자고 있었다. 나와 아기가 있는 집터 뒤편을 아무에게도 들키고 싶어하지 않았다. 집터가 뒤쪽으로 더 넓게 확장되어 있는 걸 필립의 보호관찰관들이 전혀 모르다니, 참 이상하다는 생각이 들었다. 필립이 완전히 손을 씻었다고 생각하고 신경을 쓰지 않는 모양이었다. 나는 뭔가가 변하기를 원했다. 그의 보호관찰관들이 필립에게 질문을 해주기를 바랐다. 그가 대답을 못하면 뭔가가 변할지도 몰랐다. 무슨 변화가 생기든 두렵기도 했다. 난 갈 곳이 없었다. 돌볼 딸들도 있었다. 하지만 아이들은 더 나은 삶을 살게 해주고 싶었다. 나 자신에게는 해줄 수 없는 일이었다. 날 자유롭게 풀어줄 사람이 필요했지만, 아무도 그렇게 해주지 않았다.

하지만 고등학교에 대한 내 생각은 복잡 미묘하다. 학교는 나쁜 곳이고 아이들은 학교에서 나쁜 짓을 배우며 또래로부터 받는 압박감 때문에 아이의 인생이 완전히 망가질 수 있다는 생각에 18년 동안 길들여져 왔다. 하지만 이 모든 것을 얘기해준 사람이 유괴범, 강간범, 소아성애자, 나르시시스트, 변태성욕자라는 걸 생각하면, 하나의 결론에 이를 수밖에 없다. 학교는 그렇게 나쁜 곳이 아닐 것이다! 내가 고등학교를 다녔다면 어땠을까. 옛날로 돌아가 신입생으로 첫발을 내디디고 싶은 마음도 있고, 그러지 않아도 된다는 것이 기쁘기도 하다. 내가 열한 살에 납치되어 인생을 빼앗기지 않았다면 어떤 삶이 펼쳐졌을지 내 딸을 보면 알 수 있다.

지금 내 두 딸은 학교를 제대로 다니고 있다. 아이들이 처음 이 결정을 내렸을 때, 내가 얼마나 죽을 만큼 두려워하고 있는지 아이들에게 들키지 않으려고 애썼다. 학교가 아이들을 어떻게 바꿔놓을까, 아이들 없이 난 얼마나 외로울까, 아이들 걱정에 얼마나 노심초사하게 될까, 이런 생각밖에 들지 않았다. 하지만 이런 얘기를 늘어놓는다고 해서 도움이 되는 건 아무것도 없었다. 그래서 아이들을 응원해주기로 했다. A를 이런 저런 학교에 데리고 다니고, G에게 맞는 학교와 학년을 정해주었다. 아이들을 데리고 신학기에 필요한 물건을 사러 가기도 했다. 그리고 어느덧 A의 첫 등교일이 되었다. 화요일이었다. 나는 채소 롤업을 만들어주었다. 기분이 어떠냐고 물었더니, 딸아이는 긴장되고 신난다고 했다. 일

a stolen life

주일 전에 우리는 오리엔테이션에 참가했다. 대단한 경험이었다. 내가 있을 자리가 아닌 듯 어색했다. A가 팔꿈치로 나를 살짝 찌르며 "엄마, 엄마 때문에 더 긴장되잖아." 하고 말했다. 그래서 나는 침착해 보이려고 안간힘을 쓰면서 그 시간에 집중하려고 노력했다. 하지만 나도 이렇게 살았을 텐데, 하는 생각밖에 들지 않았다. A에게는 정말 즐거운 날이었다. 다른 아이들 때문에 초조해하다가 그들도 자기만큼 겁먹은 걸 알고는 마음을 편하게 먹기 시작했다. 나는 그렇지 않았다. 소외감이 들었다. 다른 사람들이 '어떻게 저 여자가 엄마야?' 라고 생각할까봐 두려운 것도 있었다. 나는 키가 작고, 나이에 비해 아주 어려 보인다는 얘기를 많이 들었다. 그리고 열네 살 때 A를 낳았다. 사람들이 이상하게 볼 만하다. 하지만 아무도 내게 말을 걸지 않았다. 나는 긴장을 풀고 교정에 있는 걸 즐기기 시작했다. 우리는 교장선생님의 말씀을 들었다. 그런데 그가 교감선생님을 소개하려고 고개를 돌리는 순간, 마침 그녀가 코에서 손가락을 빼내고 있는 것이 아닌가! 덕분에 그 자리에 있는 것만으로도 느껴지던 긴장감이 조금 줄어들었다. A가 학생증과 체육관 로커를 받고 다른 아이들과 어울리는 모습을 보니 무척 놀라웠다. A는 잘해낼 것이다. 그걸 깨닫게 되자 마음이 편해졌다.

고등학교 운동장을 걷다 보니, 잃어버린 내 인생이 새삼 서글퍼졌다. 내 마음 깊숙한 곳에서는 질투와 시기심까지 느껴졌다. 나도 이런 경험을 할 수 있는 기회를 누렸어야 했다. 하지만 강제로 빼앗겼다. 이제 빼앗긴 삶의 한 조각을 되찾을 기회가 있다. 난 늘 학교로 돌아가기를 꿈꾸었다. 필립이 나를 학교에 보내줬으면 하고 은근히 바랐고, 학교에 다니

는 꿈을 실제로 꾸기도 했다. 때때로 꿈이 너무 생생해서 진짜처럼 느껴
질 때도 있었다.

감금 생활 초기에는 무척 외로웠다. 그곳이 어딘지 몰랐기 때문에 누
군가가 날 찾아낼 거라는 생각도 들지 않았다. 탈출을 시도하기도 두려
웠다. 만약 성공한다 해도 훨씬 더 나쁜 일이 생기면 어떡하지? 하는 생
각 때문이었다. 정말 무서웠다. 초반에 구출됐다면 어땠을까.

내 얘기가 장황스럽고 약간은 옆길로 샜다는 걸 알지만, 필립이 내게
보여준 세상은 이토록 끔찍했다. 내 머릿속에 그려지는 세상은 소아성애
자들과 강간범들이 판을 치는 곳이었다. 그렇지 않다는 걸 이제는 알고
있다. 이 세상에는 정말 멋지고 훌륭하고 헌신적인 사람들이 많다. 남들
에게 위안을 주고 매일 옳은 일을 하려고 노력하는 그들이 놀랍기만 하
다. 나는 바깥세상은 무서운 곳이며, 나와 내 딸들이 안전하게 살 수 있
는 유일한 길은 아이들의 아빠와 함께 있는 것이라고 세뇌당했다. 늘 그
가 모든 일을 알아서 처리했다. 그는 모든 답을 알고 있었다. 내가 무슨
질문이라도 하면, 들어주는 척하다가 왜 내가 틀렸고 자기 생각만이 옳
은지 떠들어대기 시작했다. 내가 계속 머물렀던 이유 중 하나는 아이들
의 안전을 위해서였다. 내게 바깥세상은 두려운 곳이었다. 두 딸을 데리
고 떠나거나 그런 시도를 하면 아이들을 지켜줄 수 없을 것 같았다. 뒤뜰
에 있으면 아이들은 안전했다. 내가 납치됐듯이 내 아이들도 납치당할까
봐 염려할 일은 없었으니까.

가끔은 바깥세상에 있는 것이 여전히 두렵고, 아이들을 옆에 꼭 붙여

놓고 놔주기 싫을 때도 있다. 하지만 나 같은 경우는 1퍼센트에 불과하다는 걸 알고 있다. 타인 유괴는 극히 드물다. 아이들을 학교에 내려주고 올 때마다 이 사실을 머릿속으로 되새긴다. 아이들은 나보다 더 큰 자아의식을 갖고 자랐으면 좋겠다. 나는 항상 어른들에게 공손해야 한다고 배웠다. 대개의 경우에는 옳은 말이지만, 어른들이 잘못된 일을 하고 있다는 생각이 들면 용기를 내어 옳지 않다고 말해야 한다. 자신의 목소리를 찾고, 용감하게 의견을 밝혀야 한다. 나는 내 모든 권리를 유괴범의 손에 넘겨버렸다. 그가 잘못을 저지를 때 난 그를 위로해주었다. 나를 위로해줄 사람은 어디에 있었지? 내 자유는? 왜 나를 괴롭히는 자를 위로해줘야 한다고 생각했을까? 그는 내 몸을 더럽히는 것만으로는 부족했나? 내 마음까지 더럽혀야 했나? 그는 모든 상황을 자기가 원하는 대로 바꾸어버리는 능력이 있었다. 내 안에 있던 '고집쟁이'는 어떻게 된 걸까? 나는 그가 시키는 대로 고분고분 따라야 한다는 걸 알았다. 뭔가 잘못해서 필립의 성질을 건드렸다간 그땐 무슨 일이 벌어질지 몰랐다. 그의 말에 순종해야 한다는 걸, 그렇지 않으면 큰일 난다는 걸 본능적으로 알았다.

그가 내게 저지르는 짓이 정말 싫었지만, 내가 할 수 있는 건 아무것도 없었다. 나중에 그가 울면서 자기의 성 문제를 치료해줘서 '고맙다'라고 말했을 때, 나는 놔달라고 소리 지르고 싶었다. 그를 도와주고 싶은 마음은 전혀 없었다. 필립 가리도는 예전이나 지금이나 참 이기적인 사람이다. 가족과 나를 생이별시켰다. 내가 온 마음으로 사랑하고 간절히 필요로 하는 어머니와 나를 자기 멋대로 떼어놓았다. 그는 내게 역겨운 짓을 했다. 내가 자기를 돕고 있는 거라는 말을 줄곧 했다. 나를 범하고 나서는 울면서 미안하다고 말하곤 했다. 그러면 나는 그를 용서하고, 괜찮다고, 난 괜찮다고 말했다. 전혀 괜찮지 않았다! 그것이 참 혼란스러운 부분이었다. 짐승처럼 내게 역겨운 짓을 하던 사람이 다음 순간 울면서 용서를 구했으니. 무척이나 혼란스러웠다. 지금은 그것 또한 그의 계획적인 조종이었다는 걸 안다. 그가 평생 써온 수법이다. 케이티 캘러웨이를 납치해서 강간할 때도 내게 늘어놓은 것과 똑같은 변명을 했다. 치료해야 할 성 문제가 있다고. 반항하지 않으면 더 수월할 거라는 진부한 말을 써가면서. 내 환상만 충족시켜주면 잘해줄게. 내가 들었던 것과 다르지 않은 얘기다.

그를 용서하긴 했지만, 그렇다고 해서 사실이 사라지는 건 아니다. 그에 대해 많은 새로운 사실을 알게 된 지금, 그를 용서할 권리가 내게 있는지도 잘 모르겠다. 아마도 남은 일생 동안 이 문제와 씨름해야 할 것 같다. 그는 우리가 한 가족이기를 바랐겠지만, 지금 돌이켜보면 우리는 그저 흉내만 내고 있었을 뿐이다. 아무 문제도 없는 척. 아이들이 학교에 다니지 않아도 괜찮은 척. 내가 운전을 안 하는 것도, 우리에게 친구가 없는 것도, 필립이 목소리를 듣는 것도 전혀 이상한 일이 아닌 척. 그는 분명 아이들의 아버지다. 어떤 것도 그 사실을 바꿀 수는 없다. 이제 우리 앞에는 수많은 기회가 펼쳐져 있다. 이스탄불에 있는 산을 오르면 안 돼, 알프스 산맥 위로 비행하면 안 돼, 조용한 거리를 우리끼리 걸으면 안 돼…… 우리에게 이런 말을 하는 사람은 이제 아무도 없다. 아이들이 앞으로 어떤 인생을 살아갈지 보고 싶다. 예전엔 할 수 없었던 이 모든

a stolen life

일들을 이젠 마음껏 할 수 있다.

내 딸들을 모든 것으로부터 지켜줄 수 없다는 사실이 여전히 두렵기는 하다. 세상의 위험으로부터 자식을 지켜주고 싶지 않은 엄마가 있을까? 하지만 두 아이 모두 괜찮을 거라고 믿고, 아이들을 지나치게 감싸는 건 내 만족에 불과하다는 사실을 깨달아야 한다.

엄마는 나를 잃고도 이겨내셨다. 그나마 여동생이 있어서 바쁘게 지낼 수 있었던 것이 다행이다. 하지만 엄마는 언젠가 날 찾으리라는 희망을 절대 놓으셨다. 지금은 나도 이 사실을 알고 있다. 오랫동안 나는 엄마 생각을 애써 피했다. 너무 가슴이 아팠기 때문이다. 가끔은 '납치 당하지 않았다면 어땠을까?' 하는 상상을 하거나 엄마와 함께했던 시간을 떠올려보기도 했지만, 대부분은 아예 생각하지 않으려고 노력했다. 유일하게 엄마 생각을 마음껏 한 건 엄마의 생일 때뿐이었다. 그때만은 실컷 울며 엄마를 그리워했다. 가끔은 나도 모르게 엄마 생각에 빠지기도 했다. 아직도 타호에 살고 계실까? 내 생각은 하실까? 한번은 엄마가 세상을 떠난 것 같은 이상한 기분이 들었다. 넋이 나가 멍하니 있었던 기억이 난다. 사실이 아니라고, 쓸데없이 겁먹지 말라고 스스로를 다독일 수밖에 없었다. 다행히도 사실이 아니었다.

낸시, '엄마'가 되다

낸시는 CAP 일을 그만두고 이제 온종일 집에 있다. 필립은 인쇄 사업으로 돈을 충분히 벌고 있기 때문에 자기가 유명해질 때까지 생활하는 데 아무런 문제도 없을 거라고 말한다. 그는 자기가 만든 노래들 때문에 언젠가는 유명해질 거라고 늘 얘기한다. 우리 모두를 위한 노래도 지었다고 한다. 그의 엄마를 위해 만든 노래까지 있다. 낸시는 늘 나더러 그에게 힘을 불어넣어주라고 한다. 그의 기를 잔뜩 살려주어, 옛 버릇을 버리고 앞으로 나아갈 수 있게 도와주자는 뜻이다. 그는 정신과 의사가 처방해준 새로운 약을 복용하고 있다. 그의 심리치료사들 중 한 명이 그에게 ADD(주의력 결핍 장애)라는 진단을 내렸다. 그는 이 심리치료사가 그의 인생을 바꿨다면서, 최근 몇 년 동안 왜 '자가 치료' 욕구를 느꼈는지 이제야 알겠다고 한다. ADD의 치료제는 메타암페타민이기 때문에, 자기가 잠재의식적으로 그렇게 하려고 했다는 것이다. 새로 지정된 정신과 의사는 그의 ADD에는 덱세드린덱스트로암페타민 제제의 상표명—옮긴이을, 그리

고 또 다른 심리치료사도 진단했던 조울병에는 졸로프트서트랄린 성분의 우울
증 치료제 상표명—옮긴이를 처방했다.

회상

　　　　　　　　　　지지요법과 권능 부여 요법 간의 차이점
을 알게 되었다. 필립에게 들었던 말과 여러 보고서들을 생각해보면 필
립의 심리치료사는 '권능 부여 치료사'였던 것 같다. 그는 필립이 치료
시간에 나타나지 않아도 교묘한 변명으로 어물쩍 넘어갔다. 한번은 필립
이 무작위 약물 검사를 받았다. 양성반응이 나오자 그는 심리치료사에게
파티에서 누군가가 몰래 술에 약을 탄 것이 분명하다고 말했다. 어이없
게도 심리치료사는 그의 말을 믿었는지 가석방위원회에 변명을 해주었
다. 그와 낸시는 나를 납치하기 사흘 전과 나흘 후 심리치료사를 만났다.
그 심리치료사가 유괴 사실을 알았어야 한다는 말이 아니다. 수상한 낌
새를 전혀 알아채지 못한 것이 이상하다는 얘기다. 필립은 자기가 찾고
있던 변명거리를 거저 얻은 셈이다. 그의 '자가 치료'는 ADD와 조울증
때문이었던 것 같다. 심리치료사는 조울증에는 졸로프트를, ADD에는
리탈린을 권했다. 그 심리치료사가 필립에게 해명을 요구했다면 어떻게
됐을까?

　필립의 또 다른 의사 역시 '권능 부여자'였던 것 같다. 그는 매달 한
번씩 필립에게 자기 사무실로 오게 했고, 필립이 변했다고 생각했다. 프
린팅 포 레스Printing for Less, 필립 가리도의 인쇄업체 이름―옮긴이가 그 의사의 명
함, 편지지, 봉투를 만들고 인쇄하기 시작했다. 그는 정확한 색깔과 글자
체를 원했는데, 잉크젯 인쇄기로는 아주 힘들었고 색깔이 제대로 나오지

않아 다시 인쇄하곤 했다. 2008년 필립은 낸시와 함께 그에게 상담을 받으러 갔다. 집으로 돌아온 필립은 목소리가 들린다는 얘기를 드디어 정신과 의사에게 했다고 말했다. 그 후 석 달 동안 의사가 필립의 메시지나 편지에 전혀 답장을 하지 않아서 필립은 아무런 약도 없이 지냈다. 그때쯤 그는 ADD 치료제를 덱세드린으로 바꾸고 조울증에는 아무런 약도 먹지 않았다. 필립은 하느님의 도움으로 자기 인격의 조증적인 측면을 통제할 수 있게 됐다고 했다. 대개는 그랬다. 필립은 한 가지 일에 오래 집중하지 못했다. 생각은 산만하고, 마음은 동시에 수만 갈래로 갈라졌다. 모든 것이 다 망가지고 있는 것 같았다. 비참한 생활이 이어졌다. 드디어 정신과 의사가 필립에게 ADD 약을 우편으로 처방해주었다. 참 이상하다. 그 의사는 자신의 환자가 왜 이런 행동을 보이는지, 자신의 환자가 무슨 짓을 하고 있는지 궁금하지도 않았을까? 내가 보기에 필립은 정말 도움을 구하고 있었지만 그것을 얻지 못했다. 어떻게 된 걸까? 그러고 나서 그의 엄마가 쓰러졌고 상황은 더욱 나빠졌다.

필립은 그와 아기들이 나를 '엄마'라고 부르면 낸시가 아주 힘들어한다고 말한다. 낸시의 말로는, 유산을 몇 번 했고 혈압 때문에 아기를 출산일까지 배고 있지 못했다고 한다. 참 안됐다는 생각이 든다. 필립은 낸시가 나와 아이들을 보면 이방인처럼 느껴져서 무척 괴로워한다고 말한다. 그래서 낸시를 '엄마'라고 부르고 내가 아이들의 '언니'가 되면 우리 모두 하나로 뭉쳐 한 가족이 될 수 있을 거라고 한다. 낸시가 이방인처럼 느끼는 건 싫다. 그래도 그녀를 '엄마'라고 부르긴 싫다. 내게는 엄마가 있다. 엄마를 사랑하고 정말 보고 싶다. 나한테 얼마나 힘든 일인지 그는 모르는 걸까? 아이들이 내게 모든 걸 의지하지 않는 건 좋을 것 같다. 아이들 돌보기가 더 편해질 거고, 또 어른끼리의 대화도 멋질 것이다. 처음에는 A에게 조금 혼란스러울지도 모른다. 나를 엄마라고 부르는 데 워낙 익숙해져 있으니까. 하지만 A는 낸시도 좋아하니까 내가 하는 걸 보면 금방 따라할 것이다. 지금부터 시작하면 G는 낸시를 자기 엄마로 알 테고, A는 어리기 때문에 곧 나에 대해 잊을 거라고 필립이 말한다. 그럼 낸시도 겉돌지 않을 것이다. 그가 내게 새 이름을 지으라고 말한다.

이삼 일 정도 고민하다가 마침내 나의 새 이름을 정하고 필립과 낸시에게 알린다. 알리사라는 이름으로 결정했다. 〈후스 더 보스 (Who's the Boss?)〉를 재미있게 봤고, 거기 나오는 여배우 알리사 밀라노가 좋으니까. 하지만 철자는 다르게 하고 싶다. A-L-L-I-S-S-A. 앞으로 아이들은 나를 이 이름으로 부를 것이다.

한 가족인 것처럼

어제는 미국 독립기념일이었는데, 필립이 헛간 지붕으로 올라가 불꽃놀이를 구경하자고 했다. 사다리를 타고 올라가는 게 무서웠고 금방이라도 쓰러질 듯한 그 낡은 헛간 위로 아이들과 함께 올라가는 건 훨씬 더 무서웠다. 하지만 필립은 정말 튼튼하고 안전하다며 자기가 올라가서 괜찮으면 우리도 괜찮을 거라고 했다. 그래서 우리 모두 사다리를 올라갔고, 그는 한 번에 한 아이씩 위로 끌어올렸다. A는 네 살이고, G는 벌써 한 살이라 웬만한 곳은 다 걸어다닌다. G는 한시도 가만있지 않는다. 리사, 빠빠, 맘마 같은 말을 할 줄 안다.

따뜻한 밤이다. 하늘에는 별들이 빛나고 초승달이 떠 있다. 지붕에 앉아 있으니 엄마와 함께 달 얘기로 입씨름을 하던 기억이 떠오른다. 엄마를 생각하며, 우리가 함께 부르곤 했던 노래를 속으로 불러본다. "나는 달을 보고 달은 나를 봐요, 신이시여 달을 축복해주세요, 신이시여 나를 축복해주세요." 엄마가 정말 그립다.

G가 보채기 시작한다. 낸시는 아이에게 불꽃놀이를 보라고 말한다. 시끄러운 소리에 겁을 먹은 것 같아 아이를 꼭 안아주고 싶지만, 낸시에게서 아기를 빼앗는 것처럼 보이기는 싫다. G가 꿈틀거리면서 낸시의 품에서 벗어나려고 한다. 자기를 안아달라며 내가 있는 뒤쪽으로 손을 뻗는다. 내가 G를 안아주겠다고 하자, 낸시는 불꽃놀이 때문에 아이가 놀란 것뿐이라며 필립에게 안으로 들어가자고 한다. 필립도 불편했는지 우리 모두는 밑으로 내려가 집 안으로 들어가고, 낸시가 젖을 주라며 아기를 내게 건넨다. 가끔은 내가 젖 먹이는 일밖에 안 하는 것 같다. G는 먹는 걸 좋아하기도 하지만, 젖을 먹으면서 위안을 얻는 것 같다. 이 아이는 참을성이 없어 늘 흥분을 잘하고, 고무젖꼭지를 좋아한다. 우리는 그걸 버키라고 부른다. 아이가 내 품 안에 있으니 마음이 놓인다. 지붕 위에 있을 때는 불안해서 가슴이 두근거렸다. 아이를 내 곁에 꼭 붙들어 놓고 싶었다. 그랬으면 나중에 낸시에게 뭐라 말할지 곤란했겠지. 우리의 관계는 참 얄팍하다. 작게나마 우리가 쌓아올린 것을 허물어뜨리지 않으려고 안간힘을 쓰고 있다.

필립과 낸시가 오늘 우리를 데리고 해변에 갈 거라고 한다. 오랫동안 사람들이 많은 곳에 나가본 적이 없어서 조금 무섭다. 내가 무슨 잘못이라도 하면 어떡하지? 필립은 해변에 나가면 우리가 그냥 평범한 가족처럼 보일 거라며 걱정할 필요 없다고 말한다.

해변에 도착하자 굉장한 해방감이 느껴진다. 하지만 내게 자유가 없다는 걸 잘 안다. 우리는 바위 절벽 옆에 차를 세워놓고 바다를 보러 나간다. A가 차에서 내리자마자 절벽 때문에 겁을 집어먹고 벌벌 떨며 주저

앉아버린다. 얼른 딸에게 가서 무서워할 것 없다고 달래주고 싶지만, A의 옆에 있는 건 필립이고 그가 A를 데리고 내려가겠다고 한다.

우리는 해변에서 많은 시간을 보낸다. 아이들과 함께 물놀이를 하니 즐겁다. 낸시도 나와서 같이 논다. 필립은 모래밭에 담요를 깔아놓고 앉아 성경을 읽는다. 점심을 먹고 나서 우리 모두 해변을 따라 걷는다. 요즘 낸시와 함께 운동을 하고 있는데도 다리가 아프다. 아이들은 재미있는 하루를 보내고 있고, 아이들에게 이런 경험을 시켜줄 수 있어 기쁘다. 필립이 허리가 아프다고 해서 우리는 다시 차를 타고 뒤뜰로 돌아간다.

몇 주 후, 낸시가 손톱 손질을 하러 나랑 같이 가고 싶다고 말한다. 우리 관계에 도움이 될 거라고 필립을 설득하고 있다고 한다. 사실 난 어디에도 가고 싶지 않다. 두렵기도 하다. 필립이 내게 100달러를 주면서 낸시와 함께 외출하라며 재미있을 거라고 한다.

낸시와 함께 차에 타고 손톱 관리실로 향한다. 긴장된다. 손톱을 손질해주는 사람한테 내 손이 떨리는 걸 들키면 어떡하지? 도착하자 나는 '할 수 있어' 하는 표정을 짓고 낸시를 따라나선다. 그녀가 일본인 여자에게 손톱 손질을 받고 싶다고 말한다. 나는 의자에 앉아 내 손을 그 여자에게 건넨다. 고맙게도 손은 눈에 띄게 떨리진 않지만, 내 속은 마냥 떨린다. 그냥 아이들에게 돌아가고 싶다. 여자가 질문을 하자 나는 기계적으로 답한다. 나는 여기 있는 게 아니다. 나는 진짜 사람이 아니다. 아무도 아니다. 아무에게도 내가 보이지 않는다.

내 손톱 손질이 끝나고 우리는 차로 돌아간다. 잭 인 더 박스에 들러 점심거리를 사고 차 안에서 먹는다. 낸시는 손톱 손질을 정말 좋아한다.

그녀는 프랑스제 매니큐어를 발랐는데, 관리사가 손톱 하나를 조금 깨트렸다고 한다. 나는 별로 티가 안 난다고, 예쁘다고 말해준다.

집에 돌아와보니, 필립은 의자에 앉아 성경을 읽고 있고 아이들은 〈라이언 킹〉을 보고 있다. 변한 건 아무것도 없다. 하지만 모든 것이 변했다. 나는 오늘 밖에 나갔다가 왔고 아무도 나를 알아보지 못했다. 내가 누구냐고 묻는 사람은 아무도 없었다.

다음 외출 장소는 월마트다. 나는 남의 눈이 신경 쓰여 낸시 옆에 꼭 붙어다닌다. 난 아무도 똑바로 쳐다보지 않는다. 두 손이 부들부들 떨리고…… 누가 눈치채면 어떡하지?

a stolen life

회상

작은딸이 두 살이 되고 나서야 나는 '비밀의 뒤뜰'에서 나갈 수 있었다. 한번은 우리 모두가 브렌트우드 콘페스트캘리포니아의 브렌트우드에서 매년 7월의 한 주말에 열리는 축제—옮긴이에 간 적이 있다. 그 전에 필립은 낸시를 시켜 내 머리를 짧게 자르고 갈색으로 염색하게 했다. 나는 임신으로 13킬로그램이 더 쪘고, 필립은 나를 알아보는 사람이 아무도 없을 거라고 생각했다. 엄청 긴장했던 나는 그곳에 도착하자 필립 옆에 꼭 붙어 사람들의 눈을 피했다. 낸시가 헐렁하고 큼직한 검은색 셔츠를 내게 주었고 나는 거기에다 블랙진을 입었다. 그때쯤 난 단념하고 내 운명을 감내하고 있었다. 그날의 가장 큰 기억은, 세상 사람들에게 "이봐요, 나예요, 제이시라고요!" 하고 외치고 싶었지만 꿀 먹은 벙어리처럼 아무 소리도 내지 않았다는 것이다. 나는 두 딸을 낳은 소녀 알리사였고, 두 딸을 세상의 악으로부터 지켜주는 것, 그것이 나의 가장 큰 목표였다. 그날에 대한 기억은 그리 많지 않다. 필립이 내게 놀이기구 하나를 타보라고 했던 기억이 난다. 나는 혼자 가고 싶지 않지만, 결국 회전 놀이기구를 탔다. 기구가 빙글빙글 돌아갈 때, 여기 있는 사람들처럼 나도 자유로웠으면 좋겠다고 생각했다. 본래의 내 모습으로 자유롭게 걸어다닐 수 있다면 얼마나 좋을까. 하지만 난 자유롭지 못했다. 그다음 외출은 같은 해인 1999년 핼러윈 때였다. 우리는 스미스 가족 농장으로 놀러 갔고 모두 분장을 했다. 나와 낸시는 히피족이었고, A는 〈미녀와

야수〉의 벨, 작은딸은 〈블루스 클루스〉의 블루였다. 필립은 밴드 활동을 하던 시절부터 간직하고 있던 70년대 스타일의 옛날 로큰롤 복장을 했다. 그는 기타를 가져가서 아무에게나 세레나데를 들려주었다. 정말 창피했지만, 모두들 상냥하고 예의바르게 대해주었다. 아이들이 호박을 따기도 하고, 참 재미있었다. 하지만 한 가지 사실은 여전했다. 우리는 '비밀의 뒤뜰'로 돌아가야 한다. 따뜻한 집이 아니라, 그저 건물 하나와 텐트 몇 개뿐인 그곳으로.

외출은 그 후로도 이어졌다. 나는 사람들을 똑바로 쳐다보지 않았다. 그랬다간 사람들이 내가 답할 수 없는 질문을 할 것 같아서. 나는 낸시 옆에 꼭 붙어 있었다. 만지고 싶은 것으로 손을 뻗을 땐 두 손이 벌벌 떨렸다. 머지않아 밖으로 나가는 것이 더 편해졌고 아이들을 데리고 쇼핑을 하러 가기까지 했다. 하지만 누군가가 "저기요, 당신이 그 실종된 소녀 아니에요?"라고 말할 것 같은 기분을 떨쳐버릴 수 없었다. 하지만 아무도 그런 말을 하지 않았다. 난 아무도 아니었다. 아무에게도 난 보이지 않았다.

고양이들

뒤뜰에는 필립이 먹이를 주는 떠돌이 고양이가 한 마리 있는데 새끼들을 여러 마리 데리고 있다. 그가 '엄마 고양이'라고 부르는 그 고양이는 본채에서 필립의 어머니와 함께 살게 되었다. 새끼고양이들에게도 집을 찾아주었는데, 한 마리는 뒤뜰에 계속 묶어놓고 있다. 필립은 그 새끼고양이에게 블랙잭이라는 이름을 지어주었다. 블랙잭은 아주 상냥하다. 다시 고양이가 생겨서 좋다. 하지만 필립이 블랙잭을 다루는 방식은 마음에 들지 않는다. '달리기'를 하는 날 밤이면 가끔 블랙잭이 우는 소리가 들린다. 아직 거세를 시키지 않은 탓에 울음소리가 커서 필립이 짜증스러워한다. 그래서 조용히 시키려고 불쌍한 블랙잭에게 오줌통을 던진다. 난 싫어서 그러지 말라고 한다. 약에 취하면 그는 내 말을 전혀 듣지 않는다. 그가 약에서 깼을 때 다시 얘기하니, 고양이한테 그런 짓을 해서 마음이 불편하다며 다시는 안 그러겠다고 내게 약속한다. 블랙잭을 거세시키면 좀 나아질 거라고 말하자, 필립은 한번 알아보겠다고 한다.

회상

블랙잭은 오래 살았다. 죽을 무렵에는 내가 주로 돌봐주었고 블랙잭의 죽음을 발견한 사람도 나였다. 무척 괴로웠다. 블랙잭은 내가 만들어준 고양이 우리에서 안전하게 밤을 보내고 있었는데, 어느 날 아침 가보니 바로 그곳에 죽어 있었다. 2002년이었고, 잔뜩 움츠린 채 몸이 뻣뻣하게 굳어 있었다. 나는 참 많이 울었다. 하지만 블랙잭이 죽을 때가 멀지 않았다는 건 알고 있었다. 며칠 전부터 행동이 좀 이상했으니까.

몇 년 후, 아이들이 아직 어렸을 때, 나는 밖에 나가서 혼자 있곤 했다. 가끔 내 안에 쌓이는 압박감이 느껴졌다. 도망가고 싶은 욕구가 너무 버거워 혼자 밖에 앉아 스스로를 달랬다. 다른 사람이 날 볼 수 있는 곳은 안 된다. 혼자 멀리 떨어져 있는 기분이 드는 곳까지만. 내가 즐겨 찾던 곳은 뒤뜰의 울타리 반대편에 쌓여 있는 장작 더미였다. 하루는 길 잃은 고양이 한 마리가 그곳을 뻔질나게 왔다 갔다 하는 걸 알아챘고, 그래서 한참을 앉아서 지켜보고 있었더니 아니나 다를까 작은 새끼고양이 세 마리가 불쑥 나타났다. 나는 그 아이들을 꾀어내려고 통조림을 내놓았다. 한 마리만 받아줬고, 필립에게 그 고양이를 데리고 있어도 되냐고 물어보니 그러라고 했다. 나머지 고양이들은 입양될 수 있도록 그가 동물보호소로 보냈다. 내가 데리고 있기로 한 새끼고양이는 털이 긴 수컷으로, 메인 쿤몸집이 크고 뼈대가 굵으며 털이 긴 고양이 품종—옮긴이처럼 생겼다. 나는 터

a stolen life

커라는 이름을 지어주었다. 정말 내 것이라고 느낀 첫 고양이였던 것 같다. 이클립스를 좋아하긴 했지만, 정말 내 것처럼 느낀 적은 없었다. 터커는 내가 찾아낸 고양이였다. 내가 먹이를 먹이고, 안전하게 지켜주고, 진심으로 사랑했다. 터커는 늘 귀엽고 다정했고 내가 부르면 꼭 왔다. 아니…… 가끔씩만. 어느 날인가 저녁식사 시간에 아무리 불러도 터커가 오지 않았다. 보통 낮에는 밖에다 풀어주고 밤에는 먹이를 주면서 우리 안으로 도로 불러들였다. 그날 난 터커를 부르고 또 부르며, 다시는 못 볼까봐 겁이 나기 시작했다. 터커가 울타리로 와서 먹을 걸 달라고 야옹거리기 시작하자 마음이 푹 놓였다. 터커는 우리가 고양이 덫으로 잡은 떠돌이 고양이와 함께 살았다. 이 검은색 떠돌이 고양이가 계속 마당을 돌아다니면서 새들을 잡아먹는 통에 우리는 뭔가 조치를 취하기로 했다. 그래서 그 고양이를 잡아 거세시킨 다음 역시 데리고 있기로 했다. 그 고양이에게는 러키라는 이름을 지어주었다. 러키도 아주 착한 고양이였다. 성격이 좋고, 잘 먹었다! 러키는 여러 해 동안 터커와 함께 살았다. 두 마리의 고양이는 마치 형제 같았다. 그들이 죽은 날 가슴이 무너질 듯 아팠다. 지금까지도, 이 글을 쓰고 있는 지금도 눈물이 나올 것 같다.

그 모든 일은 핼러윈 전날 시작되었다. 사무실에서 일을 하고 있는데, G가 달려들어와서는 우리 뒤뜰에 큰 개 두 마리가 있다고 했다. 나는 아이들이 제일 걱정되어 허둥지둥 밖으로 뛰어나갔다. 내가 거기에 도착하자마자 덩치 큰 허스키 두 마리가 자기들이 왔던 곳으로 재빨리 달아났다. 개들이 이웃집 마당에서 우리 마당까지 울타리 두 개를 이빨로 물어 구멍을 뚫어놓은 것이다. 나는 나뭇조각 하나를 구멍에 넣어두었고 그걸

로 문제가 해결될 줄 알았다. 돌이켜보면, 시간을 들여서 울타리를 더 튼튼하게 고쳤으면 좋았을걸 하는 생각이 든다. 하지만 뒤늦은 후회일 뿐이다.

　다음 날 오전 난 여전히 사무실에서 한창 일을 하고 있었고, 이번에도 아이들이 와서 개들이 또 왔다고 알려주었다. 이번에는 그리 당황하지 않았다. 내가 보기엔 별로 위험하지 않은 개들 같았고, 내가 나가면 곧장 울타리를 넘어갈 게 뻔했다. 그래서 필립과 낸시, 아이들과 나는 뒤편으로 가서 쉬이 하며 개들을 돌려보내고는 이런 일이 다시는 일어나지 않도록 울타리를 고칠 준비를 하고 있었다. 개들을 확실히 보내놓고 내가 몸을 돌려 내 고양이들, 터커와 러키에게 가서 "안녕." 하고 인사했지만, 고양이들은 꼼짝도 하지 않았다. 죽은 것이다. 난 넋이 나가 한참 동안을 우두커니 서 있었다. 필립은 그런 나를 보다가 고양이들한테로 눈길을 돌렸고, 고양이 우리에 개들이 뚫어놓은 엄청나게 큰 구멍을 보았다. 아이들도 그곳에 있었지만, 아직 고양이를 보지 못해 무슨 일이 일어났는지 미처 몰랐고, 내가 주저앉아 훌쩍이는 모습만 보았다. 참을 수가 없었다. 나는 엄청난 충격에 휩싸였다. 필립이 내 곁에 있어주고 낸시는 아이들을 데리고 안으로 들어갔다. 낸시가 아이들에게 뭐라고 말했는지는 모르겠지만, 난 밖에서 흐느껴 울었다. 필립은 이웃집에 가서 무슨 일이 있었는지 알려주었고, 곧 울타리를 고치는 소리가 들렸다. 분명 그들도 내 울음소리를 들었을 테지만, 난 그저 다른 고양이들에게 이런 일이 또 생기지 않도록 울타리를 고쳐줬으면 하는 마음뿐이었다. 나는 그날과 그 후 며칠 동안 온종일 울었다. 특히 먹이를 주던 시간이 되면 예전만큼 음

식을 많이 만들 필요가 없어서 또 그 사실이 떠올라 힘들었고, 가끔은 A
에게 식사 준비를 맡겼다. 나는 많은 시간 침대에 처박혀 잠만 잤다. 첫
날은 낮 동안 너무 심하게 울었던 탓에 지독한 비염성 두통으로 푹 잘 수
가 없었다. 고양이들을 잃어버린 상실감을 극복하는 데 시간이 좀 걸렸
고, 특히 내가 찾아냈고 날 사랑해준 터커는 영원히 잊지 못할 것이다.

터커

러키

2006년, 낸시와 나는 아이들 물건을 사기 위해 중고품 할인 매장에 갔다가 새끼고양이 두 마리를 집으로 데려왔다. 슈퍼마켓 밖에서 상자에 고양이들을 담아놓고 나누어주고 있었다. 우리는 두 마리를 골라 집으로 데려왔다. 아이들이 그 고양이들에게 프린세스와 미스티라는 이름을 지어주었다. 프린세스는 막내딸에게 딱 붙어 강아지처럼 졸졸 따라다녔다. 미스티는 좀 더 느긋한 성격이라 큰딸의 무릎 위에서 많은 시간을 보냈다.

개도 두 마리 있었다. 몇 달 전 집에서 쓰러져 노인 치료 시설로 옮겨진 이웃사람이 키우던 개들이었다. 필립은 핏불 테리어와 래브라도를 교배시킨 민디, 그리고 힘이 넘치는 사나운 독일종 셰퍼드인 로디를 데려왔다. 얼마 지나지 않아 우리는 개 두 마리가 고양이를 쫓아다니며 논다는 걸 알았고, 우리에게는 고양이가 아주 많았기 때문에 개들이 마음껏 뛰어놀 수 있는 놀이터를 만들기로 했다. 나는 하루에 한 번씩 개들을 가죽 끈에 묶어 뒤뜰에서 산책시켰다. 로디는 항상 날 끌고 다녔기 때문에, 어느 날 갑자기 가죽 끈을 홱 잡아당기며 집터 한가운데에 있는 낡은 헛간으로 나를 끌고 갈 때도 별생각을 하지 않았다. 거의 무너져 내리기 직전의 헛간이라 아이들에게 그 근처에 가지 말라고 수차례 주의를 주었다. 로디는 고집스럽게 헛간 주위에서 코를 킁킁거렸고, 나는 포기하고 로디가 이끄는 대로 따라갔다. 헛간 안이 들여다보이는 작은 구멍이 하나 있었는데 로디가 갑자기 펄쩍 뛰어올라 안을 힐끔 보더니 낑낑거리기 시작했다. 로디를 떨어뜨려놓고 내가 직접 안을 살펴봤지만 캄캄해서 처음엔 아무것도 보이지 않았다. 그러다 어떤 움직임이 눈에 잡혔고, 조그마한 새끼고양이가 있다는 걸 알았다. 어느 떠돌이 고양이가 우리 헛간에 새끼고양이들을 데려다 둔 것이다. 며칠 동안 지켜보니, 어미 고양이가 몇 번 왔다 갔다 하는 모습이 보였다. 아이들을 데리고 나와 멀찌감치 떨어져서 그 새끼고양이들을 보여주자, 아이들이 방으로 데려가자고 했다. 나는 아직은 안 된다고 했다. 새끼고양이를 네 마리나 더 키우기에는 돈이 부족했다. 어찌해야 좋을지 알 수 없었다. 우리 고양이들은 모두 거세를 시켰지만, 그 지역에서 무료로, 아니면 싼값으로 동물의 난소나 정소를 떼어주는 곳은 찾기 힘들었다. 첫 주 후 새끼고양이들이 많이 울어댔지만 며칠 동안 어미 고양이는 보이지 않았다. 가정집에서 야생으로 나온 어미가 겁에 질려 새끼들을 버린 것 같았다. 필립에게 새끼고양이들 얘기를 하자 그는 먼저 헛간에서 고양이들을 꺼낸 다음 어떻게 할지 결정하자고 했다. 그 작은 틈으로 꿈틀꿈틀 들어가 아주 연약한 새끼고양이들을 꺼냈다. 몸집이 작고 한동안 굶주린 것 같았다. 이빨은 났지만 내가 생각하는 실제 나이보다 어려 보았다. 한 마리는 눈병에 걸린 것 같았는데, 필립은 내가 그의 딸인 척만 하면 동물병원에 같이 데려가주겠다고 했다. 외출을 해도 내가 누군지 궁금해하는 사람은 아무도 없었다. 필립은 천사들이 우리를 지켜주기 때문이라고 했다. 난 투명인간이 된 것 같은 기분이 들었다. 눈병 외에 고양이들의 건강에는 문제가 없었고, 그 녀석들도 어느새 우리 고양이 가족 속으로 스며들었다.

안타깝게도 아이들과 내가 발견되고 경관들이 집터를 폐쇄했을 때 프린세스와 미스티는 되찾지 못했다. 내 스물세 번째 생일 때 받은 회색 얼룩고양이 네오도 마찬가지였다. 새로 들어온 새끼고양이들도 다시는 보지 못할까봐 걱정이었지만 다행히도 건물 안에 있어서 붙잡을 수 있었다. 고양이 몇 마리는 다시는 못 볼 거라 생각하니 힘들었다. 고양이들은 우리 인생의 큰 중심점이었고 한 가족이었다.

우리 고양이들에게 신경 써주고, 여섯 달 동안 길러줄 사람들을 찾아준 베스 경관의 은혜는 평생 잊지 못할 것이다. 2010년 1월, 드디어 우리는 고양이들과 재회했다.

● 일 기 ●

1998년 봄, 내 속에 억눌려 있던 느낌과 감정들을 전부 쏟아낼 출구가 필요했다. 보나 마나 필립은 내가 이런저런 기록을 남기는 걸 절대 허락해주지 않겠지만, 종이에 글을 쓰고 싶은 욕망을 억누르기 힘들었다. 일고여덟 살 때 나의 꿈은 작가나 수의사였다. 나는 글 쓰는 걸 좋아하고, 몇 년 동안 머릿속으로 수많은 이야기를 지어냈다. 내 아이들에게 책 읽는 습관을 붙여주려고 노력했고 이야기를 써보라고 격려하기까지 했다. 일기를 공개하기로 결정하기까지 길고도 힘겨운 고민이 있었지만, 감금되어 지내던 동안 내가 느끼고 생각했던 것들을 이 책에 실어야 한다는 결론을 내렸다. 내가 얼마나 자유를 원했는지, 얼마나 엄마를 그리워했는지, 그리고 필립 가리도와 낸시 가리도에게 느꼈던 모순된 감정들이 이 일기에 고스란히 담겨 있다.

a stolen life

나는 누굴까? 지금 이 순간, 그 답을 모르겠다. 어떤 사람이 되고 싶은
지도 모르겠다. 어떤 사람이었는지는 안다. 난 언제나 무리에 끼고 싶어
하는 아이였다. 항상 옳은 말만 하려고 노력했다. 사랑받고 싶었고, 다른
아이들과 함께 어울리고 싶었다. 열한 살 때까지 학교를 네 군데나 옮겨
다녔는데, 새 학교로 갈 때마다 전학생 노릇 하기가 힘들었다. 아는 사람
하나 없이 나 혼자 운동장에서 놀기는 싫었기 때문에 늘 친구를 찾으려
고 노력했다. 하지만 수줍음이 너무 많았다. 보통은 아이들이 먼저 다가
와 친구가 되어주었다. 타호 호수의 G마을에서 마지막으로 다녔던 메이
어스 초등학교 시절 때도 먼저 한 여자아이가 내게 다가왔다. 물론 난 전
학생이었고 혼자 그네를 타면서 이런 생각을 했던 기억이 난다. 왜 난 다
른 아이들과 친해지려고 노력하지 않는 걸까, 혼자 있기 싫은데! 하지만
왠지 아이들에게 다가가 같이 놀자고 할 수가 없었다. 너무 소심해서 그
랬나 보다. 어쨌든 다시 본론으로 돌아가서, 그 아이는 내 옆의 그네에
앉아 내게 말을 걸기 시작했고 우리는 친구가 되었다. 아주 착한 아이였
다. 이름은 로원이었고 러시아나 우크라이나 사람이었던 것 같다. 그다
음에 로원이 자기 친구 한 명을 소개해주었는데, 그 아이의 이름은 쇼니
였고 '타호의 내 단짝 친구'가 되었다. 쇼니는 나이에 비해 키가 컸고 나
는 작았기 때문에 그 친구를 조금은 내 보호자로 생각했던 것 같다. 쇼니
는 말을 좋아해서 내게 보여주려고 끌고 오기도 했다. 우리는 멋진 날들
을 함께 보냈다. 그리고 쇼니에게는 로디라는 이름의 개도 있었는데, 쇼

니가 할머니와 함께 살던 집 뒤편 언덕에서 우리와 함께 산책하곤 했다. 나는 그 개가 좋았고, 내 개를 갖고 싶은 마음이 매우 컸기 때문에 질투가 많이 났다. 할머니 할아버지와 함께 살았을 때 개 두 마리를 길렀지만, 첫 번째 개는 다른 집으로 보내야 한다고 하셨다. 티샤라는 개였다. 난 며칠 동안 울었다. 티샤와 놀려고 밖에 나갔다가 안 보여서 다시 뛰어들어가 할머니 할아버지께 말씀드렸더니, 티샤가 뒤뜰을 망쳐놔서 남에게 줘버렸다고 하셨던 기억이 난다. 지금 생각해보면 가장 기분 나빴던 건, 아무 얘기도 못 듣고 있다가 티샤가 없어져버린 걸 갑자기 알게 됐다는 것이다. 나중에 두 분이 날 디즈니랜드에 데려가서 티샤와 꼭 닮은 강아지 인형을 사주셨고, 난 매일 밤 그 강아지를 안고 잤다. 그 강아지 인형은 어떻게 됐을까?

1998년 11월 3일

언젠가는 바닷가에서 살아보고 싶다. 바다가 내려다보이는 작은 별장에서. 계단을 내려가자마자 따스한 모래가 밟히고, 바위에 부딪히는 파도 소리가 들리고, 맑고 푸른 하늘에 날아다니는 갈매기들이 보이겠지.

그녀가 보고 싶다. 머릿속으로 그녀의 얼굴을 그리려고 안간힘을 써봐도 기억이 나지 않는다. 기억 못하는 내 자신이 밉다. 몇몇 기억은 너무 흐릿해서 꿈이 아닐까 하는 생각까지 든다.

옛날에 있었던 한 가지 일이 계속 떠오른다. 그러니까 일곱 살인가 여

a stolen life

덟 살이었을 때 난 단짝 친구 제시와 놀고 있었고, 엄마는 샤워를 하고 있었다. 우리는 숨바꼭질을 하기로 했다. 난 욕실로 가서 그녀('그녀'는 엄마를 의미한다. 이 일기들을 쓸 때 '엄마'라는 단어를 쓸 수 없었다. 너무 가슴 아파서)에게 우리가 숨어 있을 테니 샤워를 다 하고 나서 우리를 찾으라고 했다. 샤워기 물소리가 너무 커서 내 말을 못 들으셨던 모양이다. 하지만 난 그걸 모르고 그녀가 내 말을 들은 줄 알았다. 우리는 벽장 속에 숨었다. 샤워를 끝낸 그녀는 우리가 집에 없는 걸 보고는 최악의 상황을 생각한 것이 틀림없다. 누가 우리를 납치해간 거라고. 그때는 그녀의 두려움을 이해하지 못했다. 지금은 이해할 수 있다. 우리는 여전히 벽장 안에 숨어서 그녀가 미친 듯 날뛰며 우리 이름을 부르는 소리를 들었지만, 그녀가 우리와 놀이를 하고 있는 줄 알고 계속 숨어 있었다. 그러던 중 그녀가 비명을 지르면서 문 밖으로 뛰쳐나가는 소리가 들렸다. 결국 벽장에서 나가보니, 그녀는 밖에서 우리의 이름을 큰 소리로 부르짖고 있었고 로브는 풀어헤쳐져 있었다. 그것도 모를 만큼 제정신이 아니었던 것이다. 문가에 서 있는 나를 보고는 그녀가 달려와서 꼭 껴안았다. 영원히 놔주지 않을 것처럼. 난 울기 시작했다. 미안하다고, 내 말을 들은 줄 알았다고 말했다.

1998년 12월 16일

그녀의 사진만 가질 수 있다면 내 영혼이라도 주겠다. 아니, 아니, 내 영혼은 안 된다. 영혼을 남에게 줄 수 있는 사람은 아무도 없다…… 그렇겠지? 글쎄, 어쩌면 우리는 사랑하는 사람들과 평생 영혼을 나누면서 사는 건지도 모른다. 그게 가능할까? 모르겠다. 그런 사랑이 존재할까? 나는 매일 내 딸들에게 크나큰 사랑을 느낀다. 내가 엄마라는 걸 아이들이 모른다 해도, 보이지 않는 끈으로 아이들과 연결되어 있는 느낌이 든다. 그녀도 내게 이런 감정을 느끼고 있을까? 내가 어딘가에 아직 살아 있다는 걸 그녀는 알까? 내가 그녀를 그리워하고 있다는 걸 알고 있을까? 가끔은 차마 그녀 생각을 할 수가 없다. 너무 가슴이 아파서.

1998년 12월 22일

지금과는 다르게 살고 싶지만, 내 인생에서 한 가지만은 절대 바꾸지 않겠다. 시간을 되돌려 그 일을 바꾸고 싶지는 않다. 내 아이들을 사랑한다. 그 대가로 깊은 상처는 아니지만 생채기가 조금 남았다! 다른 사람의 손길을 좋게 생각할 수가 없다. 그런 일을 겪고 나니 나를 만지는 남자에게 어떻게 반응해야 할지 모르겠다. 가족의 손길은 다르다. 이젠 그가 날 안아도 예전만큼 괴롭지 않다. 성적인 의미가 담긴 게 아니라 아버지 같은 마음으로 나를 만지는 거라 생각하고 싶다. 그게 어떤 건지는 모르겠지만. 언젠가는 사랑을 찾고 싶다. 책에서 읽었던 그런 사랑을. 하지만 그런 바람은 너무 불행하고 비현실적이다. 필립의 얘기를 들어보면 이 세상에는 끔찍한 사람들밖에 없다. 내가 꿈꾸는 그런 사랑은 현실에는 없는 것 같다. 그래도 상관없다. 내 인생에는 사랑하는 딸들이 있으니까.

더 좋은 사람이 되고 싶다. 제일 먼저 손보고 싶은 건 내 정원이다. 요즘 심하게 방치해두고 있었다. 어디서부터 시작해야 할지 감이 안 잡힌다. 요즘은 무슨 일이든 끝까지 하기가 힘들다. 동기가 있어야 하는데 찾을 수가 없다. 이런 점도 바꾸고 싶다.

그녀가 그립다. 그녀가 무슨 생각을 하고 있을지 궁금하다. 내 생각을 하기는 할까. 가끔은 그녀가 슬플까봐 내 생각을 안 했으면 좋겠다가도, 혹시 내가 없어서 더 행복한 건 아닌가 하는 생각이 들기도 한다. 그건 싫은데!

추억들이 있다. 어떤 건 흐릿하지만, 그래도 내 머릿속에 있다. 모든 기억들을 닫아버리려고 애썼던 탓인지 지금은 아련하다. 한번은 그('그'는 필립이다. 필립이 혹시 읽을까봐 되도록이면 이름을 쓰지 않았다)가 잠들었을 때 옆에 앉아 있었는데, 이모와 이모부 그리고 그들의 아이들인 사촌들과 함께 지내던 시간으로 되돌아간 듯한 느낌이 들었다. 그 기억들은 너무나 생생했고, 그가 깨어날 때까지 몇 시간 동안 앉아서 옛날 생각을 했던 것 같다. 왜 하필 내 인생에서 그 순간이 떠올랐는지 모르겠다. 그때도 지금처럼 외로웠기 때문일까. 그녀와 떨어져 있기가 힘들었다. 내가 이모 집에 있기 싫다고 말해도 아무도 들어주지 않았다. 이모가 날 데리고 있기 싫어했던 건 아니다. 그냥 겉도는 기분이 들었다. 이방인처럼 느껴졌고, 집에 가고 싶었다!

그녀는 날 그리워하고 있을까?

2002년 7월 16일

심장과 영혼의 차이는 뭘까? 큰 차이가 있는 것 같다. 심장은 몸속에 있는 기관이다. 내 영혼은 바로 나다. 내 삶 속의 사람들은 내 영혼이 성장하고 계속 커나갈 수 있도록 도와주었다. 많은 사람들이 자신의 영혼에 귀를 기울이지 않는다. 그냥 낱말 하나에 불과하지만, 우리는 바로 말과 행동을 통해 소통한다. 오직 인간만이 말을 사용하여 만질 수 없는 것들을 묘사한다. 내 고양이들 터커, 러키, 블랙잭이 내 영혼을 지탱해주고 있다. 내 영혼을 다해 그 녀석들을 사랑한다. 쓰면서도 바보 같지만 내 감정이 정말 그렇다. 고양이들 때문에 행복하면서도 가끔은 신경질이 난다. 블랙잭은 장난을 잘 치고 믿음직스럽다. 터커는 얄미울 정도로 호기심이 많지만, 또 얄미울 정도로 사랑스럽다. 러키는…… 음, 러키는 어떻게 설명해야 할지 잘 모르겠다. 가려워하는 것 같아서 긁어주러 가면 꽁

무늬를 빼버린다. 나와 함께 살기 전에 떠돌이 생활을 하면서 어지간히 힘들었나 보다. 그래도 러키가 날 좋아한다는 걸 안다. 언제든 떠날 수 있는데도 꼭 붙어 있는 걸 보면. 내가 먹이를 주니까 계속 머물러 있는 거겠지만, 그게 다가 아니라는 걸 직감적으로 알 수 있다. 고양이들이 날 졸졸 따라다닐 때가 좋다. 기분이 좋아진다. 그 감정을 설명하지는 못하겠지만, 고양이들이 정말 나와 같이 있고 싶어하는 것 같아 중요한 사람이 된 듯한 기분이 든다. 아, 정말 바보 같은 소리만 하고 있구나. 고양이들한테 더 잘해줘야지.

2002년 8월 22일

쓰고 싶은 얘기가 많아 이렇게 앉아 있긴 하지만, 어디서부터 시작해야 할지 모르겠다. 어젯밤에는 조금 울었다. 많이는 아니고, 조금만. 그냥 기분이 안 좋았다. 가끔은 모든 것으로부터 달아나고 싶다. 나만의 세상에서 살고 싶다. 초인적인 힘을 가지고. 사람과 동물을 치료할 수 있는 힘. 동물과 사람 들의 생각을 듣고, 동물들의 말도 알아듣고, 눈처럼 새하얀 갈기를 가진 불꽃색의 말을 타고 내 세상을 여행 다니는 거다. 내 세상의 주인공이 되어서. 어디든 돌아다니면서 도중에 만나는 사람들의 고민을 해결해주고, 내가 지나가는 길에는 행복만이 가득하다. 어쩌면 여정 중에 영혼의 친구를 만나 함께 여행을 계속할지도 모른다. 여정이 끝나기 전에 사악한 적을 만나 함께 해치우고 영원히 행복하게 사는 거다. 아, 내 마음속에서만 살 수 있다면. 내가 절대 달아나지 못하리라는 걸 안다. 무슨 일이 있어도 사랑하는 아이들을 놔두고 떠날 수는 없다. 가려면 다 함께 가든가 아니면 그냥 남아야 한다. 지금으로선 남는 수밖에.

2002년 9월 30일

변화가 있었으면 좋겠다. 우선 나 자신부터 변해야겠다. 운동은 절대 그만두지 않을 생각이다. 육체적으로 건강하고 정신적으로도 건강하고 싶다. 학교로 돌아가 더 공부하고 싶다는 생각도 가끔은 든다. 물론 여기서도 그에게, 그리고 일을 도우면서 이것저것 배우고 있다. 하지만 내가 할 수 있는 게 아무것도 없는 것처럼 무력하게 느껴질 때도 있다. 나는 아무런 기술도 없다. 언젠가는 작가가 되고 싶다. 글 쓰는 게 좋다. 무슨 얘기를 쓸지는 모르겠다. 동화와 신화를 읽는 게 재미있다. 로맨스 소설도 좋다. 야하고 음란한 것 말고, 완벽한 짝을 찾는 이야기. 자기를 완전하게 채워주는 사람을 평생 찾아다닌다는 내용이 마음에 든다. 노라 로버츠나 대니얼 스틸의 소설처럼. 현실감 있는 노라 로버츠의 작품들이 더 좋긴 하다. 아니, 소설은 진짜 현실이 아니니까 현실감이라는 말은 맞지 않다. 인생은 그렇게 호락호락하지 않다.

2002년 10월 2일

절대 아이들을 떠나지 않겠다는 일기를 전에 썼다. 당연히 그럴 거다. 난 겁쟁이니까! 처음부터 쭉 겁쟁이였다. 예상치 못한 일이 생기면 너무 긴장해서 힘이 쭉 빠지고, 겁에 질리고, 얼굴이 가면처럼 변해서 내 감정을 드러내버린다. 긴장하거나 심란하면 턱이 바르르 떨린다. 손이 떨리는 것도 싫다. 항상 떨리는 것 같은데 내 마음대로 안 된다. 걱정되지는 않는다. 집에 있을 때는 괜찮은데, 낸시와 함께 밖에 나가서 사람들 속에 있으면 정말 무섭다. 사람들이 나를 알아볼까?

2002년 12월 16일

충족감을 느끼고 싶다. 난 언제쯤 완전해진 기분을 느낄 수 있을까? 사랑, 정의, 지혜, 그는 이 단어들이 인생의 열쇠라고 말한다. 내게 이런 것들이 있나? 내겐 흔들림 없는 사랑이 있다. 정의? 그 일에 대한 정의는 이루어졌나?

2003년 1월 4일

한번은 이런 생각을 했다. 돈이 생기고 그가 음악이든 뭐든 시작하면,

세상을 구석구석 뒤져 최고의 선생님들, 심리학자들, 의사들을 찾아낼 것이다. 그리고 난 그 뒤에 숨어 조직을 만들고 무료 진료소를 연다. 집 없는 사람들이 찾아와 동물들과 어울릴 수 있는 곳. 내게 큰 위로가 되는 동물들이 집 없는 사람들의 마음도 채워줄 수 있겠지. 진료소는 그들이 다시 일어설 수 있게, 자신감을 찾을 수 있게 도와줄 것이다. 어떻게 해야 하는지 정확히는 모르겠지만, 잡지에서 이런 광고를 봤는데 이 사람들이 도와줄지도 모른다. 리사와 그레이 실버글랫의 맥슈기 동물 응급 구조: 미주리 주 서배너, 11519번 주도 C. (우편번호:64485).

2003년 1월 31일

제발, 어지러운 마음아 사라져라, 제발. 아이들을 차에 태우고 이 끔찍한 곳을 영원히 떠나버리는 상상을 멈출 수가 없다. 떠날 수 없다는 걸 잘 알면서. 매일 속으로 그렇게 되뇐다. 하지만 여기서 떠나고 싶은 마음이 너무 간절해서 죽을 것만 같다. 어디로 가지? 누가 날 도와주려 할까? 일자리는 찾을 수 있을까? 그가 우리를 잡으러 오면 어떡하지? 우리가 갈 곳은 아무 데도 없다. 이런 생각과 기분은 억눌러야 한다. 앞으로는 더 좋아질 거야. 스스로에게 계속 이렇게 말해줘야 한다. 운전도 못하는 주제에 차를 몰고 달아나는 내 모습을 계속 상상하고 있다. 제발, 제발, 그만.

　더 독립적인 사람이 되고 싶다. 하지만 어떻게? 이 벽을 깨고 밖으로 나가 나 혼자 살아남을 자신이 없다. 나 자신이나 아이들을 돌보지 못할 것 같다. 세상은 엉망진창이다. 왜 사람들은 자기 인생을 망가뜨릴까? 그 답은 아주 간단해 보이다가도 어떤 땐 아주 복잡해 보인다. 난 왜 그녀(엄마)가 이토록 그리운 걸까? 그렇게 오랫동안 떨어져 있었는데. 이젠 그녀의 얼굴조차 기억나지 않는다. 그녀를 보면 알아보기나 할까? 사람 사이에 이런 관계도 가능할까? 내 영혼이 그녀의 영혼을 알아볼까? 모르겠다. 언젠가 그 답을 알 수 있는 기회가 있었으면 좋겠다. 가끔 그녀 꿈을 꾼다. 흐릿하고 뿌연 꿈이다. 잠에서 깨면 잘 기억나지도 않는다. 그저 그녀가 나왔다는 것만 알 뿐이다. 내 마지막 기억은 그날 아침 그녀가 깜박 잊고 내게 뽀뽀를 해주지 않은 것이다. 난 화가 났다. 그 전날 밤 그녀에게 출근하기 전에 작별 뽀뽀를 해달라고 부탁했는데 그녀가 잊어버렸다. 낸시가 운동을 하기 위해 뒤뜰에 만들어놓은 길을 따라 걷다가 그녀 생각이 나서 울었다.

2003년 3월 11일

　전에 말했던 진료소보다는 수용 시설이 더 나을 것 같다. 말과 온갖 동물이 있는 목장으로. 모두들 목장에서 일거리를 찾고 다시는 노숙을 하지 않아도 된다. 그런 목장을 운영하는 방법은 잘 모르지만, 배울 생각이다. 나중에는 큰 공동체가 될 것이다. 언젠가는 말 목장을 꼭 갖고 싶다. 다치고 버림받은 동물을 모두 받아서 목장에서 지낼 수 있게 해줘야지. 그러면 목장 사람들은 그 동물들을 돌보면서 자신의 가치를 느끼게 될 것이다.

2003년 4월 4일

꿈. 꿈은 진짜일까, 아니면 그날 일어나는 일들과 기억들로 만들어지는 걸까? 잘 모르겠다. 꿈은 그냥 꿈이기를. 그런 일은 절대 일어나지 않았으면 좋겠다. 나는 악몽을 잘 꾸지 않는다, 어쩌다 한 번씩 그럴 때도 있지만. 몇 년 전에 할아버지 꿈을 꾸었다. 할아버지가 트럭 안에 있다가 (할아버지는 트럭 운전사셨다) 심장마비가 일어났고 그래서 길을 건너려고 하시던 중 차에 치이는 꿈이었다. 그러니까 꿈은 그냥 꿈이고 진짜가 아니었으면 좋겠다. 가끔 그녀(엄마)가 나오면 꿈속에 계속 머물러 있고 싶다. 몇 분이라도 더 그녀와 함께 있으려고 끝까지 매달려보지만, 꼭 깨고 만다. 어떤 꿈은 이상하다. 그런 꿈을 꾸면 눈을 뜨려고 해도 떠지지 않는다. 하지만 바로 그것 때문에 꿈이라는 걸 알 수 있다.

2003년 5월 3일

오늘은 하루 종일 외로웠다. 왜 가끔 이런 기분이 드는지 이해가 안 된다. 난 혼자가 아니니까. 내겐 가족이 있고 다들 좋다. 그런데 왜 이런 기분이 드는지 모르겠다. 그냥 나 스스로 행동할 수 있는 기회가 있었으면 좋겠다. 내게는 아무런 결정권도 없고, 아무것도 내 마음대로 할 수 없는 이런 인생이 아니라 내가 선택한 인생을 이끌어나가고 싶다. 내가 원하는 것? 좀 더 어른이 된 기분을 느껴보고 싶다. 가끔은 '그 일'이 일어났을 때와 여전히 똑같은 나이인 것 같은 기분이 든다. 그런 기분이 싫다. 어른이 되고 싶다. 하지만 여기서 어떻게? 여기에 있지 않다면 난 어떤 사람일까? 완전히 다른 사람일 거야. 여기 있으면서 난 변해버렸으니까. 남이 하는 대로만 따라하면서 살았을지도 몰라. 항상 사랑받으려고 애쓰면서. 다른 사람들의 성질을 건드리지 않으려고 조심하면서. 아, 내가 지금 무슨 소리를 하고 있는 거지? 지금도 그렇게 살고 있는 주제에. 뭐, 예전만큼 심하지 않을지도 모르겠다. 난 변했다. 무턱대고 대장만 따라가지는 않을 거다, 마약을 하거나 법을 어기는 짓은 안 할 거다. 그래도 직감은 더 뛰어났으면 좋겠다.

2003년 6월 6일

독서는 나의 탈출구다. 나 자신에게 물어본다, 무엇으로부터 탈출한다는 거야? 글쎄, 그냥…… 어쩌면 나 자신으로부터의 탈출일지도 모른다. 나 자신이 마음에 들지도 편하지도 않다. 책을 읽는 동안에는 나 자신을 잊어버리고, 책에 나오는 아름다운 여자들처럼 될 수 있다. 자기 뜻대로 행동하는 강인하고 독립적인 여자들. 내 몸을 잘 관리해서 튼튼하고 건강해져야 한다. 아기들을 낳으면서 살이 많이 쪘고, 몸이 엄청 변했다. 그런데 다짐을 지키기가 힘들다. 음식을 주면 거절할 수가 없다! 그녀(낸시)가 항상 사탕을 많이 가져오는데, 뭐, 나도 좋아하기는 하지만 몸무게 조절에는 도움이 되지 않는다. 그녀(낸시)에게 싫다는 말을 할 수가 없다. 나 자신을 다잡을 수 있게 되는 날, 그렇게 말할 것이다.

2003년 8월 11일

내 고양이 블랙잭이 오늘 죽었다. 블랙잭을 추도하며 이 일기를 쓴다.

결국엔 이별하리라는 걸 뻔히 알면서 우리는 왜 사랑을 하는 걸까??? 블랙잭이 그리울 것이다. 어떤 말로도 위안을 얻을 수는 없겠지만, 아무것도 쓰지 않는 건 잘못인 것 같다. 마음은 쉽게 이어지는 만큼이나 쉽게 깨지고, 남은 사람은 그 깨진 조각들을 샅샅이 헤집는다. 그 조각들을 다시 이어붙여 다른 마음을 받아들일 때까지 평생이 걸릴까봐 두렵다. 블랙잭에 대한 사랑은 영원히 변치 않을 것이다.

2003년 8월 21일

시간이 참 빠르다. 마지막 일기를 쓴 지 꽤 됐고 그사이에 난 달라진 것 같기도 하고 아닌 것 같기도 하다. 가끔은 내 외모 생각밖에 하지 않는다. 몸은 뚱뚱하고 얼굴은 보기 흉하게 여드름투성이라 추녀 같다. 열심히 노력해서…… 노력해서 뭘? 외모에 신경 써서 뭐하게? 가족은 내 모습 그대로를 사랑해주고 있고 나를 보는 사람도 가족뿐인데, 뭘 신경 쓰는 거야? 하지만 예뻐지고 싶다. 화려한 미인이 아니라, 그냥 예쁜 여자가 되고 싶다. 건강한 몸과 깨끗한 피부를 갖고 싶다. 이것도 허영심일까? 내 외모 때문에 우울하다. 거울을 보는 게 싫지만, 한편으론 내 모습을 비춰보고 싶기도 하다. 낸시와 함께 하고 있는 운동이 과연 성과가 있는지 봐야 하니까. 왜 그런 일에 이렇게 신경을 쓸까? 내 외모를 받아들여야 한다고 속으로 되뇐다. 그런 문제를 너무 깊게 생각할 이유가 없다. 더 나은 사람이 되기 위해 할 수 있는 일은 다 하고 있는데 나 자신에게 더 많은 걸 요구할 순 없다. 풀 죽어 있기는 싫다. 행복해지고 싶다.

2003년 9월 2일

왜 행복하지 않은지 이해가 안 된다. 행복하다…… 아니, 행복해야 마땅하다. 난 다른 사람들보다 훨씬 더 많은 걸 가지고 있다. 친구(제시)나 진짜 가족을 다시는 못 본다는 게 화가 날 뿐이다. 어떤 면에서는 그들을 정말 잘 알았던 건 아니었을지도 모른다. 어쩌면 난 그녀(엄마)도 완전히 알았던 건 아닐 것이다. 이런 생각이 날 갉아먹고 있는 것 같다…… 그녀(엄마)를 진정으로 알 수 있는 기회가 영영 없을까봐 두렵다. 그녀(엄마)에게 무슨 일이라도 생기면 어떡하지. 인생이란 마음대로 되는 게 아니니까. 인생은 그저 계속 흘러가고 우리는 그 파도에 실려갈 뿐이다. 가끔은 내 인생을 살고 싶다. 왜일까? 계속 여기 머물면서 흘러가는 대로 사는 게 내게는 가장 좋을 텐데. 내가 읽는 소설들에는 모험과 진정한 사랑이 있다. 그래, 난 그걸 원한다. 누군들 안 그럴까. 그러니까 그런 이야기를 쓴 책들이 이렇게 넘쳐나지! 그걸 찾고 싶기는 하지만, 정말 존재하거나 그런 일이 실제로 일어날 거라고는 생각지 않는다. 우리가 사는 이 위험한 세상을 좀 더 살 만한 곳으로 만들기 위해 사람들이 품고 소망하는 꿈일 뿐이다. 마음이 산산조각 나는 걸 막아줄 무언가가 필요하니까. 그런 일이 정말 일어날 리 없다. 난 본 적이 없다. 찾을 수 있을 것 같지도 않다. 진정한 감정이 아니면 절대 받아들이지 않을 테니 난 홀로 살 것이다.

2003년 10월 12일

내 안의 스위치를 꺼버렸나 보다. 처음엔 살아남기 위해 그렇게 했다. 지금은 그저 습관이 된 것 같지만, 그것 역시 이젠 나의 일부다. 텔레비전을 보거나 바깥에 있을 때는 스위치가 켜지는 것이 느껴진다. 밖에서 사람들 속에 있으면 그저 내가 안 보였으면 좋겠다. 사람들 속에 뒤섞여

a stolen life

눈에 띄지 않았으면 좋겠다. 그럴 때면 스위치가 켜지고 내가 배경 속으로 스며드는 느낌이 든다. 나는 사람들을 쳐다보지 않는다. 아니, 정말 눈에 들어오지도 않는다. 내가 유심히 보면 그들도 나를 그렇게 볼까봐 겁난다. 평범한 사람들처럼 보통의 삶을 살고 싶지만, 그럴 수 없고, 언제나 스위치가 켜진다. 사람들을 보는 게 무섭다. 뭘 보게 될지 무섭다. 얼마나 신경 쓰이는지 모른다! 짜증스러울 만큼 신경 쓰인다. 우는소리를 또 할 순 없다. 두 번의 인생 동안 울 만큼 울었다. 하지만 내가 다른 사람들의 영향을 받지 않는다는 말은 할 수 없다. 나 자신을 속이고 있는지도 모른다. 세상을 바꾸고 더 살기 좋은 곳으로 만들고 싶다. 아이들이 살았으면 하는 곳으로.

2003년 11월 8일

(내가 밖에서 발견했지만 크게 앓다가 결국 죽고 만 프레셔스라는 새끼고양이에 대해 쓴 일기)

아, 괴롭다. 가슴이 찢어질 것 같다. 왜 이런 기분이 드는 걸까? 프레셔스를 안 지 오래되지도 않았는데. 마치 처음으로 내가 사랑하는 누군가가 죽은 것 같은 기분이다. 훨씬 더 사랑하는 많은 사람들을 잃었지만, 내 품 안에서 죽은 건 이 고양이가 처음이다. 사람들은 한갓 동물인 프레셔스 때문에 우는 내가 미쳤다고 생각하겠지. 어떤 땐 인간보다 동물과 더 큰 유대감이 느껴지기도 한다. 이상한 건가? 프레셔스를 절대 잊지 못할 것이다. 어떻게 그 짧은 시간에 이처럼 내 마음에 콕 박혀버렸을까?

2003년 11월 9일

두렵다. 다시는 그녀를 못 보면 어떡하지. 그녀가 죽기라도 하면! 그러면 그녀를 제대로 알 수 있는 기회는 영영 사라지고 내가 할 수 있는 건 아무것도 없다. 맥이 빠진다. 감정을 글로 적고 나면 그나마 기분이 풀린다. 내 감정을 함께 나눌 사람이 없다. 그들(필립과 낸시)은 내 생각을 듣고 싶지도 않을 것이다. 내 감정 때문에 그들의 속을 썩이기도 싫다. 그들이 내게 질문을 별로 하지 않기 때문에 내 모든 잡생각을 속에만 담고 있기가 그리 힘들진 않다. "시간이 약이다"라는 말을 들어본 적이 있다. 언젠가는 그 진정한 의미를 이해할 수 있기를.

2003년 12월 18일

오늘 밤 뉴스 예고에서 폴리 클래스를 죽인 범인이 나도 납치해서 죽였을 거라는 보도가 나왔다. 내 감정을 뭐라 표현할 수가 없다. 나와 살인범에 대한 간단한 설명도 나왔다. 보고 있기가 힘들었다. 필립이 나는 오늘 밤 뉴스를 보지 않는 게 좋겠다고 했다. 그의 말이 맞다. 보지 말아야겠다. 그녀(엄마)의 사진을 보여줄지 궁금하다. 그녀를 위해서라도 그 일을 다시 들쑤시지 않았으면 좋겠다. 왜 그냥 과거로 묻어두지 않을까? 그녀를 가슴 아프게 하지 않았으면 좋겠다. 그녀는 무슨 생각을 하고 있을까? 내가 죽은 줄 알고 있을까? 상상할 수 없을 만큼 그녀가 그립다. 그녀를 알아보지 못할까봐 두려울 때도 있다. 가끔은 이런 생각도 든다. 내게 선택권을 준다면 난 여기 남을까, 아니면 떠날까? 쉬운 답은 없다. 나의 한 조각이 사라져버렸다. 나의 일부는 언제나 그녀(엄마)와 함께 있을 것이다. 또 다른 일부는 가족을 잃은 고통을 느끼며 언제나 상처받고 있다. 그 일부는 완전해지고 싶어하지만, 잃어버린 이들과 재회하기 전까지는 불가능할 것이다. 더 강해지고 싶다.

자기 암시 주문
  1. 오직 나만이 해낼 수 있다.
  2. 나는 식습관을 관리한다.
  3. 매일 나는 내가 되고 싶은 사람이 된다.
  4. 나는 마음먹은 모든 것을 할 수 있는 힘을 지니고 있다.

2003년 12월 30일

  내가 누군지 잊어버릴 때가 있다. 오늘 밤에는 좋고 나쁜 수많은 기억들이 머릿속을 맴돈다. 오랜 시간 떨어져 있다 보니 몇몇 기억은 흐릿해졌지만, 가장 중요한 기억들은 사라지지 않고 내 안에 남아 있다. 훗날 그녀를 다시 만나면 고통은 사라질 것이다. 난 사랑하는 사람을 잃은 최초의 사람도 아니고 분명 마지막 사람도 아닐 것이다. 난 행운아라면 행운아다. 언젠가 다시 그녀를 만날 수 있다는 걸 알고 있으니까. 그럴 수 없는 사람도 있다.

우습게 들리겠지만 쉽지 않은 얘기다. 누군가가 사라지면 남은 사람의 인생은 어떨까. 떠난 사람은 자신의 인생과 하루하루 일어나는 일들에 집중할 뿐이다. 그래서 문득 궁금해진다. 그녀는 어떤 삶을 보냈을까? 여동생이 그녀와 함께 있어서 다행이라는 생각이 들고, 그녀도 나와 같은 생각이기를 바란다. 이 일기를 쓰고 있는 지금, 동생은 열두 살이다. 와, 어떤 모습일지 짐작도 못하겠다. 두 사람은 함께 있을까? 대부분의 시간 내가 행복하듯이 그들도 행복했으면 좋겠다. 동생이 나에 대해 물어보면 그녀는 뭐라고 말해줄까? 이런 상황에서 무슨 말을 할 수 있을지 감이 안 잡힌다. 언젠가 그들을 또 볼 수 있다는 걸 알고 있기 때문에 나는 운이 좋은 것 같다. 이런 말을 하거나 쓰기만 해도 큰 위안이 된다.

2003년 12월 31일

여기 내 방(텐트)에 앉아 생각하고 있다. 미래의 이날, 이 시간에 난 어디 있을까? 새해에는 뭐가 바뀔까? 마음에 사무치는 한 가지 사건은 블랙잭의 죽음이다. 블랙잭을 영원히 잊지 못할 것이다. 올해에 좋았던 일은 네오를 얻은 것이다. 덕분에 생활이 더 즐거워졌다. 하지만 한 해를

a stolen life

돌이켜보면 그 전해와 별로 다를 게 없다. 우리는 거품 안에 갇혀 있다. 올해는 부디 많은 변화가 있었으면 좋겠다. 해보고 싶은 일들이 참 많다. 하고 싶은 일을 영영 못할 것 같은, 그런 기회도 없을 것 같은 기분이 든다. 내가 보기엔 그(필립)가 모든 일을 필요 이상으로 복잡하게 만들고 있지만, 어쩌면 내가 단순해서 그렇게 보이는 건지도 모른다. 그가 처해 있는 상황은 전혀 단순하지 않다. 내 인생은 단순하고 복잡하지 않았으면 좋겠다.

2004년 2월 3일

왜 항상 무언가가 우리의 발목을 붙잡고 놔주지 않을까? 한 발짝 한 발짝 뗄 때마다 힘겹게 싸워야 하는 것 같다. 어디로 가는지도 모르면서 그냥 싸우는 거다! 그(필립)는 간단하게 하면 될 말을 왜 그리 복잡하게 할까? 언제쯤 인생의 보람을 느낄 수 있을까? 더는 못 기다릴 것 같다. 지긋지긋하다! 내 뜻대로 살지 못하는 것이 지긋지긋하다. 내 인생인데! 왜 사람들은 내 인생을 자기들 멋대로 할 수 있다고 생각할까?

나를 행복하게 하는 10가지
    1. 누군가의 웃음소리를 듣는 것
    2. 고양이들이 내 곁에 있을 때
    3. 새들의 노랫소리

4. 동물들이 날 좋아할 때

5. 푸른 하늘과 뭉게뭉게 피어오른 구름

6. 비

7. 재미있는 일 하기

8. 바다

9. 누가 나에게 상냥한 말을 해줄 때

10. 누군가가 나를 사랑한다는 사실을 아는 것

2004년 2월 7일

습관을 바꾸기는 참 어렵다는 생각이 든다. 미래 계획을 세워보려고 해도 잘 안 된다. 내겐 미래가 없는 것 같다. 더 편해질 줄 알았는데. 새해가 시작됐고, 올해가 끝나기 전에 내 내면을 변화시킬 계획이다. (변화의) 과정은 느리더라도 꼭 이루어야 할 것 같고, 거기에 이 세상 모든 것이 달린 것 같다. 거만한 얘기 같지만 그런 느낌이 든다.

몇 년 전 할아버지 꿈을 꾼 기억이 난다. 꿈에 할아버지의 트럭(할아버지는 트럭 운전사셨다)이 쇼핑센터 주차장 같은 곳에 세워져 있고 할아버지가 트럭 안에 누워 계셨다. 돌아가신 것 같았다. 두들겨 맞은 듯한 모습이었다.

(후에 엄마와 다시 만났을 때 할아버지가 차에 치여 돌아가셨다는 사실을 알았다.)

a stolen life

2004년 3월 13일

미안하다. 내가 만족시켜주지 못하는 모든 것이 다 미안하다. 그가 원하는 내가 될 수 없어 미안하다. 그게 뭔지도 잘 모르겠다. 그냥 미안하다. 가끔은 못 견디게 외롭다. 말도 안 되는 소리라는 걸 안다. 왜냐하면 난 혼자가 아니니까. 우리 고양이들이 있고 나를 사랑해주는 사람들도 있다. 그런데 내가 뭘 원하는 건지 모르겠다. 어떤 날은 모든 것이 분명하고 참 쉬워 보이다가도, 다음 날은 흐릿하고 내가 원하는 게 보이지 않는다. 생각할 시간이 많은 밤은 최악이다. 가끔은 내가 지나치게 호들갑스럽고 투정이 심한 것 같은 생각도 든다. 불평할 게 뭐가 있을까? 먹을 음식이 있고, 비를 피할 집도 있다, 텐트가 새지만 않으면. 그(필립)에게 상처 주고 싶지 않다. 가끔은 내 존재 자체가 그에게 고통인 것 같다. 그런데 어떻게 그에게 내 마음대로 자유롭게 다니고 싶다고 말할 수 있을까? 가족이 있다고 자유롭게 말하고 싶다고, 자유롭고 싶다고.

2004년 5월 23일

매일매일의 일상에 대해서는 잘 쓰지 않지만, 오늘은 끔찍한 일이 있었기 때문에 적어두어야 할 것 같다. 오늘 하루는 시작부터 좋지 않았다. 필립이 시무룩한 걸 보니, 하루 종일 소파에서 잠이나 자고 있을 게 뻔했다. 그가 게으름을 피우는 게 싫다. 내가 하루 종일 일할 때 그는 자기가 하고 싶은 대로 다 한다. 넌더리가 나지만, 어쩔 수가 없다. 어제 낸시가 나를 데리고 중고품 할인 매장에 가도 되느냐고 물었고 그가 허락해주었다. 낸시와 함께 외출하는 게 좋을 때도 있고 싫을 때도 있다. 가끔 그녀가 쌀쌀맞게 굴면, 꼭 내가 무슨 잘못이라도 저지른 것 같은 기분이 든다. 그녀는 내게 가고 싶은 곳을 물어보지만, 내가 말하는 곳마다 그녀의 마음에 안 드는 것 같아 미리 그녀의 속내를 떠보게 되었다. 오늘 우리는 피츠버그의 굿윌에 갔다가 앤티오크의 구세군으로 갔다. 나는 사고 싶은 옷이 있으면 항상 그녀에게 보여주고 그녀의 의견을 물어본다. 신발 코너에서 나는 의자에 핸드백을 내려놓고, 낸시가 내 마음에 들 거라고 말한 신발을 신어보았다. 신어봤더니 너무 커서 그녀를 따라 다른 코너로 갔다. 1, 2분 후에 핸드백을 깜박한 사실을 깨닫고 낸시에게 신발 코너로 가야겠다고 했다. 돌아가서 둘러봤지만 내 핸드백은 어디에도 없었다. 도둑맞은 것이다. 순간 난 믿을 수가 없었다. 마치 내 일부를 도둑맞은 기분이었다. 말도 안 되는 소리지만, 그런 기분이었다. 난 바보가 된 것 같은 심정으로 낸시에게 내 부주의함을 사과했다. 전기가스 요금으로 낼 돈을 낸시에게 받아서 안전하게 보관하려고 내 핸드백에 넣어두었는데 그것도 없어져버렸다. 몸이 휘청거리고 곧 울음이 터질 것 같았다. 낸시가 필립에게 전화하는 동안 나는 어린이 코너로 갔다. 엄마들이 쇼핑하는 동안 아이들이 앉아서 기다리는 작은 의자에 앉아 울었다. 내가 왜 울었는지 모르겠다. 잃어버린 돈은 일을 해서 금방 메울 수 있다. 그게 다가 아니었다. 다시는 '집'을 떠나기 싫다는 생각이 들었다. 누군가가 내 물건을 훔쳐가다니, 믿을 수가 없었다. 이곳을 떠나면 안전하지 못한 것 같다. 안전한 필립의 뒤뜰에서 나가면 무사하지 못할 것 같다. 적어도 여기서는 무슨 일이 일어날지 예상할 수 있으니까.

2004년 6월 27일

정말 쓸쓸하다. 쓸쓸하고 뭔가가 빠진 것 같은 기분이다. 달아나고 싶지만 어디로 달아나야 할지 모르겠다. 소리 지르고 싶지만, 아무에게도 상처를 주고 싶지 않다. 뭔가 말하고 싶지만, 무슨 말을 해야 할지 모르겠다. 사랑은 쉽다. 힘든 건, 필요한 사랑 없이 살아가는 것이다.

그저 숨을 쉬기 때문에 사는 인생이 가치 있을까, 아니면 삶을 일구는 것이 더 가치 있을까? 아무런 선택권이 없다면? 좋든 나쁘든 삶을 일궈나가야 한다. 살면서 선택을 하고 그 선택의 결과를 짊어지고 살아야 한다. '그날' 내게 선택권이 있었을까? 학교에 가지 않고 집에 있겠다고 선택할 수 있었을까? 벌은 받았겠지만, 내 인생이 이렇게 송두리째 바뀌지는 않았을 것이다. 그 모든 일을 겪고도 난 여기 있는 삶을 택할까?

2004년 7월 5일

침몰하고 있는 기분이다. 내 뜻대로 살고 싶다. 내 인생이니 내가 원하는 대로 할 수 있어야 한다. 그런데 그(필립)가 또 망쳐버렸다. 몇 번이나 내 인생을 빼앗아갈 생각이지? 그는 자기가 던지는 말들이 감옥처럼 나를 가둬버린다는 사실을 모르는 것 같다. 그걸 보고 싶은 건가?

요즘 그녀 생각이 많이 난다. 클릭 두 번만 하면 그녀를 볼 수 있다는 걸 안다. 그녀를 보고 싶다. 그런데 왜 나는 망설이는 걸까? 첫걸음을 떼기가 무서워서일까. 앞으로 더 나갈 수 없다는 걸 알고 있으니까. 그러면 가슴 아프겠지. 못난 겁쟁이 같으니라고! 두려워하는 내가 싫다. 왜 내 인생을 내 마음대로 할 수 없는 거야! 이젠 내 생각이 내 것인지도 확신이 안 선다. 그(필립)에게 내 기분을 말할 수도 없다. 내가 천사들에게 조종당하고 있다고 할 테니까. 그에게 내 감정을 짐 지우기 싫다. 왜 내가 그에게 상처를 줄까봐 걱정해야 하지? 그가 내게 상처를 줬는데! 하지만 그대로 되돌려줄 수는 없다. 그들처럼 되기 싫다.

2004년 9월 4일

화가 나서 미칠 지경이다. 화를 억누를 수가 없다. 그가 한 짓은 잘못됐다고 생각한다. 왜 한 번이라도 고집을 꺾고 남을 그냥 내버려두지 못하는 걸까! 이런 감정들을 글로 적으면 기분이 조금 풀린다. 그에게 말할수는 없다. 그랬다간 그가 곧장 말로 나를 제압해버리니까. 게다가 난 하고 싶은 말을 제대로 표현하지 못한다. 말하고 싶은 것이 있어도 생각대로 나오지 않는다. 왜 그럴까? 내가 나섰다면 싸움을 막을 수 있었을까. 그래도 어차피 그는 똑같은 말을 했을 거다. 내 기분을 얘기하면 보나 마나 "천사들이 널 조종하고 있다."라고 하겠지. 스스럼없이 그에게 말할 수 있으면 좋겠지만, 어림도 없다. 그러니 이 감정들을 그냥 연필 끝으로 흘려보낼 수밖에. 신기하게도 벌써부터 긴장감이 풀린다. 이제 오늘 밤의 기억을 생각하고 분석하고 되씹고, 어떻게 할지 결론을 내리는 일만 남았다. 그가 없어서 긴장이 풀리는 건지도 모른다. 지금은 나만의 공간에 있다. 내 텐트가 좋다! 내가 하고 싶은 대로 할 수 있는 나만의 공간이다. 그를 다시 보면, 그가 큰 잘못을 했다고 당장에 말해주고 싶다. 하지만 자기가 한 일에 책임을 질 사람이 아니다. 늘 남의 탓이고, 이제는 주로 천사들을 탓한다. 내가 대들어봤자 천사의 조종을 받고 있다고 할 테니 아무 소용 없다. 가끔은 그(필립)에게서 멀리 떨어져 살고 싶다는 생각이 든다. 그런 꿈을 꾸기도 한다.

2004년 10월 3일

그와 붙어 있는 시간이 줄어들면, 그가 내게 저지른 짓에 대한 기억들이 조금 더 빨리 사라지지 않을까 하는 생각이 가끔 든다. 힘들다. 그리고 그때의 기억이 싫다. 그 기억들이 영원히 사라져버렸으면 좋겠다. 그녀가 그립다. 그녀에게 한 번만 더 안길 수 있다면 무슨 대가라도 치르겠다. 그러면 그녀는 날 꼭 껴안고 절대로 놔주지 않겠지. 이런 밤에는 누가 나를 포근하게 안아줬으면 좋겠다. 네오가 내 곁에서 위안을 준다. 네오가 없었으면 어쩔 뻔했어.

하고 싶은 일 10가지

    1. 살 빼기

    2. 아침에 요가하기

    3. 글 많이 쓰기

    4. 새로운 것 배우기

    5. 내가 좋아하는 모든 사람들 만나기

    6. 2개 언어 배우기

    7. 패러글라이딩 배우기

    8. 세계 여행

    9. 스노클링 배우기

    10. 엄마 만나기

2006년 3월 28일

미래에 이루고 싶은 꿈들

    1. 엄마 만나기

    2. 피라미드 보기

    3. 열기구 타기

    4. 운전 배우기

    5. 돌고래들과 함께 수영하기

    6. 고래 만지기

a stolen life

7. 기차 타기

8. 구식 요트 조종 배우기

9. 베스트셀러 읽기

10. 매일 해변에서 말 타기

필립이 우리에게 가르친 성경 가운데 한 편을 옮겨본다.

요한복음 1장 1절

지혜는 모든 것에 앞서 창조되었다.

하느님은 곧 삶의 방식이다. 하느님은 지혜, 사랑, 정의를 품고 실천하신다. 세 가지는 하나다.

여인은 우리 모두의 안에 있다. 그녀는 우리의 잠재의식을 의미한다. 그녀는 우리 안에서 늘 좋고 나쁜 결정을 내린다. 사람은 남성과 여성을 의미한다. 성경에 나오는 동산이나 들판은 우리 마음의 내적 활동이다. 하느님은 우리 정신이 진화되는 단계를 통해 사람(인간, 남성과 여성)을 발전시키셨다. 우리 인간들은 아직 깊은 잠에서 깨어나지 않았으며 우리 안의 여인(잠재의식)과 하나가 되지 않았다. 우리의 옷(나쁜 행동)을 벗고 알몸이 되지 않았다. 하느님(삶의 방식)으로서 사는 것, 그것이 바로 우리 창조주의 의도였다.

에덴의 동산(우리의 마음)에 있는 뱀은 우리의 잠재의식과 의식의 대화를 의미한다. 우리 안에서 가끔 벌어지는 전쟁 같은 것이다. 잘못된 일을, 혹은 잘못되거나 위험해질 가능성이 있는 일을 우리에게 시킨다. 그

걸 경험해본 적이 없다면 그 전쟁에서 어떻게 이길 수 있겠는가? 그래서 여인(동산의 이브, 우리의 잠재의식)은 남편(우리의 잠재의식, 아담)에게 사과(새로운 경험)를 주었다. 우리의 창조주는 사람이 언젠가 하느님처럼 되도록 성장시키는 유일한 방법은 경험을 통해 배우게 하는 것임을 알았다.

우리의 창조주가 만물에 불어넣은 숨결은 좋든 나쁘든 선택을 할 수 있는 자유였다. 그래서 창조주는 우리의 배움의 여정에 우리와 함께해줄 조력자(우리의 잠재의식, 우리 안의 여인)를 주셨다.

태초부터 우리는 하느님의 길과 우리의 마음과 싸워왔다. 카인과 아벨의 이야기는 혼돈을 의미한다. 카인은 우리가 매일 마주치는 부정적인 정보와 그런 생각들에 점령당하는 결과를 의미한다. 아벨은 우리가 옳다는 걸 알면서도 귀 기울이지 않는 어떤 것이다. 그리고 카인(부정적인 것)이 이기게 내버려두면, 아벨(옳은 것을 느끼는 감각)을 죽이게 된다. 하지만 삶의 모든 측면에서 그렇듯이, 우리는 실수를 통해 변하고 성장하고 배울 수 있는 능력이 있다. 우리 안의 여인은 우리가 삶에서 내리는 결정에 따라 선할 수도 나쁠 수도 있다.

2006년 5월 16일

좋아하는 노래와 가수

켈리 클락슨 : 비하인드 디즈 헤이즐 아이스(Behind These Hazel Eyes),
미스 인디펜던트(Miss Independent), 워크 어웨이(Walk Away)

a stolen life

스리 도어스 다운 : 슈퍼맨 크립토나이트(Superman Kryptonite), 클로
스 투 홈(Close to Home)

케이티 턴스털 : 블랙 호스 앤 더 체리 트리(Black Horse & the Cherry Tree)

머룬 파이브

매치박스 투엔티

다이도 : 화이트 플래그(White Flag)

니클백

그린 데이 : 불러바드 오브 브로큰 드림스(Boulevard of Broken Dreams)

원 리퍼블릭

파이브 포 파이팅

제이슨 므라즈 : 더 레머디(The Remedy)

2006년 9월 18일

오늘은 속이 무너져 내렸다. 그들(천사들)이 그를 이용하여 내게 상처를 주었다. 용납할 수 없다! 그는 내 속을 깊숙이 도려냈고, 그 깊은 상처를 치료하는 데는 오랜 시간이 걸릴 것이다. 처음엔 그 둘(필립과 낸시)에게 분노했지만, 시간이 지나면서 분명하게 이해가 됐고 이젠 뭘 탓해야 할지 제대로 알고 있다. 난 극복해낼 것이다. 사랑이 승리할 것이다. 내가 이길 것이다!

2006년 9월 20일

그가 또 우리 돈을 마음대로 가져갔다는 사실을 알았다. 그는 천사들이 시킨 거라고 말한다. 그는 무슨 짓을 하든 책임지지 않는다. 지난번에 다시는 안 그러겠다고 해놓고서. 또 그렇게 했다. 또 그런 짓을 저지른 그(필립)를 미워하라고 천사들이 내게 말한다. 그를 탓해서는 안 된다는 걸 알지만, 그러지 않기가 어렵다. 그는 자기 말을 믿으라며, 천사들이 시킨 거라고, 자기 잘못이 아니라고 한다. 그도 나름대로 이유가 있어서 돈을 가져갔을 것이다. 우리에게 상처를 주려고 일부러 그런 건 아니겠지만, 우리는 상처받았다. 그가 내게 하는 것처럼 나도 그에게 소리 지르고 퍼붓고 싶었다. 하지만 그러지 않았다! 그를 도무지 믿을 수 없다. 그에게 화를 내지 않기가 힘들다. 이 문제를 해결해야겠다. 그는 A에게도 고함을 질러 아이를 울렸다. 그래놓고는 또 천사들을 탓했다.

2006년 9월 21일

필립과 낸시가 하는 일이라곤 하루 종일 자는 것뿐이다. 천사들 때문이라지만, 대체 그들은 언제쯤 알아서 일을 할까? 난 온종일 일하고 그들은 잔다. 한심하다! 오늘 정신과 의사를 찾아가서 천사들에 대해, 그리고 필립이 목소리를 듣는다는 얘기를 할 거라더니, 필립은 천사들이 그와 낸시를 너무 졸리게 하는 바람에 차를 몰고 의사에게 갈 수 없다고 말한다. 그래도 어쨌든 그들은 다녀왔고 아무 문제 없어 보였다. 어쩌면 그에게 지금 필요한 도움을 정신과 의사에게서 받을 수 있을지도 모른다.

2006년 9월 27일

오늘은 하루 종일 슬펐다. 아무런 희망도 느껴지지 않는다.

2006년 11월 5일

오늘 천사들이 낸시에게 자살 생각을 하게 만들었다. 그녀가 그런 말을 하면 듣고 있기가 무척 힘들다. 나까지 축 처지게 된다.

2007년 2월 21일

절망적이다. 아무도 신경을 안 쓰는 것 같다. 올해 들어서는 너무 힘이 든다. 우선, 무엇 하나 제대로 풀리는 게 없다. 필립의 "내 목소리 들려?" 의식을 목격한 한 손님이 오늘 계약을 취소했다. 필립은 천사들이 그녀의 남편에게 손을 써서 그녀가 계약을 취소하게 만든 거라고 한다. 믿음이 있는 모든 사람들이 우리에게서 떠나버리지나 않을까. 얼마 전에 필립이 우리가 번 돈을 또 몰래 빼내서 물건을 사는 데 썼다고 말했다. 무슨 물건인지는 말해주지 않으려고 했다. 그를 믿을 수 없을 것 같다. 그는 그게 바로 천사들이 원하는 거라고 한다. 우리가 서로 등지는 것. 너무 혼란스럽다.

요즘 들어 악몽도 몇 번 꿨다…… 예전과는 전혀 다른 내용이다. 한번은 연쇄 살인마가 우리 모두를 죽이는데 아무도 그 사실을 모르는 꿈을 꾸었다.

필립은 천사들이 그에게도 끔찍한 꿈을 꾸게 만들어서 기분이 더럽다고 말한다. 낸시도 끔찍한 시간을 보내고 있다. 필립의 말로는, 천사들이 수많은 나쁜 꿈으로 그녀를 괴롭히고 있단다.

그런 끔찍한 일이 일어나는 지구에서 살고 싶지 않다는 생각도 가끔 든다. 하지만 포기하지 않을 것이다.

2007년 3월 16일

요즘 스트레스가 엄청 심하다. 계속 닦달당하는 기분이다. "내 목소리 들려?" 때처럼. 나더러 자꾸 들으라는데 난 아무 소리도 안 들린다. 목소리를 듣는 사람들과 교회 사람들에게 이메일을 보내라고 내게 시킨다. 그래야 과업을 달성할 수 있다고. 왜 그는 내게 이렇게 큰 부담을 주는 걸까? 왜 자기 계획을 알아서 해결하지 못할까? 우리의 생활을 유지하는 것만으로도 난 바빠 죽을 지경이다.

내 안의 부정적인 감정을 없애주는 자기 암시 주문

    1. 나는 창의적이고, 긍정적이고, 행복하며, 성공한 사람이다.

    2. 나는 마음먹은 모든 것을 성취할 수 있다.

    3. 우리는 노력만 하면 모든 것을 이룰 수 있다.

    4. 나는 강하고 유능한 사람이다.

    5. 우리는 성공할 것이다.

    6. 나는 강인하고 건강한 몸과 정신을 갖게 될 것이다.

    7. 사랑만 있으면 무슨 일이든 가능하다.

    8. 우리는 목표를 달성할 수 있다.

    9. 나는 매일 아침 일어나서 운동할 수 있다.

    10. 나는 건강에 좋은 음식을 먹을 수 있다.

    11. 행복을 습관으로 만든다.

    12. 내 주장을 더욱 강하게 내세울 것이다.

    13. 오늘은 눈부시게 아름다운 날이다.

    14. 나는 매일 목표를 향해 나아간다.

    15. 매일을 긍정적인 날로 만든다.

2007년 5월 1일

내가 좋아하는 명언들

    세상은 돌고 변하지만, 한 가지는 변하지 않는다. 아무리 위장하려 해도 변치 않는 것, 그것은 선과 악의 영원한 싸움이다.
―T. S. 엘리엇

일어날 일은 일어나게 되어 있다. 시간이 더는 존재하지 않을 때까지 기적은 일어나게 되어 있고, 시간에는 끝이 없다. ―딘 쿤츠

희망, 사랑, 믿음, 이 모든 것은 기다림 속에 있다. ―딘 쿤츠

내 영혼에게 말했노라, 조용히 희망 없이 기다려라. 희망은 그릇된 것을 바라는 희망일 테니. ―T. S. 엘리엇

언젠가 가보고 싶은 곳들

    1. 이집트

    2. 아프리카의 빅토리아 폭포

    3. 알래스카에 가서 북극광 보기

    4. 노르웨이에 가서 북극광 보기

    5. 이탈리아

    6. 그리스

    7. 아일랜드

    8. 갈라파고스 제도

살아남다

팻의 건강이 아주 나빠졌다. 필립이 아이들에게 집 안에 머물면서 팻의 곁을 지키라고 했다. 요전 밤에 그녀가 쓰러지자 아이들이 필립에게 연락했고 그가 구급차를 불렀다. 병원으로 실려간 팻은 파킨슨병과 가벼운 치매 진단을 받았다. 낸시와 나, 아이들이 열심히 그녀를 돌보고 있는데, 쉽지만은 않다. 그녀는 걸음이 불편해서 혼자 화장실에 가지 못한다. 내 간호 차례가 되면 나도 본채에 들어갈 수 있다. 낸시는 밤에 팻과 가까이 있기 위해 집 안에서 자기 시작했고, 아이들은 내가 늘 '옆집'이라고 부르던 파란색 건물에서 잔다. 나는 뒤편에 있는 내 텐트에서 잔다.

텐트의 수명이 그리 길지 않아서 2, 3년에 한 번씩 텐트를 갈아준다. 이번 텐트는 예전 것들보다 조금 더 오래갈 것이다. 텐트를 치기 한 달 전에 필립이 땅바닥을 높여놓았기 때문에 물에 덜 젖는다. 필립은 집 안의 소파나 남는 방에서 낸시와 함께 자고 있다. 새로운 법령 때문에 보호 관찰관이 꽤 강하게 그를 감시하고 있다. 그래서 이제 외출하기가 더 힘들어졌다.

　몇 달 후, 필립은 다른 보호관찰관이 새로 왔으니 보고하라는 통지를 갑자기 받았다. 초반에 보호관찰관이 갑작스레 방문하곤 할 때 필립은 우리를 뒤뜰로 보냈다. 그러다가 나중에는 법 체계에 짜증을 내기 시작하면서 우리가 집에 있건 말건 신경 쓰지 않았다. 이제는 아이들도 집 안에서 잔다. 한번은 보호관찰관이 불시 방문했다가, 작은 방에서 자고 있는 아이를 보았다. 나는 나중에 아이들이 겁에 질려서 해주는 얘기를 듣고 알았다. 필립은 내게 다음번에 보호관찰관이 집에 오면 내 딸의 방에 들어갔던 사람인지 물어보라고 했다.

　그 후에 새 보호관찰관이 한 명 또 왔다는 연락을 받았다. 어느 날 내가 집에서 그의 어머니를 돌보고 있을 때 새 보호관찰관이 왔기에 그에게 내 딸의 방에 들어갔던 보호관찰관이냐고 물었다. 그는 아니라고 답했고 나는 휠체어를 밀어 팻을 그녀의 방으로 데려갔다. 보호관찰관은 필립의 소변 샘플을 가지고 나갔다. 보호관찰관의 방문이 잦아질수록 필립은 점점 더 짜증을 내고 과대망상이 심해지고 있다. 자기는 아무 잘못도 안 했다고 생각하니까. 그래서 감시를 견디지 못하고 있다. 변호사를 구해 가석방에서 벗어나고 싶어한다.

　집에 세탁기와 건조기가 있지만, 건조기는 고장났고 세탁기도 잘 돌아가지 않는다. 세탁기는 꼭 있어야 한다. 인쇄 사업이 잘 안 되고 있어서 돈이 별로 없다. 빨래방에 가서 빨래할 돈도 없다. 필립이 드디어 세탁기를 고쳤다. 하지만 사용하려면 밖에서 해야 한다. 집 안에는 배수가 안되기 때문이다. 그래서 우리는 세탁기를 밖으로 옮겼다. 엄청 무거워서 우리 모두 함께 들고 마당 한가운데에 있는 소나무 밑으로 옮겨야 했다. 그가 전선을 이어주고 나서 마침내 빨래를 할 수 있게 되었다. 빨랫감이 쌓이지 않을 테니 다행이다. 특히 팻이 병들고 난 후 오줌과 똥을 많이 싸서 빨아야 할 이불이 많다.

팻이 몸져누운 후로 집이 엉망진창으로 돌아가기 시작한 것 같다. 낸시가 집 한가운데에 고여 있는 커다란 물웅덩이를 발견했고, 확인하러 내려간 필립은 도관이 썩고 있는 것을 알았다. 아래층 포치의 싱크대가 툭하면 막혀서 필립이 사이펀 호스로 물 빼는 법을 가르쳐주었다. 하루에 세 번 이상은 그렇게 해줘야 하고, 그러지 않으면 싱크대 통이 넘쳐흘러서 바닥을 닦아야 한다. 벌써 몇 번이나 그런 일이 벌어졌고 바닥 물을 닦아내는 건 여간 힘든 일이 아니다. 배수관에 막히는 물은 시커먼 회색이다. 정말 구역질 난다! 물 빼는 일이 싫다. 하지만 그의 엄마를 돌보는 일은 훨씬 더 싫다. 그녀는 점점 이상한 행동을 많이 하고, 나쁜 짓 같은 건 절대 할 리 없는 그녀의 사랑하는 아들에게만 잘해준다. 내가 화장실에 데려다 주거나 산책이나 운동을 시켜줄 때 그녀는 정말 기분 나쁜 말들을 한다. 필립 말고는 모든 것을 싫어하는 여자다. 낸시도 힘들어하지만, 그래도 팻이 그녀의 말은 가끔 잘 듣는다. 팻은 내심 나를 싫어하고, 내가 무엇을 의미하는지 아는 것 같다. 우리가 그녀에게 얘기해준 적은 없지만, 그녀가 인정하고 싶지 않은 아들의 일면을 보여주는 게 바로 나라는 걸 아는 것이다.

그녀가 쓰러지기 전에 나는 고작 두 번 그녀를 봤다. 그녀는 나를 낸시가 거리에서 데려온 아이들의 언니 알리사로 알고 있었다. 필립이 꾸며

낸 이야기였는데, 가끔은 이 아이들이 엄마 손녀들이에요, 라는 말도 했던 것 같다. 그녀가 무슨 생각을 했는지는 모르겠다. 그녀는 퇴직한 후로 하는 일이 별로 없었다. 하루 종일 텔레비전만 보고, 필립이 내 고양이를 줬던 이모 실리아와 함께 쇼핑을 가기도 했다. 팻이 쓰러진 후 실리아도 세상을 떠났고, 낸시는 그 사실을 팻에게 알려야 했다. 팻의 기억력은 오락가락했다. 파킨슨병은 그녀의 몸을, 치매는 그녀의 정신을 갉아먹고 있었다. 참 안타까운 일이다. 어쩌면 자신의 아들이 그런 흉악한 짓을 저질렀다는 사실을 영원히 모르는 편이 더 나을지도 모르겠다.

발견과 재회

8월 24일, 필립은 샌프란시스코의 FBI 사무실로 아이들을 데려갔다. 아이들이 함께 있으면 사람들이 얘기를 더 잘 들어준다며 아이들을 데려가고 싶다고 했다. 나는 잠깐이라도 아이들이 집 밖으로 나갈 수 있는 기회가 될 거라고 생각했다. 그해에 우리는 외출을 전혀 하지 못했다. 팻을 돌봐야 했고, 그녀 혼자 집에 오래 남겨둘 수 없었기 때문이다. 파킨슨병과 치매가 더 악화되어 안 좋은 상황이었다.

그날 오후 늦게 필립과 아이들이 돌아왔을 때 모든 것이 평소와 다름없어 보였다. 나는 어떻게 됐느냐고, 그가 바라던 대로 됐느냐고 물었다. 그러자 그는 버클리대학 교정의 경찰 두 명을 만났는데 그의 얘기에 아주 큰 관심을 보였다고 말했다. 그들이 '홱 돌아서'(그는 사람들의 반응을 설명할 때 이 표현을 자주 썼다) 그의 발견을 신나게 들었다고 했다. 발견이란, '블랙 박스'의 도움을 받아 그가 마음의 힘으로 말하면 다른 사람들이 그 얘기를 들을 수 있다는 것이었다. 그날 그는 '정신분열증의 폭로' 라는 문서들도 샌프란시스코 FBI 사무실에 주고 왔다. 거기서도 비슷한 반응을 얻어냈다고 했다. 필립은 드디어 때가 왔다며, 이제 '하느님의 소망' 교회와 '하느님을 위한 전쟁'을 진행할 수 있게 됐다고 말했다. 나는 그날 그가 하는 얘기에 별로 신경 쓰지 않았다. 전부터 수도 없이 들었던 얘기였으니까. 사실 생각하고 싶지도 않았다. 또다시 실망하고 싶지 않았기 때문이다. 이제 일을 제대로 시작해서 아이들에게 진짜 가정교사를 구해주고 힘들게 일하지 않아도 잘 먹고 잘살 수 있을 거라는 얘기를 한두 번 들었던 것이 아니다. 내 마음 깊숙한 곳에는 어느 날 그가 크게 성공하면 날 엄마에게 돌려보내주지 않을까 하는 은근한 희망이 숨어 있었다. 그래서 많은 걸 묻지 않고 내 일에만 집중하기가 더 쉬웠다. 언제나 애매하고 자꾸 되풀이되기만 하는 그의 대답에 실망하기 싫어 웬만하면 질문을 하지 않게 되었다.

다음 날인 25일, 나는 '뒤뜰 사무실'에서 다음 날까지 끝내야 할 인쇄 작업을 마무리하고 있었다. 아이들은 밖에서 놀고 있었다. 낸시는 집 안에서 팻을 돌보고, 필립 역시 집 안에서 잠을 자거나 아니면 성경을 읽고 있었다. 오후 5시쯤 됐을까. 갑자기 낸시가 달려와서는 필립이 체포됐다고 말했다. 나는 충격에 휩싸였다. 처음엔 농담인 줄 알았지만, 그녀의 얼굴에 근심이 어려 있었다. 나는 그녀에게 진정하라고, 아무 일도 아닐 거라고 말했다. 필립은 무슨 문제가 생기면 변호사부터 구하라고 늘 말했기 때문에 나는 그녀에게 전화번호부에서 변호사와 보석보증인을 찾으면, 필립이 전화해서 어떻게 할지 알려줄 거라고 말했다. 아이들을 불안하게 만들고 겁주기 싫었다. 속으로는 초조해 죽을 것 같아도 겉으로는 아무렇지도 않은 척 침착하게 행동하는 데 이력이 나 있었다.

낸시와 내가 전해주는 얘기에 아이들은 겁을 집어먹었다. 왜 그가 체포당했는지 전혀 이해를 못했다. 그 시점에는 우리 모두 그랬다. 수년 전부터 아이들과 나는 필립이 어떤 여자를 해친 죄로 수년간 감옥에 있다가 가석방된 상태고, 집에 오는 보호관찰관들은 그를 감시하러 오는 거라는 사실을 서서히 알게 되었다. 그리고 우리가 거기 산다는 사실을 보호관찰관들에게 들키지 않도록 조심해야 했다. 아이들은 거기까지만 알았다. 나는 수년간의 감옥살이 이야기를 그에게서 들은 적이 있었다.

몇 시간 후, 우리 모두 집 안에 앉아 마음을 가라앉히려고 애쓰면서 그의 전화를 기다리고 있을 때, 필립과 그의 보호관찰관이 뒤쪽 포치 문으로 걸어들어왔다. 우리는 어리벙벙해졌고 안도했다. 필립은 늘 답을 알고 있는 사람이었고, 그가 없으면 우리는 뭘 어떻게 해야 하는지 알 수 없었다. 낸시는 달려가 필립을 껴안으며 긴장과 안도의 눈물을 흘렸다. 아이들과 나는 거실에서 보호관찰관이 필립의 수갑을 풀어주며 다음 날 콩코드 보호관찰소에 나와 보고하라고 지시한 다음 나가는 모습을 지켜보았다. 몇 시간 후 상황이 진정되자 나는 참지 못하고 울기 시작했다. 다른 사람들이 보기에는 그가 돌아와서 안도한 것처럼 보였겠지만, 사실 내 마음 깊은 곳에서 흘러나온 분노의 눈물이었다. 그랬다, 화가 났다! 모든 것에 화가 났다. 그를 잡아갔던, 그리고 다시 풀어준 보호관찰관에게 화가 났다. 이 모든 일을 미리 막지 못한 필립에게 화가 났다. 우리는 그에게 의지했고, 바로 그 사건으로 우리가 얼마나 그에게 의지하고 있는지 분명해졌다. 그런데 그는 전혀 신경 쓰지 않는 눈치였다. 그의 관심사는 오로지 천사였다. 그럼 우린 어떡하라고? 그는 항상 그런 식이었다.

그가 어떻게 풀려난 건지 조금 궁금하기도 하다. 아마 나를 기억하는 사람이 아무도 없었을 것이다. 그 일로 자기가 법 위에 있다는 필립의 망상은 더욱 커지기만 했다. 감쪽같은 유괴에서부터 이번에 풀려난 일까지 이 모든 사건들이 그저 우연의 일치가 아니라 천사들의 소행이라고 믿었다. 나를 납치하기 전에 천사의 목소리를 듣는 능력이 생겨나고 있었는데, 천사들이 그의 입을 막기 위해 나를 납치하게 해서 그의 신경을 딴 곳으로 돌려 자기들의 세계에서 그를 쫓아냈다는 것이 그의 이론이었다. 그날 천사들이 아니었다면 유괴를 성공했을 리가 없다는 것이었다. 천사를 항상 좋게 생각했던 난 더 혼란스러워졌다. 하느님이 지켜줄 가치가 있다고 생각할 만큼 필립은 정말 특별한 사람일까? 아니면 그저 변명거리를 만들기 위해 그가 지어낸 이야기일까? 그럼 난 뭐지? 난 아무 가치도 없나? 그저 이용해먹을 물건에 불과한가?

우리는 모든 문제가 해결됐다고 생각하고 걱정 없이 잠자리에 들었다. 다음 날 아침 아직 내 텐트에서 자고 있는데 필립이 와서는 텐트 창을 통해 말했다. 오늘 아침 다 함께 보호관찰소로 갈 테니 옷을 입으라고. 당국에 시달리는 것도 이제 지긋지긋하다며, 아무 문제 없다는 걸 그들에게 보여주면 그의 '대업/사명'을 계속 진행할 수 있을 거라고 했다. 나는 무서웠다. 뭐라고 할 말이 없었다. 옷을 입고 본채로 들어가보니 아이들도 옷을 차려입고 준비를 마친 상태였다. 집을 나가기 전에 필립이 나더러 콩코드의 한 변호사에게 보내는 편지를 컴퓨터로 치라고 했다. 그는 보호관찰소로 가는 길에 편지를 변호사에게 맡기고 그의 대업이 진행 중이라는 사실을 알려주고 싶어했다. 또 조만간 이 변호사의 도움이 필요할 거라는 얘기도 덧붙였다. 팻은 아직 잠들어 있었는데, 필립은 우리가 돌아올 때까지 별문제 없을 거라고 했다. 보호관찰소로 가서 내가 무슨 말을 해야 하느냐고 물었더니 그는 이렇게 대답하라고 했다. 나는 아이들의 엄마고, 자의로 그의 아이를 낳았으며, 또 그가 성범죄자라는 사실을 알고 있었다고. 다른 질문을 하면 변호사를 요구하고 아무 말도 하지 말라고 했다. 우리는 차에 탔고, 내가 긴장하고 있는 걸 눈치챈 그는 다 잘될 거라고, 집으로 오는 길에 아침식사를 하자고 말했다. 나는 아무 말도 할 수 없어서 그저 어깨만 으쓱했다. 속으로는 대체 그가 무슨 생각을 하고 있는지 궁금했다. 우리가 보호관찰소로 걸어들어갔다가 정말 아무 일 없이 무사히 나올 수 있을 거라 생각하는 건가? 하지만 오랜 세월 무슨 일이든 그의 뜻에 따르는 버릇이 들어버린 난 아무 말도 하지 않았다. 낸시는 가는 내내 말이 없었다. 아이들은 아무 문제 없을 거라고 말했지만, 나는 내가 말을 잘못해서 그의 계획을 다 망쳐버릴까봐 불안했다. 그는 내게 걱정할 것 없다고, 그들이 괴롭히면 곧장 변호사를 요구하라는 말만 되풀이했다. 필립은 무슨 일을 하든 항상 그 전에 계획을 세웠기 때문에, 나는 이번 일도 그가 다 생각해놨을 거라고 믿었다.

콩코드 보호관찰소에 도착하자 우리 모두 차에서 내렸다. 필립이 우리를 보호관찰소 문까지 몰고 갔다. 나는 우리를 향해 다가오는 필립의 보호관찰관을 알아보았다. 필립이 미성년자들을 데려온 걸 보고는 그가 얼떨떨한 표정을 지었다. 그는 나와 아이들과 낸시에게 안쪽으로 들어가자며, 아이들은 대기실에 있을 수 없다고 했다. 필립과 떨어져 딴 곳으로 끌려가게 되자 내가 그를 보며 어떡해야 하느냐고 눈으로 물었던 기억이 난다. 그는 내게 한쪽 눈을 찡긋했다. 그게 다였다. 보호관찰관은 우리를 어떤 조용한 방으로 데려가더니 왜 왔느냐고 물었다. 나는 필립이 시킨 대로 말했다. G가 태어난 후로 쭉 사용하고 있던 알리사라는 이름으로. 인쇄소 손님들이 알고 있는 내 이름이었다. 보호관찰관은 약 20분 동안 주로 내게 질문을 던졌다. 나는 누구고, 무슨 목적으로 가리도 부부와 함께 지내고 있는지 등등. 그러고는 우리를 보내주겠다면서 자기 명함을 내게 주고 가도 좋다고 했다.

우리는 뒷문으로 나와서 차 안에 앉아, 집으로 돌아가기 위해 필립이 어서 나오기를 기다리고 있었다. 앞으로 어떤 일이 펼쳐질지는 아무런 짐작도 못했다. 낸시가 이상하게 말이 없었고, 나는 내가 보호관찰관에게 말을 잘했느냐고 물었다. 그녀는 정말 잘했다며 딱 필요한 말만 했다고 했다. 그녀는 애당초 왜 필립이 우리를 데려왔는지 이해하지 못했다. 필립은 건물에서 나오지 않았다.

대신에 보호관찰관 두 명이 나왔다. 한 명은 내게 질문했던 바로 그 사람이었고, 그 옆에 다른 사람이 함께 있었다. 그들이 다가오는 걸 본 나는 낸시에게 내가 무슨 말을 해야 하느냐고, 무슨 일을 해야 하느냐고 물었다. 낸시는 미주리에 사는 필립 어머니의 먼 친척인 척하라고 했다. 두 보호관찰관이 차로 와서는 우리에게 차에서 내리라고 했다. 나는 낸시를 보며 어떻게 하느냐고 물었다. 그녀는 모르겠다고 했다. 처음 보는 보호관찰관이 아이들과 낸시에게 갓돌에 앉아 있으라고 했고, 필립의 보호관찰관은 내게 물어볼 것이 있다며 같이 가자고 했다. 큰 문제가 생긴 것 같았다. 그는 내가 거짓말을 했다고 말했다. 나는 이 아이들의 엄마가 아니라는 것이었다. 나는 그의 눈을 똑바로 쳐다보며 주장했다. "내가 두 아이 모두 낳았으니까 엄마죠!" 그는 필립이 우리 셋 모두 자기 형제의 자식들이라고 말했다고 했다. 나는 말문이 막혔다. 나더러 아이들의 엄마라고 말하라더니 자기는 왜 그런 말을 했을까, 그 이유를 도무지 알 수 없었다. 그에게 버림받은 기분이 들었다.

보호관찰관이 날 믿지 않으니까 딸들과 정말 헤어질지도 모른다는 생각이 들기 시작했다. 그는 날 거짓말쟁이로 생각했다. 내가 아이들의 엄마가 아니라고 생각하면 아이들을 내게서 떼어놓을 것 같았다. 그래서 난 싸우기 시작했다. 그에게 거짓말하기는 싫었지만 그를 설득하기 위해 최선을 다했다. 지금 생각하면 자랑할 만한 일은 아니지만, 나는 언제나 하던 대로…… 절망적인 상황에서 살아남으려고 애썼을 뿐이다. 나는 필립이 나를 위해 거짓말을 하고 있는 거라고, 폭력 남편에게서 도망친 처지라 내가 있는 곳을 아무에게도 알리고 싶지 않다고 말했다. 나는 이야기를 계속 지어냈다. 이때쯤 아이들은 정말 겁에 질려 있었다. 작은딸이 화장실에 가고 싶다고 했다. 보호관찰관이 자기가 함께 화장실에 가겠다고 했다. 우리는 걷기 시작했고, 나는 우리를 보내달라며 그를 또 설득했다. 그는 CPS(아동보호국)에 연락할 거라고 했다. 오랜 세월 필립은 자기만이 모든 힘과 답을 가지고 있다고 내게 납득시키려 애썼다. 난 너무 무서웠고, 내 인생을 곧 되찾을 수 있는데도 그가 내 안에 쌓아놓은 벽을 깰 수가 없었다.

처음 보는 여자 경관이 왔고, 아이들과 낸시는 나와 떨어져 다른 곳으로 갔다. 웬일인지 내가 용의자가 된 것 같았다. 나는 어떤 방에 혼자 있었다. 아이들을 다시는 못 볼 것 같은 생각이 들었다. 경관은 내가 어딘가에서 아이들을 납치해 도망쳐온 거라고 생각했다. 경관들은 내가 이름과 진실을 말해주지 않으면 경찰서로 데려가서 지문을 채취하고 내 정체를 밝혀내겠다고 했다. 나는 어찌해야 할지 몰라서 필립을 만나게 해달라고 했다. 그들이 그에게 수갑을 채운 채 내가 있는 방으로 데려왔다. 나는 그를 쳐다보았다. 경관들 앞에서 그에게 어떡해야 하느냐고 물었다. 경찰이 나와 아이들을 갈라놓을 거라고, 그런 일이 일어나게 가만있을 순 없다고 말했다. 나는 뭘 어떻게 해야 할지 갈피를 잡을 수 없었다. 항상 그가 모든 답을 가지고 있었으니까. 그는 흐리멍덩한 눈으로 나를 보며 변호사를 구하라고 했다. 경관들이 그를 데려가버렸다. 내 상황을 생각해볼 시간을 주려는 듯 나 혼자 또 한 시간 앉아 있게 하더니 그들은 여자 경관 한 명을 보내 나와 얘기하게 했다.

혼자 있는 시간 동안, 이제 필립은 없고 나 혼자뿐이니 내가 아이들을 돌봐야 한다는 사실을 깨닫기 시작했다. 하지만 필립과 낸시를 지켜주는 습관이 몸에 배어버린 터라, 낯선 사람에게 내 사연을 얘기하는 것이 그리 쉽지가 않았고 처음에는 하지 못했다. 나는 여러 번 변호사를 요구했지만, 당신은 아무 잘못도 안 했다면서 왜 변호사가 필요하다는 거죠? 라는 대답만 돌아왔다.

여자 경관은 동정 어린 표정으로, 내 아이들은 괜찮다고, 또 볼 수 있을 거라고 나를 안심시켰다. 나는 그녀에게 뭘 어떻게 해야 할지 모르겠다고 했다. 그녀는 또 내 이름을 물었고 난 말할 수 없다고 했다. 그녀는 모든 일에는 이유가 있는 거라며 다 잘될 거라고 했다. 그녀가 나가고 또 나 혼자 남았다. 잠시 후 그녀가 돌아왔다. 길고 긴 시간처럼 느껴졌다. 화장실에 수백 번은 간 것 같다. 그녀는 돌아와서 필립이 자백했다고 말했다. "오래전에 당신을 납치했다고 그가 자백했어요." 그녀는 내 이름을 또 묻고, 몇 살 때 납치됐느냐고 물었다. 나는 바로 그 질문을 기다리고 있었던 것처럼, 납치 당시 열한 살이었고 지금은 스물아홉 살이라고 대답했다. 그녀는 깜짝 놀란 표정을 지었다. 그녀가 다시 한 번 내 이름을 물었다. 나는 말할 수 없다고 했다. 까다롭게 굴려는 게 아니었다. 나는 18년 동안 그 이름을 말하지 않았다고, 대신 써보겠다고 했다. 그래서 그렇게 했다. 작은 종이에 떨리는 손으로 내 이름을 한 자 한 자 써나갔다.

JAYCEE LEE DUGARD

마치 악마의 주문이 깨지는 것 같았다. 그 순간, 자유를 느끼면서도 온몸에서 힘이 쭉 빠져나가고 동시에 완전히 살아나는 기분이었다. 감정이 롤러코스터를 탔다. 18년 만에 처음으로 내 이름을 적었다. 여자 경관이 내 생일과 어머니의 이름도 써보라고 했다. 나는 그녀를 보며 물었다. 엄마를 만날 수 있어요? 그녀가 답했다. 그럼요!

그들은 내 이름과 신원을 알고 나자 얼른 내 딸들과 다시 만나게 해주었다. 그제야 마음이 놓였다. 나와 아이들은 좀 더 편한 콩코드 경찰서로 옮겨가기로 했다.

경찰서에 도착하자 아이들은 사건 접수실로, 나는 어떤 방으로 안내되어 대기하고 있었다. 나 혼자 있을 시간을 주고 싶었던 모양이다. 그사이에 나는 내 이름을 알려줬던 여자 경관을 비롯해서 많은 사람들을 만났다. 내가 왜 그 방에서 대기하고 있어야 하는지 이유를 알 수 없었다. 자초지종을 설명해달라는 부탁을 몇 번 받았고, 그때마다 난 최대한 모든 일들을 얘기해주었다. 나를 찾아온 사람들 중에는 토드 경관과 베스 경관도 있었다. 그들은 자기소개를 하고는 내게 부탁할 게 있느냐고 물었다. 처음에는 없다고 했지만 생각을 바꿨다. 다른 방에서 G가 사람들을 붙잡고 집에 있는 소라게가 걱정된다고 얘기하는 소리가 들렸기 때문이다. 내가 집에 있는 소라게들을 아이에게 가져다줄 수 있느냐고 물었더니, 토드 경관은 알아보겠다고 했다. 이웃사람인 J 대신에 내가 돌보고 있던 개 두 마리와 우리 고양이들도 걱정스러웠다. 두 경관은 해결할 방법을 찾아보겠다고 했다. 또다시 혼자 있게 되자, 내내 꾹 참고 있던 눈물이 더는 기다리지 못하고 기어이 쏟아져 나왔다.

다음에는 엘도라도 카운티 보안관서에서 나온 경관 두 명의 도움으로 전화 통화를 할 수 있었다. 기다리고 기다리던 엄마와의 통화였다. 아드레날린이 넘쳐흘렀다. 받은 음식도 제대로 못 먹고, 닥터페퍼를 한 모금 마셨던 것 같다. 속이 울렁거렸다. 경관들이 내게 궁금한 것이 있느냐고 처음 물었을 때, 머릿속에 불쑥 떠올라 내가 던졌던 질문은 "엄마가 아직도 새아버지 칼과 함께 사나요?"였다. 엄마와 칼은 여러 해 전에 헤어졌고 지금은 같이 살지 않는다는 소식을 전해 들었다. 칼이 있는 집으로 돌아가야 한다는 생각에 조마조마했기 때문에 마음이 놓였다. 엄마와 함께 보낼 수 있는 시간이 있을 때 나와 엄마를 떼어놓으려고 했던 그가 원망스러웠다.

두 경관이 지켜보는 가운데 책상 위에 놓여 있는 전화기를 앞에 둔 나는 오로지 '엄마' 생각밖에 할 수 없었다. 머릿속에서 그 한 단어만 계속 맴돌았다. 하고 싶은 말들은 너무나 많은데, 거기 앉아서 신호가 가는 소리를 듣고 있는 동안 내 혀가 천만근은 되는 것처럼 느껴졌다. 첫 번째 전화는 엄마의 집으로 걸었다. 신호음만 계속 울려서 경찰이 다른 번호로 걸려고 전화를 끊으려던 찰나, 상대편에서 여자 목소리가 전화를 받았다. "여보세요?" 경찰이 엄마를 찾자 상대편 목소리가 엄마는 직장에 있다며 거기로 연락해보라고 하는 것 같았다. 경찰이 그녀에게 딸이냐고 물었고, "네."라는 답이 돌아오자 전화한 이유를 설명해주었다. 앉아서 통화를 듣고 있던 나는 그들이 내 어린 여동생과 얘기하고 있다는 사실이 믿기지 않았다. 뒤뜰에서 지낼 때, 내가 사랑하는 사람들은 거의 꿈처럼 어렴풋한 모습으로 변해 진짜 사람이 아니라 내 과거의 상상 속 사람들이 되어버렸다. 경관들은 우리 엄마와 먼저 연락을 취한 다음 다시 전화하겠다는 말로 동생과의 통화를 마무리 지었다. 다음에는 엄마의 직장으로 전화를 걸었다. 이번에는 엄마와 연결이 되었고, 수화기 너머로 엄마의 목소리가 들리자 난 꿀 먹은 벙어리가 되어버렸다. 내가 무슨 말을 했는지도 기억나지 않는다. 후에 엄마한테 물어봤더니, 내가 아기들이 있다는 말을 했다고 한다. 그런 말을 했다니 믿을 수가 없다! 하고 싶었던 말은 그게 아니었는데. 내 아이들이 아기라는 말을 하고 싶었던 게 아니다. 그저 나 혼자가 아니라 아이들과 함께 있다는 걸 알려주고 싶었다. 그리고 엄마가 나와 함께 아이들도 받아주실지 알아보고 싶은 마음도 있었다. 아이들과 헤어질 생각이 전혀 없는데 만약 엄마가 아이들을 안 받아주신다면 어떡해야 할지 몰랐다. 엄마를 간절히 원했지만, 나 역시 내 딸들을 책임져야 할 엄마였다. 다행히도 그건 전혀 문젯거리가 되지 않았고 우리 모두 진심 어린 환영을 받았다. 이런 말도 했던 것 같다. "빨리 와요!" 수화기 너머로 엄마가 "우리 딸을 찾았대!" 하고 몇 번이나 외치는 소리가 들렸고, 난 "사랑해요!"라고 말했다. 엄마와의 첫 통화는 이 정도밖에 기억나지 않는다. 매순간을 기억하면 좋겠지만, 그땐 마음이 너무 버거웠다.

토드 경관은 그날 밤 우리 셋이 호텔에 묵을 수 있도록 준비해주었고, 콩코드 경찰서를 막 나섰을 때 우리 차가 뉴스중계차를 한 대 지나쳤는데 아슬아슬하게 들키지 않았다. 호텔에 도착하자 역시 콩코드 경찰서에서 만났던 토드의 파트너 베스가 우리에게 잠옷과 세면도구를 가져다주었다. 토드가 날 한구석으로 데리고 가더니, 내가 음식에 손을 안 대니까 아이들도 안 먹는다면서 내가 먹으면 아이들도 먹을 거라고 말했다. 그래서 나는 배고프다고 큰 소리로 말했고 우리는 저녁으로 엔칠라다_{고추로} _{양념한 멕시코 요리의 일종―옮긴이}를 먹기로 했다. 나는 겨우 두 입 억지로 넘겼지만, 어쨌든 힘이 났다. 아이들도 먹었다. 그날 처음으로 우리끼리만 있게 되자, 나는 용기를 내어 지금 일어나고 있는 일과 그 이유를 아이들에게 얘기해주었다. 내가 생각하는 옳은 방식으로 설명해주려고 애썼다. 그날 밤 아이들과 함께 침대에 앉아 그들의 아빠가 저지른 일을 자세히 얘기해주었는데, 의외로 딸들은 내 말을 잘 받아들였고 크게 놀라는 것 같지 않았다. 나는 앞으로 힘든 일이 많겠지만 우리의 미래를 위해 옳은 결정을 내릴 것이고 무슨 일이 있어도 우리는 헤어지지 않을 거라고 말했다. 나는 아이들을 절대 떠나지 않을 거라고.

곧이어 문 두드리는 소리가 들리더니 두 사람이 또 우리를 만나러 왔다. 나와 내 딸들에게 지정된 피해자 변호인들이었다. 그들이 소개를 하고 나간 뒤 또다시 우리끼리만 남았다.

못 견디게 보고 싶었던 엄마와 여동생과 재회한다고 생각하니 긴장이 가시질 않았다. 아이들은 나를 응원해주며 기뻐했다. 딸들은 한 침대에서 같이 자고, 나는 다른 침대에 누워 몸을 이리저리 뒤척였다. 그날 밤 몇 분이나 제대로 잤는지 모르겠다. 몇 시간 동안 운 탓에 비염성 두통이 심했다. 수많은 의문들이 맴돌았다. 엄마가 아이들을 안 받아주면 어떡하지? 엄마가 날 미워하면 어떡하지? 엄마가 아직도 칼과 함께 있으면 어떡하지? 달아나려고 더 노력했어야 했을까? …… 그날 밤새도록 필립과 낸시에 대한 수많은 생각과 두려움과 죄책감이 머릿속에서 난리를 쳐대는 통에 아침에는 녹초가 되어버렸다. 내 세상이 완전히 뒤집혀버렸고, 어떻게 해야 할지 갈피를 잡을 수가 없었다. 딸들이 염려스러웠다. 바깥세상에서 아이들을 잘 지켜줄 수 있을까? 밖에 나갈 때는 항상 필립이 아이들을 보호해주었다. 그런데 졸지에 나 혼자 남았다. 이제껏 만난 사람들은 모두 아주 친절했고 날 보호해주는 느낌을 받았지만, 그것도 잠시 또 나 혼자 될까봐 두려웠다.

잠 못 이루는 기나긴 밤이 지나고 드디어 날이 밝았다. 긴장돼서 가슴이 두근거렸다. 엄마를 알아볼 수 있을까? 엄마는 날 기억하고 계실까? 현재의 내 모습을 마음에 들어하실까? 나한테 화를 내실까? 내 딸들을 손녀로 받아주실까? 의문도 생각도 너무 많았다. 감당하기 어려울 정도로 버거웠다. 동생과 이모도 엄마와 함께 왔다는 얘기를 듣고는 흥분과 긴장으로 숨 쉬기가 힘들 정도였다. 누가 '엄마'라는 말만 해도 울음이 터졌다. FBI 요원들은 먼저 엄마에게 상황 설명을 간단하게 해준 다음 만나게 해주겠다고 했다. 영원히 올 것 같지 않았던 그 시간이 마침내 왔다. 아이들에게 마지막으로 격려의 포옹을 받은 뒤 나는 그 많은 사람들 중 한 명을 따라 엘리베이터로 갔다. 엄마와 단둘이 먼저 만나고 싶으냐는 질문을 사전에 받았을 때 나는 그렇게 하고 싶다고, 아이들을 나중에 들여보내달라고 했다. 아래층에 도착하자마자 엄마가 있는 방 앞으로 안내받았다. 엄마가 정말 이 방 안에서 날 기다리고 있다고? 믿기가 힘들었다. 이런 날이 올 리 없다고 굳게 믿고 있었으니까. 문 앞에서 난 잠시 얼어붙어 있었다, 꼼짝도 할 수 없었다. 그저 눈을 휘둥그레 뜬 채 문만 노려보고 있었다. 마침내 나는 심호흡을 한 번 하고 문턱을 넘어섰다. 그리고 그곳에 엄마가 있었다! 첫눈에 알아볼 수 있었다. 그 오랜 세월 난 엄마의 모습을 잊고 있었다. 엄마를 그려보려 해도 얼굴이 떠오르지 않았다. 가끔은 두 딸의 이런저런 면들이 엄마를 떠오르게 했지만, 그게 뭔지 꼭 집어 말할 수 없었다. 엄마의 생김새를 잊어버렸으니까. 하지만 엄마가 두 팔을 활짝 벌리고 거기 그렇게 서 계셨다. 나는 엄마에게 걸어갔고 엄마는 미소 띤 얼굴로 울면서 두 팔로 나를 꼭 안아주셨다. 이제야 안전하고 완전해진 느낌이 들었다. 이 이야기를 쓰는 지금도 눈물이 난다. 내가 엄마에게서 옛날과 똑같은 냄새가 난다고 하자 엄마는 그냥 담배 냄새라고 하셨지만, 그것만이 아니었다. 어렸을 적 맡았던 엄마의 향기가 기억났다. 똑같았다. 엄마가 날 안고 있었다. 이 모든 경험이 초현실적으로 느껴졌다.

한참을 서로의 어깨에 기대어 그렇게 울고 있었다. 마침내 엄마가 내 몸을 살짝 밀어 내 눈을 바라보며 내 어깨를 꼭 잡으시고는 이렇게 말씀하셨다. "널 다시 만나게 될 줄 알았어. 바깥 포치에 있는 그네에 같이 앉아 하늘 높이 떠 있는 달을 보면서 얘기했던 거 기억나니? 네가 사라지고 나서 달을 너라고 생각하고 말을 걸곤 했단다. 그렇게 오랫동안 너한테 얘기하고 있었어. 요전 날 밤에는 보름달이 밝게 떴기에 달한테 물었지. 어디 있니, 제이시? 바로 그다음 날 네가 발견됐다는 전화를 받은 거야." 나는 깜짝 놀라서 엄마를 바라보았다. 나 역시 그 달을 기억한다고 말했다. 텐트 밖으로 나가다가 왠지 모르게 위를 올려다보고는 몇 분 동안 달을 뚫어지게 보고 있었다. 보통 때는 엄마의 기억이 떠올라 고통스러워서 달을 일부러 보지 않았는데, 이상한 일이었다. 하지만 밝은 달빛이 내 눈길을 사로잡았다. "지금 이렇게 함께 있잖아요."

우리는 조금 더 껴안고 있다가 자리에 앉아서 헤어져 살았던 오랜 세월을 채워나가기 시작했다.

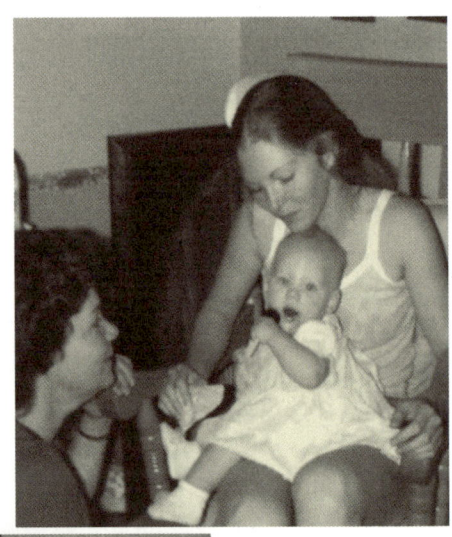

엄마와의 추억들

내게는 처음인 것들

　지난여름 이후로 내 인생은 크게 바뀌었다. 딸들에게 자유로이 엄마 노릇을 할 수 있다. 자유롭게 운전할 수 있다. 내게 가족이 있다고 자유롭게 말할 수 있다. 나만의 가족이 있다. 나의 딸들, 엄마, 여동생 그리고 이모. 친척들과도 친구들과도 관계를 다시 다져나가고 있다. 새로운 사람들도 참 많이 만났다. 그렇게 많은 사람들을 알고 그들 중 몇 명은 친한 친구로 부를 수 있다는 것이 얼마나 놀라운지 모른다. 오랜 세월 불과 몇 안 되는 사람과만 알고 지냈다. 붙잡혀 있었을 때 계산대 여자에게 날씨 얘기만이라도 말을 걸어보고 싶을 때가 있었지만, 언제나 내 옆에는 낸시가 있었고 그 일이 반드시 필립의 귀에 들어가리라는 걸 알았다. 그러면 또 한바탕 잔소리를 들을 것이 뻔했다. 나는 언어 학대가 신체 학대만큼이나 큰 상처를 남길 수 있고 치유에 더 오랜 시간이 걸린다는 사실을 알게 되었다. 하지만 난 잘 치유되고 있다. 그 오랜 시간 받은 신체적이고 언어적인 학대의 상처가 아물어가고 있다. 쉬운 여정은 아니었다.

하지만 운 좋게도, 전통적인 치료법에 독특하게 접근하는 심리학자를 만났고 내가 이렇게 큰 진전을 보고 있는 것도 그녀의 덕이 큰 것 같다. 그녀의 도움을 받으며 나 자신의 생각을 소리 내어 말하는 법을 배우고 있다. 전에는 그러기만 하면 항상 필립이 내가 틀렸다고 꼬집었다. 다른 사람이 자기만이 옳고 내가 틀렸다고 하면 내 주장을 내세우기가 어렵다. 나는 이제 나와 딸들을 위한 결정을 스스로 내릴 수 있다. 항상 옳은 선택은 아니지만 그래도 내가 내린 결정이기에 서툰 결정이라 해도 기분은 좋다. 한번은 슬라이 공원에서 열린 한 친구의 생일 축하 야영에 딸들을 데려간 적이 있다. 나는 가고 싶었지만, 주위 사람들은 파파라치가 사진을 찍을지도 모른다며 경고했다. 고집이 센 나는 무슨 일이 있어도 딸들에게 어두운 야영지에서 페르세우스자리 유성우를 보여주고 싶었다. 그래서 아이들을 데려가기로 결정했다. 별 아래에서 야영하며 우리는 멋진 시간을 보냈다. 담요와 침낭을 깔고, 하늘을 쏜살같이 가로질러 가는 섬광을 구경했다. 호수에서도 놀고, 저녁으로 파이를, 디저트로는 햄버거를 먹었다! 함께 보내는 근사한 시간에 푹 빠져 있던 우리는 사생활이 침해받고 있는 줄은 꿈에도 몰랐다. 집에 돌아오자마자 그 주말에 사진이 찍혔다는 사실을 알고는 슬프고 창피했다. 무심코 아이들을 또 세상 사람들 눈앞에 내놨다는 것이 끔찍하기도 했다. 학교 생활이 시작되기 전의 즐거운 여행이었어야 하는 외출이 악몽으로 변하고 말았다. 나의 대변인인 낸시 셀처가 있어서 정말 다행이었다. 그녀가 힘써준 덕분에 타블로이드지 사진에서 아이들의 얼굴을 흐릿하게 지워 원치 않는 주목을 피할 수 있었다. 내 딸들이 앞으로 마땅히 누려야 할 자유와 사생활을 마

a stolen life

음껏 누릴 수만 있다면 더는 바랄 것이 없는데, 낸시 셸처 덕분에 조금이라도 더 오래 가능해졌다.

그 힘든 일을 겪으면서 내가 느낀 또 다른 감정은 나 자신에 대한 불신이었다. 내가 과연 안전한 결정을 내릴 수 있을지, 나 자신을 믿을 수가 없었다. 내가 내린 결정이 잘못된 선택으로 판명 났으니 앞으로도 좋은 결정을 내릴 수 없을 것 같은 생각이 들었다. 하지만 심리치료사와 몇 번의 세션을 가지면서, 내가 내린 결정도 그리 나쁘지 않았다는 걸 깨달았다. 공공장소니까 위험할 수도 있다는 충고를 무릅쓰고 그래도 가는 편이 더 나았다. 충고를 받아들여 가지 않았다면, 가는 게 안전할지 아닐지 진실을 알 수 없어 그 충고를 원망했을 테니 말이다. 그러니까 나 스스로 결정을 내리고 그 경험으로부터 배우는 편이 더 나았다. 또한 모든 선택이 흑과 백으로 나뉘어 있는 것은 아니다. 우리는 무슨 일이든 결정할 권리가 있지만, 모든 사실을 알아보고 정보에 근거한 결정을 내리는 것이 좋다. 지금 생각해보면 슬라이 공원이 어디에 있는지, 얼마나 트여 있는지 알아본 다음 갈지 말지 결정했어야 했다.

삶의 이정표

    나는 뒤뜰에 갇힌 채 바깥세상과 단절되어 있었지만, 바깥에서 벌어지고 있는 사건들은 어떻게든 우리 귀에까지 들려왔다. 테러범들이 비행기로 뉴욕의 쌍둥이 빌딩을 들이받아 사람들을 죽인 9·11 테러가 기억난다. 필립이 밖으로 뛰어나와서 내게 말했을 때 내가 어디에 있었는지도 정확히 기억난다. 그는 슬픈 목소리로 외쳤다. "알리사, 들었어? 누가 비행기로 쌍둥이 빌딩 하나를 들이받았어!" 나는 오줌을 누려고 오줌 구덩이로 가고 있는 중이었다. 내 야외 변기가 꽉 찼는데 필립은 자주 비워주지 않았다. 그래서 내가 직접 밖에다 오줌 구덩이를 팠고 바로 거기서 그 소식을 들었다. 부랴부랴 스튜디오로 뛰어가보니 3번 채널에서 뉴스가 나오고 있었다. 건물에서 연기가 피어오르고 헬리콥터들이 하늘을 돌아다니고 있었다. 정말 무서웠다. 나는 계속 이런 생각을 했다. 저들이 또 어디를 폭파시킬까? 누가 저런 짓을 했지? 기자가 건물 안에 갇힌 사람들에 대해 말하기 시작하자 난 울기 시작했다. 필립과 낸시도 울었다. 필립은 '천사들'이 테러범들에게 저런 짓을 시킨 거라면서, 언젠가는 꼭 세상에 '천사들'을 폭로해야 한다고 말했다. 그땐 세상 그 무엇보다 일리 있는 말처럼 들렸다.

9·11 테러 말고는 내 인생에 떠올릴 만한 진짜 '사건'은 없었다. 다른 아이들이 평범하게 누리는 삶의 이정표가 내겐 없었다. 처음 해보는 짝사랑, 첫 데이트, 운전면허증 따기 같은. 스물한두 살쯤이었던 것 같은데, 콩코드의 인쇄 사업에 필요한 종이를 구하러 필립과 함께 차를 타고 종이 가게에 간 적이 있다. 집으로 돌아오는 길에 차가 꽉 막혔다. 그럴 때마다 난 속이 메스꺼워진다. 내가 토할 것 같다고 하자 그가 잠깐 갓길에 차를 세웠다. 그는 내가 속이 안 좋다니 안타깝다면서, 그날 내게 운전을 가르쳐줄 생각이었다고 했다. 속이 심하게 메스꺼웠던 나는 아무 말 없이 그냥 어깨를 으쓱했다. 속으로는 크게 실망했다. 그날 그는 정말 내게 운전을 가르쳐줄 생각이었을까? 나는 오래전부터 운전을 배우고 싶었다. 딸들은 내가 운전을 못하는 걸 늘 이상하게 생각했다. 아이들이 내게 이유를 물어보면, 나는 배우기 싫어서 안 하고 있지만 언젠가는 배울 거라고 대답했다. 달리 뭐라고 말할 수 있었을까? 아이들이 자기들 아빠에게도 물어보자 그는 이렇게 답했다. "알리사는 나중에 운전을 배울 수 있을 거다. 그날이 빨리 왔으면 좋겠구나." 그러면 나는 그날이 오기나 할까? 하고 생각하곤 했다. 한번은 낸시와 함께 쇼핑을 갔는데 그녀가 내게, 운전 한번 해볼래? 하고 물었다. 나는 조금 겁이 났다. 그때가 스물다섯인가 여섯이었고 그 전까지 운전석에 앉아본 적이 단 한 번도 없었다. 운전해보고 싶은 마음이야 굴뚝같았지만, 내게 운전은 완전

히 낯선 개념이었다. 내가 운전석에 앉자 낸시가 출발해보라고 했고, 난 그렇게 했지만 액셀러레이터를 너무 세게 밟았는지 우리 뒤로 들어오는 트럭을 거의 받을 뻔했다. 기겁을 한 낸시는 다시는 내게 운전을 시키지 않았다. 그래서 난 스물아홉 살이 되어 진짜 세상으로 나오고 나서야 운전을 배웠다.

열여섯 살이 되던 날이 기억나지 않는다. 나는 이미 엄마였다. 그때 내 큰딸은 두 살이 다 된 나이였다. 나는 고등학교를 졸업할 기회도 없었다 (언젠가는 고졸학력인증서를 꼭 따고 싶다).

하지만 내 여동생인 셰이나가 열여섯 살이 된 날은 기억한다. 난 스물여섯 살이었고, 그때쯤엔 필립의 숨겨진 뒤뜰에 세운 나만의 텐트에서 살고 있었다. 인쇄 사업으로 수입이 좋으면 필립은 나와 낸시에게 용돈을 주곤 했다. 나는 장미를 사서 텐트 주위에 심어놓고, 뒤쪽에서 자라고 있는 대나무를 이용하여 내 방을 두르는 울타리를 만들었다. 자주색 나팔꽃을 심었더니, 임시변통으로 만든 대나무 울타리를 집어삼킬 만큼 자랐다. 내 방 앞으로 돌길도 만들어 비가 내려도 모래가 들어오지 않게 했다. 나만의 물건이 생겼고, 낸시와 나는 중고품 할인 매장에 가서 옷과 자질구레한 장신구들 그리고 신발을 사곤 했다.

2006년 1월 16일, 그날 아침 일어나서 제일 먼저 한 일은 누구에게랄 것도 없이 나 혼자 소리 내어 이렇게 말한 것이다. "열여섯 번째 생일 축하해, 셰이나!" 그날은 정말이지 동생 곁에서 생일을 축하해주고 싶었다. 동생은 어떤 모습일지, 행복한지 궁금했다. 즐거운 열여섯 번째 생일

파티를 열고 있을까. 그날은 정말 동생과 함께 있고 싶었다. 하루 종일 그 생각밖에 나지 않았다. 필립 가리도는 내게서 많은 걸 빼앗아갔고, 동생이 자라는 모습을 지켜볼 수 있는 기회도 그중 하나였다. 동생이 태어난 날부터 난 동생을 사랑했고 나중에 동생의 가장 친한 친구가 되기를 꿈꾸고 있었다. 언제나 부끄럼 많은 아이였던 내게 동생은 하루 종일 같이 있어주는 벗이었다. 가끔은 새아빠가 나보다 동생을 훨씬 더 많이 사랑해주는 모습을 지켜보기가 힘들기도 했지만, 그렇다고 해서 동생을 사랑하는 마음이 변하지는 않았다. 셰이나를 이부異父 자매로 생각한 적은 한 번도 없었다. 언제나 내 어린 여동생이었다. 동생과 함께 하고 싶은 일들이 무척이나 많았다. 그중에 하나는, 동생이 더 자라면 같이 버스를 타고 싶었다. 다른 여자애들이 자기 여동생과 함께 있는 걸 보면 나도 빨리 내 여동생을 다른 아이들에게 소개해주고 싶었다. 또는 못된 애들이 동생을 괴롭히면 언니인 내가 구해주고 깡패 녀석들을 쫓아버리는 거다. 동생과 함께 했어야 할 그 수많은 계획은 모조리 도둑맞아버렸다.

이제 어른이 다 된 열아홉 살의 동생을 처음 봤을 때 깜짝 놀랐다. 정말 예쁘고 키가 컸다. 그날 흰 옷을 입고 있었다. 처음 드는 생각은, 간호사인가? 하는 것이었다. 하지만 아니라는 걸 나중에 알았다. 아직 대학생이고, 앞으로 할 일을 결정하려고 고심하는 중이었다. 시간을 두고 찬찬히 생각했으면 좋겠다. 동생은 아주 총명하고 예리하다. 동생과 친해지기가 힘들었다. 나는 딸들 때문에 바쁘고, 동생도 자기 생활이 있다. 내가 필립에게 납치당했을 때 동생은 아기였다. 나를 전혀 몰랐다. 동생은 열한 살에 유괴된 언니 '제이시'에 대한 얘기를 들으면서 컸지

a stolen life

내가 납치당한 해의
나와 세이나

도둑맞은
인생의 단편들

만, 날 기억하지는 못했다. 반면에 나는 동생을 기억하고, 아기였던 동생과 함께 놀았던 추억이 있다. 하지만 어른이 된 동생에 대해서는 몰랐다. 우리 사이에 변치 않을 친밀한 정을 쌓을 수 있는 시간은 많다. 서로에 대한 깊은 사랑은 이미 밑바탕에 깔려 있다. 나머지는 시간이 해결해줄 것이다.

사실은 내 동생 셰이나가 내게 운전을 가르쳐주었다. 참 얄궂기도 하지. 열 살이나 더 많은 언니가 동생에게 운전을 배우다니. 그래도 정말 좋았다. 동생이 먼저, 언니, 운전하러 가자, 라고 말해줬다. 그리고 동생은 최고의 선생님이었다. 아주 느긋하고 차분했다. 엄마 차(엄마 차를 사용했다)에 처음 탔을 때 나는 몸이 바들바들 떨리고 무서워 죽을 지경이었다. 동시에 아찔할 만큼 좋았고, 아드레날린이 마구 솟구쳤다. 황홀했다. 나는 아주 꼬불꼬불한 길에서 운전을 배웠다. 결국엔 그것이 아주 좋은 경험이 됐던 것 같다. 면허증을 딴 후에는 전혀 모르는 어떤 분에게 최신 차라는 엄청난 선물을 받았다! 내게 이 차는 그냥 차가 아니다. 새로 찾은 자유다. 이젠 아이들을 여기저기 데려갈 수 있고 내가 원하는 곳은 언제든 갈 수 있다.

면허증을 땄을 무렵 내 운전 실력은 최고는 아니었지만, 난 아주 조심스럽게 차를 몰았다. 지금도 그렇다. 엄마는 "두 손으로 운전대를 꽉 잡고 정면만 쳐다보는" 내 운전 스타일을 놀리신다. 하지만 나는 조심스럽고 신중하게 하고 싶다. 이젠 운전이 훨씬 더 편해졌고, 어디든 차를 몰고 갈 수 있을 것 같은 기분이다. 정말 멋지다. 지금은 매일 아이들을 학교까지 태워다 주고 학교에서 데려오고 있다. 얼마나 놀라운 일인지! 내가 아이들을 학교에 태워다 주고 점심 도시락을 싸주고 원할 때마다 함께 산책할 수 있게 되리라고 누가 생각이나 했을까. 이제 자유라니, 기적 같기만 하다.

인생의 고민들

 아이의 축구 경기나 야구 경기를 보러 갈까 말까 고민하는 부모가 있을까? 자신이 가면 아이의 미래가 위태로워질까, 걱정해야 하는 부모가 있을까? 나는 집에서 나갈 때마다 그런 생각을 해야 한다. 오늘 내가 아이들과 함께 나가면 아이들의 사진이 찍히고 사생활이 위험해질까? 죽고 사는 문제는 아니지만, 그래도 힘들다. 전에는 할 수 없었지만 이제는 할 수 있는 모든 걸 아이들에게 해주고 싶다. 아이들이 공놀이하는 모습을 지켜보고 학교 행사에도 나가서 도와주고 싶다. 하지만 혹시나 누가 날 알아보고 나와 아이들을 연결시킬지도 모르는 위험을 무릅써야 한다. 여전히 감금된 처지 같은 기분이 들 때도 있다. 에라 모르겠다, 될 대로 되라지, 이렇게 마음먹을 수도 있다. 하지만 내게는 그럴 선택권이 없다. 자유국가에서 사람들은 남의 사진이나 그 자녀의 사진을 찍어서 큰돈을 받고 팔 권리가 있다. 18년 동안 남의 눈에 띄지 않게 숨어 살았는데, 지금 옛일이 다시 반복되는 것 같은 기분이 들 지경이다. 호들갑스럽게 들리겠지만, 아니 정말 그럴지도 모르지만, 딸들에게 나와의 관계가 밝혀질까봐 함께할 수 없다고 말하기가 얼마나 괴로운지 모른다. 그렇다고 이 세상이 끝나는 건 아니다. 나는 이겨낼 것이다. 단호하게 거절하고, 너무 위험하다고 말하는 연습을 할 것이다. 이렇게 간단한 것을. 사람들은 별 고민 없이 아이들의 경기를 보고, 학교 축제에 가고, 스파게티 파티를 연다. 어떤 사람들은 투덜거리며 차라리 내 입장이 되고 싶다고 할지도 모르고, 어떤 사람들은 그걸 부모의 평범한 의무로 받아들일 것이다.

이미 많은 것들을 놓쳤기에 더는 한순간도 놓치기 싫다. 하지만 내 딸들을 안전하게, 딸들의 삶을 평범하게 지켜줘야 한다. 복잡하게 뒤엉킨 내 과거와 현재를 풀어내기가 힘들 때도 있다. 과거에 나는 숨어 살았고 사람들이 있는 곳에 나가면 불안했다. 사람들 속에 섞여들어가 눈길을 끌지 않는 것이 몸에 배어버렸다. 머리색을 바꾸고, 가발을 쓰고, 안경을 끼고, 모자를 썼다. 지금도 거의 다를 것이 없다. 내 속에서는 전쟁이 벌어지고 있다. 내가 원하는 대로 하고 싶다가도, 아이들을 안전하게 지켜주기 위해 그런 마음을 억누르게 된다. 이 전쟁은 언제쯤 끝날까?

옛 친구들을 찾다

  토드 경관과 그의 친구가 우리가 묵고 있던 호텔 방으로 작은딸의 소라게들을 몰래 가져다주었다. 토드가 현장 수색을 맡은 동료 경관에게 연락해서 소라게가 있는 곳을 알려준 것이다. 그 경관이 소라게들을 발견하고 수조를 경찰서로 가져왔다. 그다음 날 토드와 그의 친구가 소라게를 살그머니 힐턴 호텔로 가져왔다. 그들은 40리터 가까이 되는 수조를 수건으로 덮어 가방 운반대에 싣고 프런트 데스크를 지나 엘리베이터를 타고 올라왔다. 그들이 문을 두드렸을 때 방 안은 이미 FBI부터 시작해서 경찰들과 피해자 변호인들까지 사람들로 꽉 차 있었다. 서 있을 자리도 거의 없었다. 토드와 그의 친구가 그 소중한 화물을 굴리며 방 안으로 들어오자 사람들이 비켜서서 길을 만들어주었다. 토드가 수조에서 수건을 벗겨냈을 때 침대에 앉아 있던 G는 정말 오랜만에 환한 미소를 지었다. 바로 그 자리에서 G는 토드 경관에게는 '특급 게 배달원 1호', 토드의 친구에게는 '특급 게 배달원 2호'라는 별명을 지어주었다.

베스 경관도 우리 고양이들과 이웃 개들의 소식을 계속 알려주었다. 고양이들을 받아준 동물보호소에서 고양이들의 난소와 정소를 떼어주고 필요한 주사를 놔주었다. 현장에서 구조된 고양이는 모두 여섯 마리였다. 새로 들어온 새끼고양이 네 마리와, 내가 먹이를 주고 있던 떠돌이 어른 고양이 패치스와 릴리였다. 베스 경관이 개 두 마리는 어떻게 하겠냐고 물어와 그 개들을 정말 내 것이라고 느낀 적이 없는 나는 개들에게 좋은 집을 찾아달라고 부탁했다. 그녀가 그렇게 해주었다는 걸 나중에야 알았다. 패치스에게 코 암이 있다는 사실이 밝혀졌을 때는 동물보호소가 선뜻 패치스를 치료해주겠다고 했다. 고양이들을 다시는 못 볼 거라 생각하니 가슴 아팠지만, 내겐 집도 돈도 없었고 우리의 미래가 어떻게 될지 짐작도 할 수 없었다. 아이들은 무슨 일이 있어도 새끼고양이들만은 꼭 지키고 싶다고 했다. 나는 베스에게 우리가 자리를 잡을 때까지만 우리 고양이들을 맡아줄 가족을 찾을 수 있느냐고 물었고, 그녀는 "걱정 말아요"라고 했다. 1월 10일에 우리는 새끼고양이들과 다시 만났다. 베스는 패치스를 입양했고, 그 후로 패치스는 코 암을 이겨내고 가족을 찾았다. 릴리는 베스의 친구에게 입양되어 근심 걱정 없이 행복하게 잘살고 있다.

큰딸이 키우던 잉꼬도 돌려받아서 그 아이가 계속 키우고 있다. 베스는 필립의 어머니가 구급차로 실려가 병원에서 간호를 받고 있다는 소식도 알려주었다.

엄마와 여동생, 이모와 재회한 충격이 조금 가시자 제일 친했던 친구들인 제시와 쇼니가 궁금해지기 시작했다. 제시는 어린 시절을 늘 함께 보낸 친구였기에 내 마음 한구석에 남아 종종 생각이 났다. 내가 사귄 마지막 친구 쇼니도 어떻게 살고 있을지 궁금했다. 새 친구인 토드가 나의 옛 친구 찾기를 도와주었다.

우리가 발견되고 나서 몇 주 후, 토드가 내게 찾고 싶은 친구가 있느냐고 물었을 때 나는 제시와 쇼니를 찾고 싶다고 대답했다. 그는 페이스북을 통해 쇼니를 쉽게 찾았고, 쇼니가 결혼해서 두 아이를 키우고 있다는 사실을 곧 내게 알려주었다. 그리고 그녀의 페이스북에 연락처를 남겼다고 했다. 쇼니는 조금 의심스러웠는지 먼저 변호사를 통해 확인을 거쳤지만, 토드가 진짜 경관이고 나를 대신해 연락했다는 사실을 알고는 답을 보내주었다. 남의 눈을 피하기 위해 쇼니는 경찰서의 토드 경관 앞으로 편지를 보내기 시작했고, 그러면 그가 편지들을 내게 가져다주었다. 나중에는 편지 대신에 이메일을 주고받기로 해서, 토드가 쇼니의 이메일을 내게 전달해주었다. 쇼니와 다시 연락을 하고 그녀가 멋진 남자와 결혼해서 두 아이들과 행복하게 살고 있다는 소식을 들으니 기뻤다. 타호에서 쇼니와 함께 살았던 할머니 밀리가 돌아가셨고, 몇 년 전에 쇼니의 엄마도 세상을 떠났다는 얘기를 들었다. 그래도 쇼니가 잘살고 있다니 다행이다. 2009년 11월 5일, 나는 처음으로 쇼니에게 전화를 걸었다. 내 딸의 생일에 초대했지만, 그때는 쇼니도 챙겨야 할 생일이 두 번 있어서 오지 못하고 12월에 만나기로 했다. 처음 쇼니를 봤을 때 어릴 적 모습 그대로라 어디서라도 알아볼 수 있을 것 같았다. 쇼니는 나와 내 가족에게 깜짝 놀랄 큰 선물을 해주었다. 우리에게 절실히 필요한 것들을 한데 모아 가져다주었다. 우리에게 크리스마스는 일찌감치 찾아왔다. 가족까지 함께 데리고 찾아온 토드가 우리 모두에게 최신 자전거를 선물해주었다. 생애 최고의 특별한 크리스마스였지만, 선물 때문만은 아니었다. 행복하게 미소 짓는 엄마와 아름다운 여인으로 자란 여동생을 볼 수 있고, 이모가 날 잊지 않으셨다는 사실을 아는 것만으로도 충분했다. 내게 가족이 있다는 걸 아는 것, 그것이 최고의 가장 큰 선물이었다.

　토드는 유년시절 친구인 제시도 찾아주었다. 제시는 찾기가 조금 더 힘들었지만, 토드가 결국 해내고야 말았다. 제시는 내게 쓴 편지와 자기가 직접 만든 초콜릿 칩 쿠키를 토드를 통해 보내주었고, 그 후 우리는 이메일을 주고받기 시작했다. 11월 5일에 쇼니와 통화를 끝낸 후 나는 제시에게도 전화를 했다. 두 친구에게 전화를 걸 때 얼마나 떨리던지. 친구들이 내게 쭉 편지를 보내왔고 나를 기억하는 것 같았지만, 그래도 전화하기가 겁났다. 토드는 두 친구 모두 나와 통화하고 싶어한다며 응원해주었다. 한데 정작 전화해서 할 말이 없으면 어떡하지? 허락 없이 전화를 쓴다는 게 여전히 편치 않았다. 내가 하고 싶은 일을 하는 데 허락을 구할 필요는 없다는 사실을 깨닫기까지 시간이 조금 걸렸다. 나는 몸을 바르르 떨면서 친구들의 전화번호를 눌렀다. 결국 두 친구 모두와 편하게 얘기를 주고받았다. 제시와의 통화는 한 시간 반 동안 이어졌다. 주로 얘기한 쪽은 제시였지만, 그녀가 사는 이야기를 듣는 게 좋았다. G의 생일에 초대하자 제시는 울면서 꼭 가겠다고 했다.

　제시는 아홉 시간을 운전해서 왔고 일곱 살 난 딸과 엄마인 린다도 데려왔다. 차도에서 올라올 때 제시는 흥분한 나머지 차가 제대로 서기도 전에 뛰쳐나와 내게 달려와서는 내 평생 가장 열렬한 포옹을 해주었다. 우리는 함께 울었고, 그 순간 옛 정이 되살아나는 듯했다. 무슨 일이 생기든 내 곁에 있어줄 사람이 있다는 걸 알고 나니까 참 묘한 기분이 든다. 뭐라고 설명하기가 힘들다. 옛날의 제시와 지금의 제시가 합쳐져서 내 친구로 그렇게 내 앞에 있었다. 나보다 키가 더 큰 제시를 보니, 어릴 적에는 항상 내가 더 컸기 때문에 조금 속이 상했다. 제시는 여전히 기다란 암갈색 머리에 예전처럼 아주 마른 몸매였다. 그녀의 엄마와 꼭 닮은 모습이었다. 포옹을 풀고 나서 제시가 내게 딸을 소개해주자 나도 내 두 딸을 소개해주었다. 엄마와 여동생도 그 자리에 있었고, 우리 모두 서로 포옹을 나누었다. 린다를 다시 안는 느낌이 정말 좋았다. 자라면서 그녀와 많은 시간을 함께 보냈었다. 그녀를 안고 있으니 옛 시절로 되돌아간 듯, 그녀와 함께 가곤 했던 바다의 짭짤한 냄새가 나고 캘리포니아 남부의 따스한 해변에 앉아 먹은 샌드위치에 끼여 있던 모래 맛이 느껴지는 것만 같았다. 우리는 한밤중까지 이야기꽃을 피웠다. 무척이나 자연스럽고 편안한 느낌이었다. 다음 날 제시가 G의 생일파티 장식을 도와주었다. 우리는 토드 가족과 베스를 포함하여 우리의 새 친구들을 모두 초대했다. 내 딸이 자기의 소라게들인 케빈과 데빈, 치즈를 좋아하기 때문에 파티의 테마는 게였다.

심리치료

처음에는 풀려나자마자 엄마와 함께 집으로 가게 될 줄 알았다. 나는 딱히 별다른 생각이 없었다. 솔직히 말하면, 늘 하던 대로 그저 흘러가듯 지내고 있었다. 내가 입고 있던 옷, 내 딸들 그리고 토드가 그의 가족 중한 명에게 받아서 내게 준 500달러 말고는 아무것도 없었다. 그렇게 해서 내 총 재산은 500달러였다. 이 돈을 받고 내가 제일 먼저 보인 반응은 생판 모르는 사람이 내게 그런 돈을 줄 리 없다는 불신이었다. "아무 상관 없는 남이 왜 나를 도와주지?" 토드 경관은 이렇게 대답했다. "사람들은 그냥 당신을 돕고 싶은 겁니다. 그런 사람이 더 많을 거예요." 베스 경관은 우리가 해방된 첫날 밤 정말 고맙게도 세면도구와 잠옷을 구해주었다. 사실 모든 게 무서웠다. 하지만 저 깊숙한 곳에 오랜 세월 잠들어 있던 뭔가가 마침내 성장할 기회가 생겼고, 내 안에서 불타오르는 그것이 느껴졌다. 꺼진 줄 알았던 빛이 서서히 되살아나고 있었다. 모든 것이 힘겹게 느껴질 때마다 엄마를 보면 다시 행복해졌고 내 안의 따뜻한 빛은 점점 더 커져갔다.

우리가 묵고 있는 호텔에서 두 시간 정도 떨어진 곳에 있는 어느 가족 재결합 전문가가 나와 내 가족을 돕고 싶어한다는 얘기를 들었다. 이 제안을 받아들일지 말지 확신이 안 섰다. 전통적인 심리치료법은 끌리지 않았다. 내 머릿속에 떠오르는 심리치료란, 어떤 작은 방에 낯선 사람과 함께 있는 것이었는데, 이런 방식은 정말 싫었다. 나는 나의 과거를 완전히 이해하고 극복했다고 생각했다. 속내를 절대 남에게 털어놓지 않았고, 내 최고의 치료사는 바로 나 자신이라고 생각했다. 낯선 사람을 또 한 명 만나고 싶지 않았다. 하루 반 만에 모르는 사람들을 너무 많이 만나서 주눅이 들어 있었다.

결국 이 전문가의 도움을 받아보기로 결심한 결정적인 계기는 말에 관한 얘기 때문이었다. 그 사람은 목장과 말들, 그리고 우리가 가서 며칠 동안 땅을 밟을 수 있는 드넓은 공간을 가진 노년의 여성이라는 느낌이 들었다. 그녀는 유괴 사건을 겪은 가족의 재결합을 전문적으로 다루는 소수의 전문들 중 한 명이었다. 솔직히 내 큰딸을 위해서 내린 결정이기도 했다. 필립이 언제나 약속했지만 한 번도 지켜주지 않은 일, 바로 승마 수업이었다. 이 전문가에게 말이 있다면 승마를 배울 수 있는 기회가 생길지도 몰랐다. 타호 호숫가에서 쇼니와 함께 보낸 그 여름, 관광 목장에서 함께 일할 계획을 세웠던 그 여름부터 쭉 나는 말을 좋아했다.

심리학자와 얘기해보고 싶은 이유가 또 한 가지 있었다. 필립에 대해 모든 것을 얘기하고 전문가의 견해를 듣고 싶었다. 필립과 함께했던 모

a stolen life

든 것이 너무나 혼란스러웠기에 늘 전문가의 견해가 궁금했다. 내가 보기에는 그가 찾아가고 있던 정신과 의사는 아무런 도움도 되지 않는 듯했고, 그의 과대망상은 날이 갈수록 심해지기만 했다. 필립이 정신과 의사에게 목소리가 들린다는 말을 하고 나서도 바뀐 것은 아무것도 없었다. 치료는 그에게 전혀 도움이 되지 않았고, 우리는 그의 그칠 줄 모르는 망상을 감수하며 살아야 했다. 필립과 그가 하는 이런저런 말 때문에 나는 많이 혼란스러웠다. 필립이 미쳤다고는 믿을 수 없었고, 그 전에 그가 했던 모든 일들을 하나하나 생각해보았다. 그에게 뭔가 어긋난 구석이 있다는 느낌이 들었다. 예를 들어, 그의 특별한 '능력'(그가 마음으로 하는 얘기를 블랙 박스를 사용하여 다른 사람들에게 들려주는 능력)은 늘 의심스러웠다. 그는 자기가 하는 모든 말을 논리적으로 들리게 하려고 시시콜콜한 변명을 늘어놨지만, 그래도 내 의심은 풀리지 않았다. 천사들이 우리의 생각을 지배하고 사탄을 도구로 사용하여 우리의 마음을 조종한다는 그의 설교도 마찬가지였다.

필립은 자기 행동을 책임지지 않기 위해 교묘하게 발뺌할 변명거리를 만들었고, 그것이 바로 '천사 이론'이었다. 시간이 흐르면서 그는 자기가 마음속으로 천사들의 말을 들을 수 있으니 다른 사람들도 같은 방법으로 그의 목소리를 들을 수 있어야 한다는 생각에까지 이르렀다. 그러고 나서 블랙 박스를 만들기 시작했다. 블랙 박스는 카세트 녹음기가 안에 들어 있는 검은 상자였다. 녹음기에는 축구 경기의 응원 소리, 라디오의 잡음, 텔레비전의 갖가지 소리 같은 것들이 녹음되어 있었다. 그는 이 소리들을 섞어서 만든 카세트테이프를 재생하고 상자 안에 있는 확성기를 통해 음량을 키웠다. 패스트푸드점의 플라스틱 컵들을 상자 안에 붙여서 다른 소리를 만들기도 했다. 그런 다음 헤드폰을 상자에 연결하고, 다른 사람들이 그의 '능력'을 들을 수 있게 하는 것이다. 그는 내게 헤드폰과 바이오닉 이어스라는 음향 증폭기를 주면서 에어컨 앞에 몇 시간이나 앉아 그 소리를 듣도록 시켰다. 그는 그걸 '채널 맞추기'라고 불렀다. 나를 에어컨 앞에 몇 시간 동안 앉혀놓고 거기서 나오는 그의 목소리를 듣게 하려고 애썼다. 그는 자기가 머릿속으로 자신의 목소리와 천사들의 목소리를 들을 수 있기 때문에, 코스트코나 샘스클럽 같은 큰 상점들에 있는 에어컨이나 큰 전등 들의 윙윙거리는 소리 같은 외부 장치를 이용하면 거기서 나오는 목소리도 들을 수 있다고 했다. 나는 그의 말을 도무지 이해할 수 없었다. 하지만 미쳤군요, 아무 소리도 안 들려요, 하고 내뱉을 순 없었다. 그랬다간 좋을 게 하나 없다는 걸 알았으니까. 그래서 나는 그가 바라는 대로 소리를 들으려고 애썼다. 정말 노력했다. 그렇게 앉아 있으면, 그가 돌아와서 내 앞에 앉아 입술을 움직여 "내 목소리 들려?"라는 말을 만들었다. 나는 들으려고 안간힘을 썼다. 내가 그에게 이렇게 물었다. "당신의 마음에서 소리가 나오는데 내가 왜 당신의 입술을 봐야 해요?" 내 마음은 시각적인 뭔가가 있어야 말로 해석할 수 있다는 것이 그의 대답이었다. 어째선지 나는 이 설명을 받아들였고 두 다리가 마비될 때까지 앉아서, 저 멀리서 들려오는 그의 목소리 같은 걸 들으려고 했다.

몹시 지쳐 있던 어느 날 밤에는 무슨 소리를 들은 것 같은 생각이 들었다. 그는 "내 목소리 들려?"에서 "하나, 둘, 셋." 하고 세는 것으로 바꾸었고, 나는 그가 숫자 세는 소리를 어렴풋이 들은 것 같았다. 그는 내게 자기 목소리를 들었다는 사실을 잊지 말라고 했다. 앞으로 며칠 내에 천사들이 나 자신을 의심하게 만들 거라면서. 내가 그의 목소리를 들은 건 그때가 처음이자 마지막이었는데, 지금 생각해보면 그땐 너무 지긋지긋해서 그의 목소리를 들었다고 말해주면 그의 망상이 끝날 거라고 생각했던 것 같다. 그래서 들리지도 않는 소리를 들었다고 믿은 것이다. 프린팅포 레스의 고객들도 마찬가지였다. 그들은 자기들이 들어야 한다고 생각하는 것을 들었다. 이것이 바로 '공동 망상'이라는 것을 알게 되었다. 하지만 내가 그의 목소리를 들었다고 해도 그의 망상은 끝나지 않았다. 다른 사람들에게 그의 '능력'을 들려주겠다는 결심이 오히려 더 굳어진 것 같았다. 하느님이 자기에게 이 능력을 주신 거라고, 그래서 다른 사람들, 특히 목소리를 듣지만 나쁜 짓을 저지르는 사람들을 돕게 한 거라고 믿기 시작했다. 어떤 여자가 자기의 세 아이를 바다에 던져버린 사건이 있었다. 그는 걸핏하면 이 사건을 들먹이며, 서둘러서 이 사람들을 도와야 한다고 말했다. 이렇게 그 일은 우리 생활의 중심이 되었고 나는 그의 대의를 도와주려고 애썼다. 컴퓨터로 전단지 내용을 쳐주고, 그의 대의에 동조할 사람들과 마인드컨트롤 피해자들에게 이메일을 보냈다. 나는 이모든 일을 하면서 인쇄 사업도 계속 꾸려나갔다. 내가 필립에게 목사들을 찾아가 그가 성경으로부터 얻은 새로운 지식을 알려주라고 하면, 그는 모든 일에는 순서가 있다며 아직은 때가 아니라는 핑계를 댔다. 필립의 '과업'은 그가 우리를 보호관찰소에 데려간 그날까지 계속되었다. 그러고는 모든 것이 변해버렸다.

낸시를 만나다

그녀를 만나고 싶은 이유는 여러 가지가 있었지만, 가장 큰 이유는 완전히 끝내기 위해서였다. 그녀와 필립이 절대 용납할 수 없는 짓을 저질렀다는 걸 얘기해주고 싶었다. 1년 만에 그 작은 하얀 방에서 그녀와 마주 앉아 있는데, 전혀 어색하지가 않았다. 진짜 엄마보다 더 오랜 시간을 그녀와 함께 지냈기 때문이리라. 하지만 엄마를 처음 봤을 땐 긴장되고 떨리고 미칠 듯이 기쁘고 고마운 마음이 들었지만, 낸시를 보고는 아무런 감정도 느껴지지 않았다. 우리 사이에는 단단한 무언가가 없기 때문에 그랬을 것이다. 우리가 함께한 모든 시간은 거짓이었다. 그녀의 남편이 자기 욕심을 채우기 위해 만들어낸 거짓 세상. 우리의 관계는 모래 위에 지어진 집이나 마찬가지였다. 돌풍 한 번에 갈가리 찢겨져나갈 집. 낸시를 향한 내 감정이 바로 그랬다. 속이 텅 빈 가짜 관계였으니, 이젠 지킬 것도 없다. 처음에 콩코드 경찰서에서 헤어졌을 때는 죄책감에 죽을 것만 같았고 내 감정에 확신이 서지 않았다. 면회를 하는 동안 낸시는 계속 나를 알리사라고 불렀고, 그러면 난 "아니요, 내 이름은 제이시예요." 라고 말했다. 그녀는 나를 쳐다보며 미안하다고, 자꾸 까먹는다고 했고, 그러다가 또 그렇게 부르면 내가 다시 바로잡아주었다. 면회가 끝날 때 까지 세 번 그녀가 날 알리사라고 불렀고 그때마다 내가 고쳐주었다. 그 녀는 그날 보호관찰소에서 무슨 일이 벌어질 것 같은 예감이 들었다고 말했다. 나는 시간문제였다고, 아이들을 위해서라도 그렇게 계속 살 수 는 없었을 거라고 말했다. 낸시가 아이들이 자기 생각을 하거나 얘기를 하느냐고 묻자, 난 할 말을 찾지 못하고 고개를 떨어뜨렸다가 다시 그녀 를 바라보았다. 그녀는 정말 슬픈 눈으로 "아니구나?"라고 말했다. 나는 다시 무릎을 내려다보며 그녀에게 사실대로 말했다. 일부러 좋게 말해줄 생각은 없었다. 나는 이렇게 대답해주었다. 그건 지금 당장 급한 문제가 아니고, 아이들이 더 커서 당신에게 연락하고 싶다고 하면 아이들 선택 에 맡겨야겠지만, 지금은 생각할 문제가 아니다. 아이들은 당신과 필립 이 내게 저지른 짓 때문에 혼란스러워하고 있고, 당신이 필립에 대해 아 는 모든 사실을 실토하기를 진심으로 원하고 있다고. 나는 낸시에게 필 립은 자기가 떠벌려 말하는 그런 남자가 아니라고 말했다. 전혀 아니었 다. 그는 순진한 첫 피해자를 속여 나쁜 짓을 하고, 그다음엔 케이티 캘 러웨이에게도 그런 짓을 했다가 감옥살이를 했고, 그 후에 또 나를 납치 했다. 늘 자기 자신이 최우선이었다. 그는 언덕에서 나를 납치한 날 천사 들이 자기를 지켜줬다고 말했다. 그날 정작 보호가 필요한 사람은 나였 다는 생각은 전혀 하지 않았다. 나는 또 필립이 말했던 그 일이 뭐냐고 낸시에게 물어보았다. 그는 자기가 한 어떤 일을 알면 내가 자기를 다르게 생각하게 될 거라고 말하곤 했다. 그녀는 처음엔 그저 나를 쳐다보며, 무슨 일? 하고 물었다. 내가 다시 질문하자 그녀는 잠시 생각하다가 고개를 들어 나를 바라보며 정말 알고 싶으냐고 물었고 나는, 네, 알고 싶어요, 라고 답했다. 그녀는 예전에 그가 동물을 괴롭히는 모습을 본 적이 있다고 했다. 내 고양이였냐고 물어보니 그녀는 긍정하듯 고개를 몇 번 끄덕이다가 말했다. "아니, 아니야. 그이가 괴롭혔던 건 쥐였어." 내가 "쥐요?" 하고 묻자, 그녀는 "그래, 쥐였어."라고 말했다. 전혀 예상치 못한 답이었다. 나는 이렇게 물었다. 그걸 보고도 그가 또 무슨 짓을 할지 안 궁금하던가요? 우리 눈에 안 띄는 곳에서 그는 무슨 짓을 했을까요? 힘없는 동물을 해칠 줄 아는 사람이라면 또 무슨 짓을 저지를 수 있을까 궁금하지 않던가요? 그러자 그녀는 그랬다고, 궁금했다고 말했다. 그녀가 줄곧 내게 미안한 마음을 품고 있었다고 믿고 싶지만, 생각해보면 그것 또한 그녀 자신을 위한 것이었다. 내가 그 모든 일을 겪는 걸 그녀도 원치는 않았겠지만, 그가 열한 살짜리 소녀에게 무슨 짓을 하고 있는지 알면서도 그녀는 못 본 체했다. 어떻게 남편을 위한답시고 어린 여자아이들을 구슬려 밴에 태우고 다리 벌린 모습을 비디오로 찍을 수 있을까? 이 모든 것이 사랑을 위한 거라고 믿었겠지만 내가 보기엔 그건 사랑이 아니다. 누가 나를 절벽으로 끌고 간다고 무턱대고 따라가서는 안 된다. 그녀는 내가 면회실로 들어올 때 무서웠다고 말했다. 내가 자기를 미워할까봐. 나는 내 몸을 미움으로 더럽히기 싫어서 그녀를 원망하진 않겠지만, 그녀와 필립이 나와 내 가족에게 한 짓은 절대 용서할 수 없다고 말했다. 엄마는 억울하게 고통을 당했고 내 여동생과 이모, 그리고 다른 가족들도 마찬가지였다. 그녀는 언젠가 엄마에게 용서받았으면 좋겠다고 했고, 나는 나 같으면 그런 희망은 품지 않을 거라고 말해줬다. 그녀는 미쳤다고 욕해도 좋지만, 아직도 필립을 사랑한다고 했다. 나는 평생 감옥에서 썩을 필립 걱정은 그만두고 그녀 자신이나 걱정하라고 말했다. 그리고 필립이 생이별시킨 그녀의 형제들과 다시 만나서 관계를 다져나갈지 생각해보라고 했다. 나는 그녀에게 잘 지내라며 마지막 작별인사를 했다. 다시는 오지 않을 거라고. 보호관찰소에서 작별인사를 못했는데, 이번이 영원한 작별이 될 거라고. 그러고는 일어나서 걸어나왔다.

회상

        그 면회 이후로 많은 일들이 있었다. 대부분은 내 일상에 잘 집중하고 있지만, 언젠가는 낸시와 또 대면해야 한다는 걸 마음 한구석에서는 알고 있다. 그날 걸어나오면서 나는 나 스스로 결정할 수 있는 권리를 확실히 행사했다. 필립과 낸시의 운명은 내 손을 떠난 문제였다. 낸시의 변호사가 내게 연락 달라고 요구하는 순간, 내가 참 많이 성장했구나 하는 걸 실감했다. 엘도라도 카운티 보안관서는 나 스스로 결정 내릴 수 있도록 격려해주었다. 나는 가리도 부부에게 빚진 것이 아무것도 없는데, 낸시의 변호사가 왜 나더러 내 유괴범들을 도우라는 건지 이해할 수 없다.

독특한 방식의 심리치료

바깥세상으로 돌아온 후의 나날들은 천국도 아니고 지옥도 아닌 어정쩡한 시간이었다. 나는 사실 심리치료를 원치 않았다. 내가 겪은 일들을 이미 극복했다고 생각했는데 그걸 되새기고 싶지 않았다. 아, 그런 말도 안 되는 생각을 했다니. 앉아서 심리치료사에게 얘기를 건네는 순간, 내게 필요한 건 얘기를 나눌 사람이었다는 사실을 깨달았다. 그녀의 진실하고 솔직한 성격이 내 마음을 움직였다. 그녀도 그녀의 동료들도 나를 특별하거나 망가진 사람으로 대하지 않았다. 내게만 관심을 집중하거나 이상한 방식으로 따돌리지도 않았다.

가족 재결합은 내가 세상에 두 발을 디딜 수 있도록 하는 데 초점을 맞춘다는 점에서 독특했다. 나와 가족의 간극을 줄이고, 내게는 익숙지 않은 평범한 일상을 체험하는 작업이 이루어졌다. 전에는 아이들이 주사를 맞거나 종합 건강진단을 받을 기회가 전혀 없었다. 아이들은 병원에 가본 적이 없었다. 우리는 치과에 가서 치아 검사도 받았다. 우리의 치아는 아주 건강한 상태였다. 다만, 아이들의 치아에 작은 흠집이 여러 군데 있었는데 나중에 충치 구멍이 될지도 모른다고 했다. 그것 말고는 문제가 없었다. 가장 큰 이유는 필립이 아이들에게 아주 어린 나이부터 무설탕 껌을 씹는 좋은 습관을 들여서인 것 같다. 그는 건강 관련 잡지에서 읽었다며 잘난 척했고, 아이들을 치과에 데려갈 일을 만들지 않기 위한 방법을 생각해냈다. 내 치아도 아주 건강하다. 어렸을 때 치과에 많이 다녔는데 그때 메웠던 충전재가 아직도 남아 있다. 수명이 얼마나 긴지, 겨우 몇 년 갈 줄 알았는데 18년 넘게 빠지지 않았다! 나는 치과를 그리 좋아하지 않았다. 뒤뜰에 살면서도 그리웠던 적이 한 번도 없었다. 하지만 우리가 만난 치과의사는 아주 친절했고, 그녀의 진료실은 내가 예전에 다니던 병원과 달리 막혀 있지 않고 트여 있었다. 아이들도 전혀 힘들어하지 않았다. 아이들의 첫 치과 체험은 그렇게 성공적으로 끝났다.

하루라도 빨리 안정을 찾고 싶었다. 아이들뿐만 아니라 나를 위해서도. 우리는 새로 옮겨진 곳에 머무느냐, 아니면 엄마, 여동생, 이모가 함께 살고 있는 남부로 다시 내려가느냐 하는 갈림길에 서 있었다. 그 결정을 내가 내려야 한다는 걸 이해하는 데 시간이 좀 걸렸다. 전에는 그런 선택권을 가져본 적이 없었기에 내게는 낯선 개념이었다. 이모는 나의 귀가를 맞을 준비를 하기 위해 엄마와 함께 살고 있는 집으로 돌아가셨다. 이모가 안 계신 동안 나는 로스앤젤레스 지역으로 돌아가지 않기로 마음먹었다. 잠깐이지만 지내고 있던 아름다운 그곳을 사랑하게 돼버렸다. 많은 사람들이 우편으로 도움의 손길을 보내주고 있었지만, 집을 사거나 빌릴 정도의 돈은 아직 부족했다. 국립 미아·학대아동방지센터

(NCMEC)가 나서서, 내가 머물고 싶은 도시의 외딴 곳에 있는 집을 찾아주었다. 아름답고 오래된 흰색의 농가였다. 한적하고, 이웃사람들의 호기심 어린 시선 없이 넓은 공간에서 놀거나 걸어다닐 수 있었다. FBI와 엘도라도 카운티가 처음 우리에게 마련해준 집과는 달랐다. 그들이 임대할 수 있었던 유일한 그 집은 도시 한복판에 있어서 사생활을 지키기가 어려웠다. 노동절이 낀 주말이라 집을 임대하기가 힘들었던 것이다. 그집은 또 FBI와 피해자 변호인들로 북적거렸다. 새로 옮겨간 농가는 훨씬 더 조용했다. FBI 요원 한 명만 우리 옆에 붙어 있었다. 그녀와 함께 지내는 것이 정말 즐거웠는데, 지금은 다른 임무를 맡아 떠나버렸다. 그녀가 무척 그립다. 그녀와 함께 있으면 안전하게 보호받는 느낌이 들었다. 농가에서 함께 살면서 우리는 한 가족이 되는 방법을 배우기 시작했다. 서로의 다른 습관과 버릇에 익숙해져야 했다. 시간을 두고 재결합 팀과 함께 노력해야 할 문제였다. 그사이에 《피플》 지에 사진을 팔 기회가 생겼다. 처음엔 꺼림칙했다. 나는 아직도 내 감정에 확신이 없었다. 내가 분명히 아는 사실은 엄마가 나와 내 딸들을 사랑한다는 것, 그리고 우리가 머물고 있는 그곳을 떠나고 싶지 않다는 것뿐이었다. 앞으로도 변치 않을 안정적인 뭔가가 필요했다. 대중매체는 끊임없는 위협이었다. 사람들은 내가 사진을 주지 않으면 언론이 무슨 수를 써서라도 구하고 말 거라고 얘기했다. 나는 자유의 몸이 됐지만 아직 자유롭지 못했다. 그때만해도 우리가 만난 사람들과 딸들 말고는 아무도 내 얼굴을 몰랐다. 내 머릿속에 금방이라도 터질 시한폭탄이 있는 듯한 기분이었다. 아이들과 이런저런 일을 함께하고 싶었지만, 그럴 수 없었다. 당국은 사람들이 나를

알아볼까봐 걱정스러워했다. 매체와의 일을 중간에서 처리해줄 변호사를 구하라는 조언을 들었다. 언론은 사진을 구하려고 혈안이 되어 있었고 무슨 일이 있어도 포기할 리 없었다. 며칠 밤을 뒤척인 끝에 나는 《피플》지와 계약하기로 결정했다. 사진 한 장과 진술을 넘기기로 했다.

사진 촬영 전날, 나는 다시 고민했다. 그러다가 사진 촬영을 하기도 싫고 사진을 주기도 싫다는 결심이 섰다. 겁이 났다. 변호사에게 말했더니, 이제 와서 취소할 순 없다면서 그러면 신용이 땅에 떨어질 테니 사진을 찍어야 한다고 했다. 아무 문제 없을 거라고 했다. 내가 계약서에 서명하지 않았다고 하자, 그는 계약서가 작성 중이라며 곧 받아보게 될 거라고 했다. 지금 생각해보면 그때 안 나가면 그만이었다. 하지만 다른 한편으로는 사람들 앞에 나가고 싶기도 했다. 내가 얼마나 행복한지, 그들의 성원에 얼마나 고마워하고 있는지 모두에게 알려주고 싶었다. 사진 촬영 날, 모든 것이 눈 깜짝할 사이에 지나가는 것 같았다. 경호원들이 고용되었고 그들도 엄마, 여동생, 내가 함께 있는 사진을 여러 컷 찍었다. 내 심리치료사가 직장에 자주 데려오는 작은 개 한 마리가 있다. 사진 촬영을 위해 경호원들이 내 변호사와 함께 뒤뜰로 걸어들어오자 스텔라가 카메라를 들고 있는 한 경호원에게 곧장 다가가 다리를 들더니 그의 구두에 오줌을 쌌다. 그는 전혀 눈치채지 못하는 것 같았다. 하지만 레베카와 나는 알았다. 그 귀여운 작은 개가 다른 사람에게 그런 짓을 한 적은 한 번도 없었다. 마치 여기서 끝내야 한다는 계시 같았다. 하지만 우리는 끝까지 버텼고, 카메라맨은 나와 엄마의 미소를 끌어내려고 최선을 다했다. 아주 많은 일들이 벌어지고 있었고, 난 정말 행복했다. 하지만 《피플》지

촬영은 그리 매끄럽게 진행되지 않았다. 사진 한 컷은 두 마리의 말 벨크로와 프리지어를 데리고 가축우리 안에서 촬영했다. 갈색 하노버리안인 프리지어는 나와 카메라맨 앞에서 계속 얼쩡거리면서 자기 몸으로 자꾸 나를 뒤로 밀었다. 그래서 나는 카메라맨에게 보이도록 프리지어 밑으로 고개를 홱 숙이고 사진을 찍었다. 그러고 나서 갑자기 카메라맨이 아이들과 함께 사진을 찍지 않겠느냐고 물었다. 나는 계약서에 그런 얘기는 없다고 했다. 하지만 내가 아이들을 숨기려 하는 것에 대해 괜한 소문들이 떠돌까봐 우리는 카메라에 등을 보이는 포즈로 사진을 한 컷 찍었다. 참 묘한 날이었고, 촬영이 끝나자 기뻤다. 잡지가 나왔을 때는 모두의 진심 어린 성원에 무척 행복했고, 결국엔 잘했다 싶은 생각이 들었다. 그 후에는 매체의 기웃거리는 눈에서 벗어나기 위해 대변인을 고용했다. 아이들과 많은 일을 함께할 수 있게 됐는데도 항상 그럴 순 없으니 마음이 편치 않다.

가족 재결합 전문가가 결국 나의 개인 심리치료사가 되었다. 나의 치유는 하루하루 조금씩 진행되고 있는 중이다. 레베카의 사무실로 가서 그녀의 말들을 만난 그날, 난 반해버렸다.

레베카가 우리에게 처음 시킨 일은 벨크로와 프리지어를 솔로 닦아주는 것이었다. 하지만 먼저 말들을 붙잡아야 했기 때문에 그리 만만치 않았다. 레베카는 우리에게 고삐를 주면서 말들에게 고삐를 채워보라며 우리를 축사 안으로 들여보냈다. 내 딸들은 마치 타고난 듯이 금방 벨크로에게 고삐를 달고는 돌아가버렸다. 나는 프리지어를 붙잡지도 못하고 있었다. 프리지어는 인간들에게 이리저리 끌려다니고 싶은 마음이 별로 없는 모양이었다. 내 발걸음이 빨라질수록 프리지어도 더 빨리 움직였다. 그래서 어쩔 수 없이 생각을 바꿨다. 프리지어를 무시하고 관심 없는 척 했다. 그랬더니 호기심이 생겼는지, 금세 프리지어가 내 쪽으로 다가오기 시작했다. 큰 승리를 거둔 기분이었다. 프리지어가 내 손을 슬쩍 찌르는 걸 느꼈을 땐 뱃속이 울렁거렸다. 난 속으로 생각했다. 자, 지금이 기회야. 나는 프리지어에게로 몸을 돌려 길게 쭉 뻗은 코를 긁어주며, 다른 손에 쥔 고삐를 적절해 보이는 위치로 천천히 들어올렸다. 말에게 고삐를 매어본 적이 한 번도 없었고 키가 조금 작은 나로서는 사실 힘든 일이었다. 프리지어는 나에 대한 관심이 떨어져버렸고, 나는 발끝으로 서서 계속 시도해봤지만 고삐가 제대로 매어지지 않았다. 레베카가 다가와서 무슨 일이냐고 물었다. 처음엔 포기하고 싶지 않았다. 어떻게든 나 혼자 힘으로 해내서 성취감을 맛보고 싶었다. 하지만 그럴 가능성은 점점 줄어들고 있었고, 난 나 자신에게 물어보았다. 고집을 꺾고 도움을 청할까? 아니면 말을 그냥 보내줄까? 그날 나는 내게 고집스런 면도 있다는 걸 알았다. 내가 도움을 구하려고 마음먹기도 전에 프리지어는 이미 내게서 떨어져 자기 갈 길을 가고 있었다. 내가 레베카를 돌아보자 그녀는 가족에게 부탁해보라고 했다. 나는 아주 훌륭한 솜씨로 말에 고삐를 맸던 딸들에게 도움을 청했다. 이제 프리지어는 풀을 뜯으며 우리 인간들을 완전히 무시하고 있었다. 내가 딸들과 함께 다가가는데도 전혀 신경 쓰지 않는 것 같았다. 딸들이 고삐를 매도 프리지어는 그냥 얌전히 서 있었고, 딸들이 내게 고삐에 달린 밧줄을 건넸다. 그리고 우리는 본격적인 세션을 시작하기 위해 승마장으로 함께 나갔다.

a stolen life

그때를 시작으로 그 후의 많은 치료 시간을 통해 나는 나 자신에 대해, 그리고 그 오랜 세월 내가 세상을 어떤 눈으로 봐왔는지에 대해 많은 사실을 알게 되었다. 감금되어 지낼 때는 같은 일만 반복하며, 그곳이 아닌 다른 곳에 있는 걸 상상조차 할 수 없었다. 도움을 청하는 건 생각도 못 했다. 왜 그랬는지 모르겠다. 나 자신을 이해하기가 힘들다.

아주 놀라운 경험을 했던 세션이 있었다. 승마장에 통나무 상자를 장애물로 만들어놓고 손이나 목소리를 사용하지 않고 말을 그 안으로 들여보내는 것이었다. 처음에 벨크로는 상자 안으로 들어가지 않으려고 했는데, 마치 그 모습이 내 상자/뒤뜰로 돌아가고 싶지 않은 내 심정을 그대로 보여주는 것 같았다. 어쨌든 해내야 할 과제였기 때문에 한 시간 정도 시도하다가 말을 상자 안으로 들이기 싫다는 결론을 내린 나는 이제 그만 해도 될 것 같다고 말했다. 우리는 사무실로 돌아가 그 훈련을 할 때 내가 느꼈던 감정에 대해 얘기했다. 나중에 떠날 시간이 됐을 때 벨크로를 보고는 깜짝 놀랐다. 상자 안에 들어가지 않으려 했던 그 말이 지금은 상자 한복판으로 들어가 행복하게 햇볕을 쬐고 있었다! 앞선 상담에서 나는 레베카에게 '뒤뜰'에서는 모든 것이 훨씬 더 쉽고 덜 복잡해 보였다는 얘기를 했다. 복잡한 생활에 익숙지 않은 내게는 이런저런 결정을 내리는 것이 큰 스트레스였다. 예전으로 돌아가기는 싫었지만, '뒤뜰'에서의 생활은 여러 면에서 덜 복잡했다. 그래서 나는 서서히 세상 밖으로 발걸음을 떼는 법을 배워야 했다.

또 다른 치료 시간에 레베카는 커다란 공을 하나 가져와서 놀이를 하자고 했다. 그저 재미를 위해 놀았던 게 언제였는지 기억도 나지 않았다.

사실 하루라도 나만을 위해 뭔가를 했던 기억이 없었다. 최근까지만 해도 필립과 낸시의 비위를 맞추고 아이들을 챙겨주는 일에만 신경을 썼다. 레베카는 내게 공을 가지고 말들과 함께 놀아보라고 했다. 그래서 나는 쫙 편 두 손으로 큼직한 자주색 공을 꼭 잡고는 승마장으로 들어가 말한 마리와 놀아보려고 애썼다. 흑백 얼룩말인 유순한 벨크로 앞에 꼬박한 시간 동안 서서 천천히 공을 굴려봤지만, 벨크로는 따분해 보이는 모습으로 가만히 서 있기만 했다. 공이 벨크로의 다리에 맞고 튕겨 내게 돌아오기도 했지만, 둘이서 함께 하는 '놀이'는 아니었다. 그러다가 내가 벨크로에게 굴린 공이 몇 번 벨크로의 다리를 비껴 옆으로 벗어나곤 했다. 또 한 번 그랬을 때 레베카의 개 스카이가 승마장으로 달려들어와, 내가 뒤쫓고 있던 공을 쫓아가 멈춰 세우더니 내게 다시 굴려주는 것이었다. 내가 무슨 익살을 부려도 받아주지 않는 말과 공놀이를 하느니 이편이 훨씬 더 재미있었다. 그래서 나는 검은색 래브라도인 스카이와 함께 놀기 시작했다. 스카이는 공을 아주 잘 다뤘고 금세 우리는 진짜 게임을 했다. 내가 스카이에게 공을 던져주면 스카이는 코를 사용해서 내게 다시 날려주었다. 그때 아름다운 갈색 하노버리안인 프리지어가 큼직하고 동그란 물건을 가지고 노는 스카이를 보고는 흥미가 생겼는지 천천히 다가오기 시작했다. 처음엔 가만히 있더니, 나중에는 나나 스카이가 놓치는 공이 굴러가는 쪽으로 직접 걸어갔다. 끝날 즈음에는 공을 살짝 밀어 스카이에게 돌려보내기까지 했다. 개와 말이 함께 공놀이하는 광경을 보니 정말 놀라웠다. 깨달은 점도 있었다. 처음에는 나만을 위해 뭔가를 한다는 것이 불편했고, 그런 내 심정이 그대로 전해진 듯 프리지어는 아주 냉담했다. 하지만 나 자신을 내려놓고 점점 더 순간에 집중하다 보니, 나만을 위한 시간을 가지고 단순한 놀이 같은 소박한 즐거움을 누리는 것이 얼마나 중요한지 알 것 같았다.

가족 재결합 치료 초기에 가족과 함께하는 말 훈련이 한 번 있었다. 우리에게 어떤 일이 벌어질지 한 치 앞도 볼 수 없어 아주 혼란스러운 시기였다. 언제 파파라치에게 걸릴지 몰라 항상 불안한데, 그 문제를 어떻게 해결할지 난감하기만 했다. 레베카는 우리가 직면해 있는 문제를 어렴풋하게나마 볼 수 있도록 치료 시간을 마련해주었다. 내 딸들은 숨어 사는 걸 그만두고 평범하게 살고 싶어했다. 남의 눈을 피해 다니는 걸 지긋지긋해하고 매체가 얼마나 잔인해질 수 있는지 이해하지 못했다.

우리 모두 양동이를 받는 것으로 치료가 시작되었다. 레베카는 말들이 사료가 들어 있는 양동이에 익숙해져 있어서 양동이를 보면 사료가 없어도 무조건 쫓아올 테니 조심하라고 주의를 주었다. 이런 점에서 말은 매체와 똑같았다. 매체는 정보나 기삿거리가 있는 누군가를 보면, 그 사람이 알려주기 싫어하든 어떻든, 심지어는 아무 사료/정보가 없어도 뒤쫓아다닌다. 그렇게 우리는 샛노란 양동이를 들고 승마장으로 들어갔다. 여동생과 엄마가 먼저 들어가고 딸들과 내가 차례로 뒤따라 들어갔다. 나는 영 내키지 않았다. 레베카가 나를 옆으로 당기더니 내 양동이에 사료를 채울 거라고 말했기 때문이다. 난 사료/기삿거리를 원치 않았다. 딴 사람에게 넘기고 싶었다. 하지만 누구한테 넘기지? 가족에게 떠넘길 순 없었다. 그래서 나는 사료/정보가 가득 들어 있는 양동이를 들고 승마장으로 들어갔다. 처음에는 내 양동이를 들고 동생 뒤에 숨었더니 효

과가 있었다. 말들은 날 건드리지 않았다. 다른 양동이에 코를 대고 킁킁거리느라 바빴고 날 알아채지 못했다. 어쨌든 들키지 않았으니 아주 적절한 방법이라는 생각이 들었다. 그런데 그때 말들이 본격적으로 우리에게 밀어닥치기 시작하자 동생이 옆으로 비켜섰고 그 바람에 내가 발각되어 대소동이 벌어지기 시작했다. 말들은 내가 기삿거리/사료를 가지고 있는 사람이라는 걸 알았다. 마치 사료를 처음 보기라도 한 것처럼 내게 덤벼들었고, 바로 그 순간 우리 모두는 매체가 얼마나 무서울 수 있는지 보았고 도움이 필요하다는 사실을 깨달았다. 레베카는 내게 사료/정보를 다른 가족들에게 나누어준 다음 최대한 오래 말들에게서 떨어져 있어보라고 했다. 내게는 이런 은유처럼 보였다. 《내셔널 인콰이어러》지가 시뻘건 눈으로 덤비기 전에 얼마나 오래 정보를 숨기고 있을 수 있을까? 그들을 막기는 어려웠다. 나는 그들이 간절히 원하는 표적이었다. 내 딸은 자기가 매체를 상대할 수 있을 거라 생각했고, 레베카는 내 딸에게 따라오라고 했다. 조금 멀리까지 가서 레베카가 내 딸의 귓가에 뭐라고 속삭였다. 레베카가 내 딸에게 그녀의 계획과 그것을 안전하게 행하는 법을 알려줬다는 걸 나중에 알았다. 레베카는 G의 양동이에 사료를 더 넣어주고는 정보/사료를 들고 달아나보라고 했다. 그래서 딸이 그렇게 하자 말들이 무서운 기세로 내 딸을 뒤쫓아갔다. 순식간에 벌어진 일이라 놀랄 시간도 없었지만, 기삿거리를 가지고 달아나는 것이 얼마나 위험한지 두 눈으로 직접 목격할 수 있었다. 우리는 사무실로 돌아가 얘기를 나누며 어떻게 하면 상황을 잘 해결할 수 있을지 의논했다. 결국 홍보대변인인 낸시 셀처와 연락이 이루어졌고 그녀 덕분에 매체를 상대하기가 훨씬 더 쉬워졌다.

재결합 치료에 또 한몫을 하는 건 음식이다. 음식은 진정한 위안거리가 되기도 하고, 사실 난 과거에 음식에 의지한 적이 많았다. 민트 초콜릿은 내가 좋아하는 간식거리다. 레베카 팀에는 전문 요리사인 찰스도 있다. 한 타블로이드지에서 내가 아이들에게 저녁으로 뭘 먹일까 하는 추측 기사를 썼다. 냉동식품이 그들의 추측이었다. 이런, 그들이 틀렸다. 사실 우리는 맛있고 영양 있는 식사를 즐겼다. 매일 저녁 온 가족이 모여 앉아 함께하는 식사가 정말 중요하게 느껴진다. '뒤뜰'에서는 할 수 없었던 일이다. 아이들이 아직 집에서 함께 살고 있을 때 가족과 함께 식사하는 습관을 꼭 들여주고 싶다. 우리의 이 새로운 전통이 훗날 아이들의 가족에게도 이어졌으면 좋겠다.

찰스 요리사뿐만 아니라 엄마도 요리 솜씨가 대단해서 집에 있을 때는 끼니 대부분을 만들어주신다.

어렸을 적에 엄마와 할머니가 만들어주시던 요리 중에 토마토 덤플링을 좋아했다. 이제 돌아왔으니 엄마가 만들어주시는 토마토 덤플링을 다시 먹을 수 있다. 요리법은 아주 간단하지만, 행복한 기억을 되살려주는 음식이다.

토마토 덤플링
토마토 통조림 큰 캔(32온스) 1개
잘게 썬 토마토 통조림 작은 캔(16온스) 1개
비스킷 캔 2~3개

큰 통조림과 토마토즙이 든 작은 통조림을 데우고(큰 통조림의 토마토는 작은 크기로 잘라야 한다) 끓인다. 비스킷 반죽을 3등분으로 잘라 끓는 토마토에 떨어뜨리고 비스킷이 부풀어오를 때까지 조리한다…… 5분 정도. 이제 완성! 참 간단하지만, 맛은 기가 막히게 좋다. 엄마가 요리책을 써서 이 요리법을 널리 전파하셨으면 좋겠다.

내가 좋아하는 주방일은 과자 굽기다. 굉장히 맛있는 초콜릿 칩 쿠키 만드는 비법을 이모에게 배웠다. 초콜릿 칩 뒷면에 쓰여 있는 조리법을 약간만 바꾼 것이다. 마른 재료에 육두구와 계피를 조금 더 첨가하는 식으로. 진짜 비결은 믹서가 아니라 손으로 재료를 섞는 것이다. 너무 심하게 섞어도 안 된다. 쿠키가 무르게 구워지니까.

가족과 재회한 첫 며칠은 잘 기억나지 않는다. 하지만 냉장고에서 이상한 음식들을 본 기억은 또렷하게 남아 있다. 특히 끔찍한 땅콩버터를 봤는데 어디서 난 건지 물어보지 못했다. 알고 보니, 트랜지셔닝 패밀리스(Transitioning Families, 레베카 베일리 박사 팀이 운영하는 심리치료센터)의 요리사가 넣어놓은 것이었다. 나중에 요리사는 알지도 못하는 가족이 좋아할 만한 음식을 채워넣기가 정말 힘들었다고 털어놓았다. 우리는 주로 패스트푸드를 먹고 살았었고, 내 채식주의자 아이에게는 힘든 일이었다. 건강식은 제대로 즐기지 못했다.

재결합 치료 중에 요리사는 새로운 개념의 위로 음식을 내놓기 시작했다. 레몬을 잔뜩 넣은 초콜릿을 아주 맛있게 먹었던 기억이 난다. 과거에 내게 위로 음식이란 초콜릿 케이크 반 조각과 그 뒤에 이어지는 괴로움을 의미했다. 재결합 치료에 갈 때마다 우리는 갓 구운 스콘버터나 잼을 발라 먹는 작고 동그란 빵—옮긴이, 오이물, 말할 수 없이 근사한 오트밀을 대접받았다. 건강에 좋은 이 음식들로 우리에게 영양 공급을 해주려는 건 아닌가 하는 생각이 들었다.

스트레스가 심한 치료 후에는 집에서 만든 맛있는 식사를 다 같이 열심히 먹곤 했다. 이 시간에 우리는 다시 하나로 뭉쳐 서로를 이해할 수 있는 기회를 가졌다. 치료 과정 중에서 우리가 정말 한 가족이라고 느껴지는 시간은 함께 식사할 때였다. 음식은 아무런 편견 없이 얘기를 나눌 수 있는 화젯거리였다. 우리가 들어보지도 못한 채소들이 나왔다. 식사의 주재료가 된 회향풀, 뚱딴지, 골든 폴렌타, 콩테 치즈 같은 음식들의 이름을 새롭게 알게 되었다. 음식은 우리가 잠시 고민을 잊고 즐기며 긴장을 풀 수 있게 해주었다. 후에 들은 바로는, 엘도라도에서부터 워싱턴 DC까지 식단 영양표에 대해 이러니저러니 얘기가 많다고 했다. 그들 모두 점심식사가 뭔지 알고 싶어했다.

몇 번은 찰스 요리사가 아이들을 부엌에 데려가서 함께 빵을 굽고 점심을 준비했다. 엄마와 동생과 나는 서로를 이해하며 다시 이어지고 있었지만, 아이들은 자기 자리를 찾는 데 어려움을 겪고 있었다. 우리가 서로 조화를 이루고 살 수 있으려면 먼저 해결되어야 할 문제였다. 아이들은 남에게 도움이 되면서도 뭔가를 배울 수 있는 곳이 생겼다며 좋아했다. 말과 함께하는 치료에서 많은 시간을 함께 붙어 있었으니 아이들에게도 휴식을 줘야 할 것 같았다. 얼마 전 찰스 요리사는 낡은 축사 울타리를 헐 때 아이들이 도와주었는데 정말 좋아하더라는 얘기를 별 뜻 없이 내게 해주었다. 울타리를 무너뜨리는 것이 아이들에게 무엇을 상징하는지 무척 궁금하다. 요리사는 전혀 생각해보지 않았다니 재미있다.

나의 성장은 하룻밤 사이에 이루어지지 않았다. 서서히, 하지만 확실히 진행되었다. 필립은 무슨 일이 있어도 내가 그와 그의 계획을 지켜줘야 한다는 생각을 내 머리에 심어주었다. 나는 그가 나와 아이들을 사랑한다고 생각했다. 그의 사랑은 진짜가 아니라 자기의 편리에 따른 것이라는 사실을 알게 되었다. 하지만 사랑은 시간제 근무 같은 것도 아니고 조건이 달린 것도 아니다. 엄마에게서 배운 점이다.

필립은 자기에게 이로운 일만 하는 나르시시스트이며, 생각해보면 처음부터 쭉 그랬다. 나는 나서도 되는 때와 안 되는 때를 알았다. 천사나 신에 관한 것이든, 낸시나 아이들에 관한 문제든 말다툼만 일어나면 단념하고 항복하는 쪽은 언제나 나였다. 한번은 내가 텐트 주위의 장미를 가지치기하고 있는데, 그가 와서는 프린팅 포 레스의 한 고객이 변호사를 구해줘서 가석방 신세를 면하게 될 거라고 했다. 전에도 여러 번 그랬다가 결국 아무런 성과도 없었기 때문에 내 반응은 그가 기대했던 것보다 미지근했고 그는 왜 좋아서 펄쩍펄쩍 뛰지 않느냐고 했다. 드디어 일이 잘 풀리게 됐는데 기쁘지도 않아? 하고 말하면서. 글쎄, 정말 그렇게 될 거라고 믿었다면 기뻤겠지만, 이때는 2006년이었고 그 전까지 그가 얘기했던 수많은 계획 중에 실천된 건 하나도 없었다. 그래서 그가 큰소리치는 걸 듣고도 나는 속으로 시큰둥했다. 그는 잔뜩 화가 나서, 내가 그렇게 뚱하면 자기가 뭘 해줄 수 있겠느냐고 했다. 그 후는 끔찍했다.

그는 하루 종일 뚱한 얼굴로 빈둥거리면서 거의 잠만 잤다. 아이들에게는 이렇게 말했다. "내 기분이 이런 건 다 알리사 때문이다. 천사들이 자기를 조종하게 내버려둔 거야." 이런 식으로 그는 교묘하게 나를 조종했다. 내가 옳지 않은 일을 하면, 그날 하루가 돌아가는 꼴은 모두 내 탓이었다. 나는 적어도 고의적으로 그런 사태를 자주 일으키지는 않았지만, 그가 어떤 일에 발끈할지 가늠할 수가 없었다. 가끔 그는 며칠 동안 휴업을 해버리고는, 내게 인쇄기도 못 만지게 하고 아무 일도 못하게 했다. 싸움에서 내가 이긴 것 같을 때에도 그는 내게 실망한 척 굴거나 며칠 동안 일을 중단해버렸다. 그래서 나는 싸워봐야 소용없다는 걸 깨달았다. '토론'의 주요 주제는 천사들이 존재하고 우리의 정신을 지배한다는 그의 믿음에 대한 것이었다. 인간들이 저지르는 모든 나쁜 짓은 우리의 정신을 나쁘게 물들이는 천사들 탓이다. 내가 분명하게 설명해달라고 하면 그는 장황한 연설을 늘어놓았다. 천사들은 남자고, 땅 밑에 살며, 언젠가는 자기가 정부와 함께 적발해낼 거라고. 천사들 때문에, 감옥에서 남자들에게 강간당하고 차를 몰고 절벽으로 뛰어내리는 끔찍한 꿈을 꿨다고 했다. 내가 보기엔 그가 양심에 걸리는 짓을 했기 때문에 그런 꿈을 꾸는 것 같았다. 그는 늘 자기의 답만 옳다고 믿는 듯했다. 그는 우리에게 뭐든 물어보라고 했다. 하지만 자기가 모든 해답을 알고 있고 자기의 답만이 옳다고 믿는 사람에게 무슨 질문을 할 수 있을까? 성경에 대해서는, 단 하나의 답만 있는 건 아니지만 자기가 하나의 답을 택해서 완전히 새로운 것으로 만들 수 있다고 했다. 내 딸들은 왜 내가 내 생각을 당당하게 밝히지 못했는지 이해하지 못한다. 그런 내게 실망하고 있다는 것도 안다. 지금 치료를 받으며 그 문제를 해결하고 있다. 내 생각을 당당하고 자신 있게 말하기. 가끔 누군가와 의견이 다를 때면, 내 생각을 뒷받침해 줄 만한 합당한 이유가 꼭 있어야 할 것 같은 느낌이 든다. 치료를 통해 "아니요"라는 말 한마디로 충분하다는 걸 배웠다. 마음에 든다! 전에는 생각지도 못했다. 나는 새로운 문제가 생기면 문제가 해결될 때까지 철저히 생각해보는 편이다. 뭐, 가끔은 문제가 저절로 사라지거나 해결되기를 바라기도 한다. 하지만 충분한 시간이 주어지면, 용기를 내어 낯선 문제를 해결할 것이다. 내게 이롭고 다른 모든 사람들에게도 대개는 이로울 해결책을 찾아낼 수 있다. 그것이 실수가 될지 안 될지는 알기 힘들다. 필립의 경우엔 알기가 쉬웠다. 오랜 세월 같이 지내면서 그의 기분을 파악할 수 있었기 때문이다. 그래서 문제가 될 만한 상황은 일부러 피했다. 이제 나 스스로 여러 일들을 처리해야 하는 지금, 나는 결정 내리기를 피하거나 쉬운 탈출구를 찾고 있다. 많은 점에서 필립과 낸시에게 의지했다가 이제 나 혼자 하려니 그리 쉽지만은 않다. 심리치료에서 말을 통해 또 다른 교훈을 얻었다. 가끔 나는 말을 붙잡아 고삐 매는 일을 맡는다. 문제의 이 말은 때때로 심술궂고 사납게 군다. 무리의 대장 격인 그 암컷 말은 자기도 그 사실을 알아서, 내가 그리 강력한 사람이 아니라는 걸 감지하면 본능적으로 싸움을 걸거나 내가 바라는 대로 뛰어올라주지 않는다. 그래서 내가 처음 마구간으로 들어가자마자 그 말은 나를 피해버렸다. 고삐를 보여주지 않으면 더 잘될 것 같은 생각이 들었다. 고삐를 등 뒤로 숨기고 다가가자 말은 가만히 있었다. 말이 귀를 납작하게 내리고, 널 물어버릴 거야! 하고 말하듯이 머리를 움직였다. 내 목표는 나

a stolen life

의 두려움을 누르고 어떤 두려움도 드러내지 않는 것이다. 앞뒤가 안 맞는 얘기지만, 나는 두려우면서도 두렵지 않다. 가끔은 혼란스럽다. 나는 이 말을 잘 알았고, 이 말이 허세를 부리고 있다는 걸 알았다. 적어도 그렇기를 바랐다. 나는 고삐를 매려고 애썼지만, 말은 내게 궁둥이를 보이며 그냥 가버렸다. 전처럼 사료를 써볼까 하고 사료를 조금 가져왔다. 이 작전이 먹혔다. 말이 사료를 먹으러 다가오자 나는 말의 목에 밧줄을 쓰윽 두르고 말이 사료를 다 먹을 때까지 기다렸다가 고삐를 맸다. 그런데 이상하게도 죔쇠가 채워지지 않았다. 고삐를 잘못 가져온 것 같았지만, 다른 걸 가지러 가고 싶지 않았다. 겨우 붙잡았는데 놔주면 또 고생해야 했다. 나는 큰 소리로 도움을 청했다. 예전 같으면 하지 않았을 일이다. 다행히도 레베카가 근처에 있어서 내게 다른 고삐를 가져다주었다. 나는 가지고 있던 밧줄을 구유에 내려놓고 새 밧줄을 말의 목에 둘렀다. 고삐를 끼우고 죔쇠를 채워보는데, 이번에도 역시 맞지 않았다. 이런! 이 고삐도 아닌가 보다. 하지만 그럴 리가 없었다. 레베카가 내게 고삐를 줬는데 그녀는 분명 어떤 고삐를 써야 할지 제대로 알고 있었다. 죔쇠를 채우려고 몇 번을 시도하다가 결국 마부에게 도움을 청했다. 그도 처음엔 당황스러워하더니 고삐를 빼서 점검해보았다. 바로 내가 했어야 하는 일이었다. 그는 고삐가 뒤집혀 있다는 사실을 발견했다. 그가 고삐의 안과 겉을 제대로 한 다음 다시 고삐를 매고 죔쇠를 채웠다. 레베카는 왜 나 혼자 해결할 수 없을 거라고 생각했는지 물었다. 부탁할 사람이 아무도 없었다면 난 어떻게 했을까? 나 스스로 알아서 해결했을까? 다른 누군가가 나 대신 해주는 것에 너무 익숙해져 있어서 그 답을 알 수가 없다. 그저 다음번에 좀 더 잘하는 수밖에 없다. 나 혼자 외출하기가 점점 더 쉬워지고 있다. 동행이 있는 편이 여전히 더 좋긴 하지만, 어쩔 수 없이 혼자 뭔가를 하거나 어디를 가야 한다 해도 제법 잘해낼 수 있고 그런 내가 마음에 든다.

필립과 낸시, 그리고 그들에게 휘둘렸던 내 인생에 대해 내가 감당할 수 있을 만큼만 배우는 것도 치료 과정에 포함되어 있다. 이 치료를 통해 나는 뒤뜰에서의 삶이 얼마나 혼란스러웠는지 받아들일 수 있다. 아는 것이 많아질수록 점점 더 어른이 되어가는 느낌이다. 어른이 될 수 있는 기회가 전혀 없었다. 정상적인 성장을 할 수 있는 기회를 필립에게 빼앗겼는데 그 잃어버린 시간을 메우고 있는 기분이다. 처음으로 경험해보는 일이 많다. 혼자 쇼핑을 가기도 한다. 혼자 차에 기름을 채우는 것도 처음엔 무서웠다. 뭔가 잘못해서 말썽에 휘말릴까봐 겁이 났다. 하지만 필립의 손아귀에서 벗어난 지금, 나 스스로에게 자신 있게 이렇게 말할 수 있다. 실수 하나쯤 할 수 있지, 그래, 넌 할 수 있어. 친구와 함께 콘서트에 가거나 어떤 장소를 나 혼자 걸을 수 있다는 사실을 문득문득 잊어버릴 때도 있다. 누군가가 내 곁에 꼭 있어야 할 것 같은 느낌이 여전히 남아 있기도 하다. 그런 기분은 서서히 사라져가고 있고 나는 점점 더 많은 일을 스스로 하고 있다.

치료 중에 레베카와 함께 오랫동안 걸어다니는 시간이 좋다. 사무실에서보다 그 두 시간의 산책 동안 더 많은 얘기를 나눈다. 그 이유는 잘 모르겠다. 짐작을 해보면, 오랜 세월 갇혀 살았기 때문에 그저 밖에서 오래 걸어다니는 게 좋은 것 같다. 뜀박질을 하든 그냥 앉아서 고양이들이 노는 걸 지켜보든, 밖에 있는 편이 더 좋다. 가장 마음에 안 드는 부분은 사무실에 앉아서 얘기하는 것이지만, 치료사가 흥미로운 방법을 찾아냈다. 은유법을 좋아하는 나를 위해, 나의 과거, 현재, 미래를 상징하는 양초를 밝히는 아이디어를 생각해냈다. 우리는 나의 과거와 현재를 의미하는 두 개의 양초로 시작했다. 레베카가 그날 내가 꺼내고 싶은 얘기나 해결하고 싶은 문제를 물어본다. 그러면 나는 내 대답에 따라 과거 혹은 현재에 불을 밝힌다. 양초를 사용한 지난 몇 번의 치료 동안 내 과거는 점점 녹아가고 그 빛이 희미해졌다. 비유적인 표현을 좋아하는 내가 보기에 이것은 나의 과거가 서서히 소멸하며 녹아버리고 있다는 의미다. 처음 촛불을 켰을 때와는 전혀 다른 무엇으로 변하고 바뀌고 있는 것이다. 놀랍게도 현재의 양초는 처음 불을 밝혔을 때와 거의 똑같은 상태에 있다. 내 생각에는 연속성을 상징하는 것 같다. 나의 미래 양초는 특별하다. 내 서른 번째 생일선물로 레베카에게 받은 것이다. 말 한 마리와 그 새끼의 모양으로 조각된 양초다. 처음 불을 붙인 때부터 지금까지 이 양초는 다른 두 개를 합친 것보다 더 밝게 타고 있다. 그 의미는 누가 봐도 명백하다. 나의 미래는 밝고, 내가 상상하는 모든 것을 담을 수 있다.

그 미래를 상상하면, 깊은 정신적 상처를 입은 가족들의 치유를 돕고 있는 내 모습이 보인다. 가족들은 눈송이와도 같다. 모양과 크기가 가지각색이다. 그리고 눈송이처럼 아주 섬세해서, 아슬아슬한 균형을 무너뜨리려 하는 폭풍우로부터 지켜줘야 한다. 두 개 이상의 눈송이가 합쳐지면 변화무쌍한 이 세상에서 살아남을 수 있는 가능성이 높아진다. 눈송이들과 달리 올바른 도구만 있으면 가족은 최악의 상황도 이겨낼 수 있다.

필립과 낸시가 뒤뜰에서 우리에게 흉내 내도록 강요한 그것은 가족이 아니었다. 천만다행으로 딸들과 나는 어려운 상황에서도 하나의 끈으로 이어져 있다. 앞으로 그 끈은 더 좋은 환경 속에서 아무런 구속도 받지 않고 더욱 단단해질 것이다.

가끔 내 인생과 내가 가지고 있는 것들을 돌아보면 과분하다는 생각이 들기도 한다. 그저 생활을 꾸려가고 가족을 부양하기 위해 힘겹게 싸우는 사람들이 많은데 난 정말 많은 걸 가졌다. 내가 받은 모든 걸 돌려주고자 하는 절실한 마음으로 JAYC 재단을 생각하게 되었다. 내가 납치당하기 전 마지막으로 꼭 쥐었던 자유, 솔방울은 내가 도둑맞은 그 무엇을 의미했다. 이제 자유의 몸이 된 내게 솔방울은 삶과 자유를 상징한다. 새로운 인생의 씨앗. 나는 바로 '새로운 인생'을 가지게 된 것이다. 솔방울을 볼 때마다 언제든 인생을 다시 시작할 수 있음을 깨닫는다. 하지만 내가 세상을 치유할 수 없다는 건 안다. 치유의 발걸음을 뗄 최고의 장소는 바로 우리네 가족이다. 상상조차 할 수 없는 상황으로 산산이 부서진 가족이라도 올바른 도구만 있으면 새로운 길을 함께 닦아나갈 수 있다. JAYC 재단은 다양한 상황과 각양각색의 처지에서 하나가 되려고 하는 가족들을 지원할 것이다. 유괴와 학대를 당한 피해자들과 그 가족이 다시 서로를 이해하는 데 중요한 시기인 초반에 상담과 피난처를 제공해주는 것이 내 소망이다. 나와 내 가족이 재회 초반에 경험했던 그런 안전한 환경을 마련해주고 싶다. 우리가 치유받고 서로에게로 다시 돌아갈 수 있었던 것은 단순하고 현실적인 접근법 덕분이었다. 트랜지셔닝 패밀리스는 장장 18년 동안 헤어져 있다가 다시 하나가 되는 우리 가족에게 중요한 처음 몇 달 동안 큰 도움이 되어주었다. 내 목표는 한 번에 한 가족씩 도우면서 그들에게 필요한 시간과 도구들을 마련해주는 것이다. 동물구조는 나의 오랜 꿈이다. 운명의 장난인지, 나는 내 많은 꿈을 실현할 수 있는 곳에 정착했다. 도움이 필요한 가족과 동물을 앞으로 많이 구해주고 싶다. 그리고 다른 사람들의 동참도 이끌어내고 싶다. 소박하지만 가치 있는 일이다.

여러분 모두 자신의 주변에 관심을 가지시길(Just Ask Yourself to Care).

고마운 이들에게

고마운 이들이 참 많다. 제일 먼저 엄마에게 고마움을 전하고 싶다. 엄마, 엄마는 내가 아는 사람 중에 가장 용감하고 가장 강인한 분이에요. 내 가슴에 원망이 조금이라도 남아 있다면 그건 필립 가리도와 낸시 가리도 때문에 엄마가 겪으셔야 했던 고통 때문일 거예요. 엄마, 엄마는 내가 언젠가 집으로 돌아오리라는 희망을 절대 버리지 않으셨고, 이렇게 제가 돌아왔죠. 돌아와서 정말 기뻐요. 엄마는 내게 세상 누구보다 소중한 사람이에요. 내가 생각지도 못한 따뜻함으로 손녀들을 품어주셨죠. 무조건적인 사랑을 주는 할머니가 아이들에게 생겼어요. 우리를 사랑해주시고 기꺼이 받아주신 엄마에게 그 어떤 말로 고마움을 전할 수 있을까요. 내 모든 결정을 응원해주셔서 고맙습니다. 나를 홀로 키우신 엄마는 언제나 나의 영웅이었어요. 달을 바라볼 때면 엄마가 아직 희망의 끈을 놓지 않고 계시다는 걸 마음속으로 느낄 수 있었답니다. 그 희망으로 내가 버텨낸 거예요.

아들이나 딸을 유괴당한 부모들이 희망을 버리지 않았으면 좋겠다. NCMEC(국립 미아·학대아동방지센터)가 뒤에서 든든하게 받쳐준 덕에 엄마는 희망을 놓지 않을 수 있었다. 내가 돌아온 후로 이 기관은 계속해서 나와 가족, 그리고 많은 다른 이들에게 매우 귀중한 일을 해주었다. 그들에게 진심으로 고맙다.

내 동생 셰이나에게. 무슨 말을 할 수 있겠니? 난 너와 함께 보낼 수 있는 수많은 시간을 놓쳐버렸지만, 너 역시 많은 걸 희생해야 했다는 걸 잘 알아. 내가 뒤뜰에 감금되어 있는 동안 네가 엄마를 돌봐드렸어. 기억하지도 못하는 언니 때문에 눈물 흘리는 엄마를 지켜보며 자라는 건 분명 힘들었을 거야. 우리는 함께 자랐어야 했는데, 천진난만한 어린 시절을 잃어버리고 말았구나. 이젠 한순간도 가리도 부부를 생각하고 싶지 않아. 미래를 바라보고 다가올 행복한 순간들을 축하할 거야. 내가 돌아왔을 때 네 인생이 또 한 번 거꾸로 뒤집혀버렸다는 것도 알아. 그 혼란스러운 시기에 우리에게 사랑을 준 네가 얼마나 고마운지 몰라. 네가 나한테 운전을 가르쳐줬을 때 난 18년 만에 처음으로 진정한 자유를 느꼈단다. 고맙다, 동생아. 사랑해.

티나 이모에게. 이모는 우리 가족의 든든한 기둥이에요. 돌아왔을 때, 내 기억 속의 사랑하는 이모 그대로셨죠. 내가 실종된 동안 이모가 엄마와 동생을 돌봐주실 줄 알고 있었어요. 내가 돌아왔을 때 본 이모의 모습은 정말 멋졌어요. 엄마가 내 머리를 땋아주시는 동안 이모와 함께 앉아 있으니까 어린 시절이 떠오르더군요. 잃어버린 세월은 다 잊고, 우리가 함께했던 멋진 시간들을 기억에 담고 있어요. 내 아이들 곁에 이모할머

a stolen life

니가 계신 걸 지켜보고 있으면 기쁨의 눈물이 난답니다. 이모를 사랑해요. 그리고 이렇게 멋진 분이셔서 고마워요.

새로이 생긴 가족들에게. 내가 누군지 다시 배울 수 있는 시간을 주시고 배려해주셔서 고맙습니다. 이 새로운 세상을 탐구하기 위해 내게 필요한 시간을 주셨죠. 나는 예전의 내가 아니지만, 하루하루 내가 어떤 사람이 되어가고 있는 것은 분명해요. 여러분 모두와 가까이 있지 못하는 건 나 자신의 여정 때문이지 여러분에 대한 내 사랑이 작아서가 아니랍니다.

나를 찾아내려고 애쓰신 분들과 나를 발견하는 데 일조하셨던 분들에게. 여러분의 용기와 격려를 고맙게 생각하고 있어요. 돌아온 지 얼마 안 되어 여러분에게 응원 편지들과 성금을 받고 바깥세상이 그리 끔찍한 곳은 아니라는 희망을 얻었답니다. 그 돈 덕분에 딸들과 함께 극복해낼 수 있으리라는 믿음을 가지게 되었고 적어도 얼마 동안은 무사히 생활할 수 있었죠. 뒤뜰에서 나올 때 우리는 빈손이었습니다(소라게 말고는요). 여러분의 편지 한 장 한 장은 우리에게 자유를 허락하는 증서와도 같았어요.

엘도라도 카운티의 공무원들에게. 우리를 지속적으로 지원해주시고 우리의 복잡한 상황을 이해하고 조심스레 처리해주신 여러분, 고맙습니다. NCMEC에 연락하여 우리를 트랜지셔닝 패밀리스에 연결시켜준 트리시 켈리허의 선견지명에 찬사를 보냅니다. 그 간단한 통화 몇 통 덕분에 우리는 따스한 곳에 정착해서 새로운 환경에 적응할 수 있었어요. 우리 공동체의 인정 넘치는 분들은 우리가 남의 이목을 끌지 않고 조용히 살 수 있도록 도와주셨죠. 어떤 분도 우리의 행방을 폭로하려 하지 않았어요. 정부 차들이 도로를 꽉 막고 있어 누구나 쉽게 우리를 알아챌 수 있었을 때도요. 지방 보안관서부터 FBI까지 우리의 사정을 잘 아는 모든 관리들은 신중한 판단력으로 우리의 안전을 지켜주셨습니다.

번 피어슨과 직원들에게도 고마움을 전하고 싶다. 피어슨과 그의 팀은 처음부터 나를 지원해주고 가리도 부부에 대한 형사소송 절차를 알려주었다. 번은 우리 가족을 지원하는 정신치료 팀과 늘 긴밀하게 협조하려고 노력했다. 나와 우리 팀과 계속 연락을 유지하려는 그의 의지를 지켜보며 난 내가 중요한 사람이 된 것 같은 기분과 소속감을 느낄 수 있었다. 이는 내 인생에 큰 영향을 미쳤다.

시간이 흐를수록 제이시 팀은 점점 더 커졌다. 팀의 일원 모두에게 고마움을 전하고 싶다. 치료사 선생님들에게. 우리 모두 기다려질 만큼 흥미로운 치료 시간을 만들어주셔서 고맙습니다. 여러분은 우리의 삶을 통찰할 수 있게 해주셨어요. 레베카와 제인, 두 분은 우정이란 그저 좋은 말만 해주는 것이 아니라는 사실을 가르쳐주셨죠. 의견이 다른 사람들도 서로 애정을 품을 수 있다고요. 두 분은 또 내 의견을 당당히 주장하고 아이들에게 강한 엄마가 되는 법을 가르쳐주셨습니다.

낸시 셀처에게. 짧고 굵게 쓸게요. 당신의 조언과 지원도 소중하지만, 가장 중요한 건 우리의 우정이에요. 당신의 도움이 없었다면 무분별하고 지긋지긋한 매체 때문에 쩔쩔맸을 거예요. 당신의 강인함에 감명받았어요. 우리가 JAYC 재단을 통해 앞으로 이뤄나갈 모든 일들이 기대되네요. 참, 그리고 더 큰 소리로 웃는 법도 배우고 있답니다.

a stolen life

우리 가족의 치유를 위해 자신과 자신의 가족을 희생한 수많은 분들이 있습니다. 여러분은 아무것도 요구하지 않으셨지만 여러분의 사랑과 응원에 고마움을 전합니다. 얼마나 큰 헌신이 필요한 일이었는지 잘 알아요. 여러분은 나에게 집과 마음을 열어주셨고, 나도 그런 일을 할 수 있도록 가르쳐주셨죠. 굳이 얘기 안 해도 다들 아시겠지만, 혹시나 해서 적어봅니다. 척 E. 치즈 식당, 승마, 타겟에서의 신나는 쇼핑, 건강 관리, 눈 구경을 체험시켜주시고, 사랑하는 우리의 동물들을 돌봐주시고, 우리가 한 가족으로 성장할 수 있도록 도와주셨죠. 무엇보다 가끔은 웃고 가끔은 울면서 이 모든 일들을 잘할 수 있게 도와주셨어요.

새로운 가족분들의 자녀들에게. 내 딸들에게 야구를 가르쳐주고, 새로운 음악을 소개해주고, 우리 아이들의 독특한 상황을 이해해주고, 이 세상에 적응할 수 있도록 도와줘서 고맙다. 그리고 한 명에게 말할게. 그래, 드와이트 하워드의 사인을 받아보도록 애써볼게! 우리도 너희 부모님들과 함께할 수 있게 해주고, 손을 내밀어 서로 도와주는 것이 가족이라는 걸 몸소 보여줘서 고맙다.

그리고 마지막으로 정말 소중한 레베카 베일리 박사님께. 선생님은 나의 멘토이자 나의 코치, 나의 둘도 없는 친구예요. 선생님은 절대 나를 피해자로 대하지 않고 친구로 감싸 안아주셨어요. 우리는 힘든 시간과 즐거운 시간을 함께 보냈고, 선생님은 어떤 경우에도 유머를 잃지 않도록 가르쳐주셨습니다. 선생님과 내가 같은 철학을 가지고 있다는 걸 알았어요. 그냥 울기만 하는 것보다는 웃고 나서 우는 게 더 낫다는 거죠. 선생님과 함께하는 시간 동안 나 자신을 통찰할 수 있었고, 선생님의 도움 덕택에 항상 되고 싶었던 어른이 되어가고 있어요. 선생님이 내게 어떤 의미인지 전하기에는 "고맙습니다"라는 말로는 턱없이 모자라요. 선생님의 변함없는 응원과 조언은 앞으로의 내 삶에 위로와 용기가 되어줄 거예요.